来世こそは
畳の上で死にたい
~転生したのに前世の死因に再会したので、
今世も安らかな最期を迎えられる気がしません！~
JN024510
くるひなた
Illustration 黒埼

ロッタ
アルフ

クロード

ハトさん
レクター

来世こそは畳の上で死にたい

～転生したのに前世の死因に再会したので、今世も安らかな最期を迎えられる気がしません！～

くるひなた
イラスト　黒埼

新紀元社

CONTENTS

第一章　最悪の再会

夜露に濡れた芝生を、履き慣れない黒のパンプスで慎重に踏み締める。

荘厳な建物の出入り口では、腰に剣を提げた衛兵が周囲に睨みを利かせていた。私は彼らの視界に入らないよう、こっそり壁をよじ登る。なにしろ、身の軽さには自信があった。

二階の一室が長らく使われていないことも、その窓の鍵が開いていることも知っている。人目に触れずに忍び込むのなんて簡単だった。

ところがふいに、くう、と小さく音が響く。私のお腹の鳴き声だ。

「――しっ。お願いだから、今夜だけは大人しくしていて？」

懇願するように自分のお腹にそう言い聞かせた私は、無人の室内に立てられた姿見で身なりを整え、人気がないのを確認してから二階の廊下に出た。

そのまま何食わぬ顔で歩いて、三階のとある一室を目指す。

途中で人と擦れ違うこともあったが、私という侵入者を見咎める者はいない。それもこれも、ひとえに私の格好――黒いワンピースの上に白いエプロンドレスを重ねたお仕着せのおかげだった。

そうして、無事目的の部屋に到着した私は、あろうことか衛兵が席を外していた豪奢な扉をそっと開いて中へと滑り込む。

部屋の主はすでに眠りに就いているのだろう。灯りはすっかり消えていた。

ただ、カーテンの隙間から差し込む月の光のおかげで、ベッドが膨らんでいるのは見て取れる。

私は音を立てないよう細心の注意を払って扉を閉めると、お仕着せのワンピースの下から取り出したものを逆手に握った。抜き足、差し足、ベッドに近づく。

シーツに埋もれてすうすうと寝息を立てていたのは、若い男だった。

私は、それが思った通りの相手であることを確認し——

（大丈夫、私なら——やれる）

自分を鼓舞するように心の中で呟いてから、目の前の上掛けをむんずと掴む。

それを勢いよく引っ剝がすと同時に、ベッドに横たわる男の身体に馬乗りになって、私は一思いに右手を振り下ろしたのだった。

ところがである。

「「——えっ？」」

目と目が合った、その瞬間。

目の前にいるのが、かつての自分と関わりがあった相手——その生まれ変わりであると、私は唐突に理解した。頭の中が彼に関する情報であふれ返り、パズルのピースが一つ一つ嵌《は》まるようにして、そのときの——前世の記憶が完成していく。呆然とした心地のまま、私は口を開いた。

「せ、先生……ご無沙汰してます……」

「……ああ、バイトちゃん……君か……」

相手も驚きを隠せない様子ながら、記憶の中にあるのと同じように私を呼んだ。

前世の私は、地球という星の日本という国で生まれ育ち、やがて大学に通う傍ら目の前の男のもとで事務のアルバイトを始めた。先生と呼ぶのは、彼が繁華街の大通りに面したそこそこ家賃が高いオフィスビルの三階に事務所を構える弁護士先生だったからだ。

若いが遣り手と評判で、私が知る限り仕事が途切れたことがなかった。

そんな前世の記憶がまざまざと甦ってきて、思わず手に力が入る。

「……っ」

たちまち、先生の端整な顔が歪んだ。

〝先生〟とは認識するものの、目の前の男の容貌は、私の記憶にある先生のそれとは似ても似つかぬものだ。前世では黒い髪と焦げ茶色の瞳の、ごくごく一般的な日本人の色彩を纏っていた。

一方、今は髪こそ黒色だが、瞳は澄み渡った空みたいな綺麗な青色だし、なにより顔立ちが人種レベルで違う。まあ、どっちも結局はイケメンなのだけれど。

白いナイトシャツの下にゆったりとしたズボンという寝衣姿は、いつもかっちりスーツを着込んでいた前世の彼とは随分と印象が異なる。それでも不思議なことに、私は目の前の男と記憶の中の先生が同一人物であると確信していて、疑おうという気さえ起きなかった。

そして、記憶と見た目が異なるのは、もちろん先生だけではない。

「バイトちゃん、なんて髪だよ。こんなに脱色してしまったら傷むじゃないか。この不良娘め」

「いや、髪を脱色したくらいで不良呼ばわりされたらたまんないですよ。そもそも、今のコレは生まれつきですし……」

前世のカラスみたいな色から、白に近い金色になった今世の私の髪をさらりと撫でて、先生は説教くさい顔をする。当方の顔立ちも前とはまったく異なっているはずなのだが、先生も私を〝バイトちゃん〟と認識しているみたいだった。

ちなみに、今の私の瞳は赤銅色。どこか禍々《まがまが》しさを覚える夕焼けみたいな色だ。

夕空と青空――そんな対照的な瞳の色をした私と先生は、こうして二度目の人生において思いがけない再会を果たした。ただし……はっきり言って、タイミングは最悪だった。

「あのですね、先生。せっかくの再会の場面でこんなことを言うのはとっっってても気が引けるんですけど――死んでください」

「気が引けるという割には、随分はっきり言うんだね」

私の右手には小型のナイフ。その刃の部分は、先生の左脇腹に深々と突き刺さっている。

「……っ、うっ」

汗で滑りそうになった柄を握り直せば、先生が顔を顰《しか》めて呻いた。額には脂汗が滲んでいる。

ナイフの刃は短く、それ自体の殺傷能力はあまり期待できない。

しかし、先生はキングサイズのベッドの上に仰向けに寝転んだ状態のまま、腰の辺りを跨《また》いで伸しかかる私を払い退けることも、脇腹に刺さったナイフを抜き取ることさえできない様子だった。

やがて、ぜいぜいと呼吸まで荒くなりはじめた彼が、忌々しげにちっと舌打ちをする。

「……っ、くそ……最悪な気分だ……さては君、刃に毒を仕込んでいたね？」

「すごい、まだ喋れるんですか？　普通の人なら即死するレベルなんですけど……さすがは先生、しぶといですね」

「そういう、バイトちゃんは……っ、相変わらず、辛辣だ、な……」

「ええ？　褒めてるんですよ？　だってコレ、ゾウでも一発でコロリと逝くと評判の、森の魔女の最新作ですもん」

森の魔女というのは、この国――ヴェーデン王国の国境沿いに広がる深い森の奥に住む老婆アンの通り名だ。真偽のほどはわからないが、何度も転生を繰り返しながら千年近く同じ場所で暮らしているらしい。魔女といっても魔法を使えるわけではなく、主に薬草を育てて生計を立てている。

「薬と毒は紙一重。森の魔女が作る毒は、裏社会においても随分重宝されているらしいけど……まさか、今世のバイトちゃんはアングラの所属かな？」

「当たりです。今世の私は、グローバルに大活躍中の反社会的勢力マーロウ一家の一員ですよ。売られたのか誘拐されたのかは知らないですが、赤子の時分に引き取られて育てられたんです」

私の今世の名は、ロッタという。

あいにく、前世で自分が何と名乗っていたのかはわからないし、先生に雇われていたことと、穏やかな父とのほほんとした母の一人娘として平々凡々と生きていたことくらいしか思い出せない。

そんな平和な前世と比べ、今世はなかなかのハードモードだった。なかでも幼少時代の過酷な日々なんて、所々モザイクを入れてダイジェストで思い出すのがやっとだ。

「それでもこの通り、十九まで無事生きてきました。そういえば、前世の享年と同じですね！」

「そう……だったね」

とたんに憂いを帯びた相手の顔に、私はそわそわとした心地になった。

だって、前世の先生は無敵の敏腕弁護士で、その表情はいつも自信に満ちあふれていたのだから。

しかし、忘れてはならない。勝者の陰には常に敗者が存在することを。

敗者の憎悪は勝者ばかりでなく、時に勝訴を掴ぎ取った弁護士にも向かうのだ。

「事務所に脅迫電話がかかってくるのなんて日常茶飯事。包丁を持った男が押しかけてきたときには、私もさすがにやべー職場だと思いましたよね」

「そう言って、何人も辞めていったよ。君もどうせすぐに辞めるだろうし、名前を覚えても無駄かなと思って〝バイトちゃん〟呼びしていたけど……君は結局、最期まで辞めなかったね？」

「やってらんねーって何度も思ったんですよ？　けど、相場よりずっと時給がよかったですし、性格には超々難アリでも先生はイケメンでしたし……それに、先生のご飯が食べられなくなるの、嫌だったんですもん」

「うん……ふふ、俺が気前がよくてイケメンで料理上手で、ごめんね？」

血の気が引いた顔で、それでも先生は不敵に笑った。

大学進学を機に一人暮らしをしていた私にとって先生の作る賄いは魅力的で、胃袋を掴まれるのに比例して危機管理能力が鈍っていったのだろう。

さっさとアルバイトを辞めなかったことを、私は後々、死ぬほど後悔する羽目になった。

思わずスンとした私の意識を前世から引き戻すように、それで？　と先生が口を開く。

「この状況を説明してもらえるかな。〝私〟が何者なのか――知っての狼藉《ろうぜき》だろうね？」

「もちろんです！　今世の先生のことはよくよく知っていますよ！　ヴェーデン王国の第一王子で、次の国王となることが約束されているクロード・ヴェーデン王太子殿下、二十五歳！　独身!!」

「別に、独身を強調しなくていいから。いちおう、婚約者はいるんだし」

「そうですよね。せっかく婚約者がいらっしゃいましたのに……こんな結果になって、残念です」

いつの間にか月も去り、大きな掃き出し窓の向こうは真っ暗になっていた。

壁掛け時計を見れば、日付が変わるまで残り半時間といったところだ。

「私、これが初めての暗殺任務だったんですよ。もっと早く、先生だって気が付いていたら……さすがに躊躇していたとは思うんですけどね」

「そうか……俺だって気付いたら、ナイフを刺さなかった……？」

「たられば言ってもしょうがないですよ。解毒薬は森の魔女しか作れないですし、そもそもこの毒、体内に入る前に抗体ができていないと中和が間に合わないそうですから」

「ふ……もう……手遅れと、いう、わけか……」

先生ことクロード殿下の命の灯火が消えるのも時間の問題だった。私はせめてもの慰めに、彼の脇腹からナイフを抜いて血を拭い、清潔なハンカチで傷口を押さえて止血する。

すると、先生は薄く目を開けて私を見上げ、ねえ、と声を震わせた。

「冥途の土産に、聞かせてくれないかな。俺を……殺すよう、君に命じたヤツが誰、なのか……」

「えー、むりむりむり、むりですよ。黙秘します。依頼者に関しては守秘義務がありますから」

「そう、か……黒幕がわからないなら恨みようがない……しょうがないから、バイトちゃんのもとに化けて出るとしよう……」

「え？　ば、化けてって……？」

ぎょっとする私に、先生が畳みかける。

「言っておくが、全力で祟るよ？　毎夜夢枕に立つし、足を引っ張って寝かせないし、金縛りにも遭わせてやるからね。あと、君が鏡を覗く際には、百パーセント背後に立って映り込んでやる」

「えええ……古典的。やだなぁ、先生が言うと冗談に聞こえないですよー」

「本気だからね。ほら、どうする？　早く言わないと死ぬよ？　ああ、死んだ祖母が迎えに……」

「わー！　わっわっ、待って待って！　い、言うっ——言いますから、まだ死なないでえっ!!」

ターゲットに依頼者の名前を明かすなんてことは、もちろんタブーである。

ただ、先生が間もなく死ぬことは確定していたし、自分が手を下したという罪悪感も手伝って、私はついつい彼の口車に乗せられてしまった。

「もしもですね、私が捕まってヴェーデン王国で拷問でも受けるようなことがあれば、依頼主は王位継承権第二位のアルフ王子——先生の弟さんだと言うつもりでした」

「つまり、真犯人は弟ではないと？　だとしたら……弟の次に王位継承権を持つ叔父……かな？」

「ブッ、ブーッ。残念、ハズレでーす。先生らしく、もうちょっと捻くれた答えがくると思いましたが、意外と単純なんですね？」

「……まどろっこしい……さっさと黒幕が誰なのか教えて。ほんとに死ぬよ？　今すぐ死ぬよ？」

苛々した様子で死ぬ死ぬうるさいせっかちな先生に、私も焦らすのをやめる。

「依頼者は先生の――クロード王太子殿下の側近です。確か、十数年来の付き合いでしたっけ？」

「――は？」

私の言葉に、先生は絶句した。

それもそうだろう。真犯人は、今世の先生にとって最も気の置けない相手のはずなのだから。

先生ことクロード殿下の死を望んだのは、伯爵家の次男カイン・アンダーソン。今世の先生にとっては幼馴染みにして大親友。将来国王として立つ彼を一番近くで守るはずの近衛師団長だった。

「……なぜ、あいつが？」

訝しい顔で問う先生に、私は肩を竦める。彼が裏切られた理由は、ありきたりなものだった。

「ミッテリ公爵家の末娘――先生の婚約者ですが、彼女とカインが実はデキていたんですよ」

「は？　着飾って噂話をするしか能のないあんな人間、俺を殺してまで手に入れるほどの価値があるか？　欲しいというのなら、熨斗《のし》付けてくれてやったのに……」

「ぶっちゃけると、先生の婚約者は妊娠しています。彼らは〝亡き王太子殿下の子供を身籠もった婚約者〟という肩書きが欲しいんですよ。そうすると、お腹の子に王位継承権が発生しますからね」

「……そう、きたか」

クロード殿下とミッテリ公爵令嬢の婚約は、ヴェーデン王国内では周知されていた。

そのため、ミッテリ公爵令嬢のお腹に子供がいると判明すれば、父親は当然クロード殿下であると考えられるだろう。比較的貞操観念の高いこの国でも、婚約者同士の婚前交渉には寛容である。

「あいにく、俺はあの女と寝たことどころか、キスしたこともないんだけど？　勝手に決められた婚約者になんて、一切興味が湧かないからね」

「そうやって、先生がご令嬢にあんまり冷たくするものだから、それを慰めていたカインのほうとくっついちゃったんですよ」

「男でも女でも、建設的な会話ができないやつの相手をするのは嫌いなんだ」

「先生はもうちょっと、女心というものを勉強すべきだったと思います」

カインとの関係を隠したまま先生と結婚したとしても、初夜と産み月の計算が合わなくなって、不貞が発覚するのは明白だった。未来の王妃を寝取ったカインはよくて国外追放、最悪の場合は処刑だってありうる。ミッテリ公爵家もアンダーソン伯爵家も、社会的に死ぬのは確実だろう。

——クロード殿下さえいなければ。

そう言い出したのは、追い詰められた男女のうち、はたしてどちらが先だったのだろう。

許されざる恋に狂った結果か、それとも単に保身のためか……。

「つまり、カインとミッテリの娘は共犯なのか。これは確実な情報なんだろうね？　証拠は？」

「マーロウ一家に実際に依頼してきたのは仲介人みたいですけど、黒幕はその二人で間違いないですよ。情報は確実ですし証拠もあります……っていうか、私が一週間、王宮内を詮索しまくって集めました。場合によっては、うちのボスが後々それをネタに奴らを強請《ゆす》りますので」

「へえ、随分阿漕《あこぎ》な商売をするものだ……」

「だってうち、反社会的勢力ですから。それに、人を呪わば穴二つって言いますでしょう？　なんでしたら今後、カインとミッテリ公爵令嬢からは血尿が出るくらい財産搾り取って報いてやりますから、先生はどうか安らかに成仏してくださいね？」

「それが、君が言うところの反社会的勢力の資金になると知って、全然安心できないんだが……」

荒かった先生の呼吸が、だんだんと静かになってきた。もはや目を開けていることも儘《まま》ならないらしく、長いまつ毛は血の気の失せた頬にもうずっと影を落としている。

「先生……」

とたんに言いようのない寂しさを覚えた私は、先生の頭を自分の膝の上に乗せ、汗ばんだ黒髪を労るようにそっと撫でた。最期の時は近い。きっと彼は日を跨ぐこともできないだろう。

バイトちゃん……、と虫の息の先生が口を開く。

「……俺を、恨んでいるか？」

唐突な問いに、私はとっさに首を横に振った。だが、目も開けていられなくなってしまった今の彼には見えていないのに気付いて、いいえ、と口に出して返事をし直す。

すると、先生は震える声で問いを重ねた。

「うちの事務所で……俺のもとで、殺されたのに……？」

前世の私は、事務所を訪ねてきた男の手によって人生の幕を下ろされてしまった。

先生を逆恨みする連中にはそれまでも何度か遭遇したが、さすがに拳銃を携えてやってきたのは、その男が最初で最後だった。あんな物騒なアルバイト、さっさと辞めておけばよかった、と前世を思い出した今となっては心底後悔している。

前世の先生に関しても、職業柄ある程度敵ができるのは仕方がないにしろ、もうちょびっとくらい煽り体質を控えてくれればよかったのにと言ってやりたい。それでも……

「先生を恨んだって、あの不本意な死に方が私の前世の結末だった事実は変わりません。終わったことをとやかく言ったってしょうがないでしょう？　未練がましいのは性に合わないんです」

私がそう告げると、先生は最後の力を振り絞ったかのように薄く目を開けた。

わずかに見えたその青を、私は深く心に刻み付ける。

先生、と続けた言葉は、不覚にも震えてしまった。

「今度生まれ変わるときには、あんまり恨みを買わない生き方をしてくださいね？　ああ、そうだ！　いっそ、犬とか猫とかに生まれ変わって私のところに来たらいいんですよ！　そしたら、私が一生可愛がってあげますからね？」

先生は何も答えなかった。おそらく、もう喋る力もなかったのだろう。

ただ、口元が少しだけ笑ったような気がした。

先生の呼吸がさらに浅く、そしてか細くなっていく。

やがてそれが途切れるのを見届けて、私はぐっときつく両目を閉じた。

前世——事務所に現れた男に、応対に出た私は相手を確認する間もなく問答無用で胸を撃たれた。

男はしばらくその場に留まって、床に倒れ伏した私を見下ろしていたようだったが、やがて先生がいる部屋の奥へ向かおうとする。その足に縋って歩みを止めようとしたのは無意識だった。

私自身、命を賭して守ろうとするほど当時の先生に思い入れがあったわけではないから、きっととっさの行動だったのだろう。しかし、敢えなく振り解かれた私は、床に転がり動けなくなった。

拳銃で撃たれたことよりも、固い床に打ち付けた額のほうがずっと痛かったのを思い出す。

それから、先生と男の間で何があったのかはわからない。冷たい床の上で、私の意識はゆっくりと遠のいていき、どうやら自分は死ぬらしいというのを漠然と感じていた。

痛みは、すぐにわからなくなった。ただ寒くて、そしてひどく心細かったのを覚えている。

そんなとき、ふと、温かくて大きな掌が、私の頭を労るように撫でてくれた。

「あれって、先生だったんですか……？」

最期の瞬間に感じた、あの誰かの体温が、死出の旅路に差しかかった私を少しだけ安堵させた。

おかげで、絶命するその瞬間は、そんなに怖くなかったように思う。

だから今度は私が、自分の手によって死に行く先生の頭を、心を込めてそっと撫でた。

「先生……ごめんなさい……」

先生の呼吸が完全に止まった。

罪悪感を押し殺し切れなくなった私は、自己満足の謝罪を口にする。

そのときだった。

ドタドタと慌ただしい足音が近づいてきたと思ったら、バン！　と大きな音を立てて扉が開いた。

王太子殿下の私室の扉をノックもせずに開け放つとは、なかなか無作法な真似をする。

しかし、真っ先に部屋の中に飛び込んできた人物の顔を見たとたん、私はなるほどと納得した。

「――殿下！　クロード王太子殿下、如何なされましたかっ‼」

そう叫んだ若い男を、私は白けた心地で眺める。彼こそが、今世の先生の幼馴染みであり、側近――クロード王太子殿下暗殺をマーロウ一家に依頼した張本人、カイン・アンダーソンだったからだ。

「日付が変わった後に、何も知らない夜回りの近衛兵がクロード殿下の死体を発見する、っていう筋書きだったはずなんですけど……？」

約束の時間を待たず、しかも黒幕であるカイン本人が、どういうわけか現場に踏み込んできた。よほどせっかちな性分なのかと思ったが、どうやらそういうわけではなさそうだ。なにしろ……

「貴様は何者だ！　殿下にいったい何をしたっ‼」

カインは私に向かって白々しくそう叫び、腰に提げていた剣を鞘から引き抜いたのだ。

その背後からわらわらと現れた複数の近衛兵たちも、つられたみたいに柄に手を掛ける。

待て、とそれを制した男は確か副団長。彼は、冷静な目でカインの背中を見つめていた。

「殿下に仇なす悪女め！　問答は無用だ！　この私が成敗してくれるっ‼」

どうやらカインは、王太子殿下を暗殺した現行犯を斬り捨てる、という名目で私の口を封じるつもりらしい。あまりの浅はかさに、私は爆笑しそうになるのを我慢するのに苦労した。

だって、彼とミッテリ公爵令嬢が不貞を働いた末にクロード王太子殿下暗殺を計画したという証拠は、諸々の報告とともにすでにボスのもとに送ってあるのだ。

この場で私の口を封じたところで、彼らがマーロウ一家に一生強請られる未来に変わりはない。

しかも、今代のボスは仕事に対してはシビアだが、身内にはめっぽう甘くて情に厚い人だ。

任務を見事完遂したにもかかわらず、依頼主によって部下が殺されたと知れば、その報復は熾烈を極めるだろう。

（親友を陥れた男も、身持ちの悪い女も——私や先生以上に凄惨な末路を辿ること、決定だね）

そんなことを、私はカインが振り上げた剣の軌道から逃れようともせずに考えていた。

磨かれた刀身が、近衛兵が持つ灯りを反射してギラリと光る。

このとき、私の自己防衛本能は完全にオフになっていた。どうやら、生まれ変わった先生をこの手で死なせてしまったという事実に、私は自分が思う以上にショックを受けていたらしい。

マーロウ一家で一人前として認められたい私は、暗殺という何の恨みもない他人を殺めることで、今後身を立てようと考えていた。

なのに、それを後悔してしまった時点で人生計画は行き詰まり。ようは、今世に絶望したのだ。

あとはただ両目を閉じて、大人しく二度目の死を受け入れようとした——ところが。

ガキン——‼

私の頭上で、何か固い物同士がぶつかるような音がした。続いて、殿下⁉　と戦《おのの》く声が前方から聞こえてくる。今まさに私を斬り捨てようとしたカインの声だ。

いったい何事かと私が両目を開いたのと、背後から思いがけない声が上がったのは同時だった。

「——どうした。幽霊でも見たような顔だな？　私が生きているのが不思議か？」

ばっと後ろを振り返れば、目と鼻の先にこの国の王太子の——今世の先生の整った顔があった。

唖然とする私に、今さっき死に顔を晒したはずの先生がにやりと笑う。ギチリ、と躙《にじ》り合う音に頭上を見れば、私を一刀両断しようと振り下ろされたカインの剣を先生の持つ短剣が止めていた。

「王太子の人生というのはとかく物騒だな。枕の下に護身用の短剣を忍ばせておかなければ、おちおち眠れもしないらしい――信用していた側近に、いつ寝首を掻かれるやも知れないからね」

「で、殿下、ご無事で……いやしかし、毒が……」

「へえ？　私が毒にやられたと？　どうしてそう思う？」

「……っ、それ、はっ……」

カインは早々と墓穴を掘った。それを見逃すはずがない先生が、声を潜めて畳みかける。

「ああ、そうだろうな。お前は私が毒を受けたと知っていて当然だろう。なにしろ、毒を塗ったナイフを携えたこの子を送り込んだのは、お前なんだからな？」

「い、いえっ……そんな！　誤解です、殿下!!」

「おかしいと思ったんだ。いくらこの子が手練でも、王宮の厳重な警備を擦り抜けて最上階にある私の部屋まで辿り着くのは容易ではない。おそらく手引きした者がいるのだろうと思ったが――なるほど、近衛師団長のお前ならば簡単だったろうな」

「殿下、待ってください！　私はそんな女、知りません!!」

カインは慌てて剣を引き、必死に弁明しようとする。しかし、先生は聞く耳も持たず、扉の前で様子を見守っていた副団長以下の近衛兵に向かってぴしゃりと命じた。

「カイン・アンダーソンを地下牢に連れていけ。王太子暗殺を画策した国賊だ。それから、私の婚約者――あの女も共犯だ。即刻ミッテリ公爵家に兵を送り拘束しろ」

「や、やめろっ……‼」

先生の言葉を聞いたとたん、カインはがむしゃらに暴れはじめた。自らの部下でもある副団長たちの手から逃れようとするが、所詮は多勢に無勢。

すぐさま取り押さえられた彼は、まるで親の敵のように先生を睨みつける。

先生も、そんな彼を冷ややかに見下ろして呟いた。

「お前の忠誠心は恋心を前にして脆くも崩れ去ったのか——いや、そもそも私に対する忠誠心など、最初から持ち合わせてはいなかったのかな？」

「な、何の根拠もないまま拘束を命じるなんて！　こんな横暴が許されるはずがないっ……‼」

みっともなく喚き散らす相手に、まるでゴミを見るような目を向けた先生は、ここまで傍観していた私の肩をぐっと抱いた。

「あいにく、根拠も証拠も揃っているんだ。この子が——私の優秀な助手が頑張ってくれてね」

カインは、もはや蒼白となった。副団長たちによって連行されていく最中、私に向かって吼《ほ》える。

「——この、裏切り者がっ‼」

特大ブーメラン、乙です。

その場に残った近衛兵たちは、正体不明の私を見ておろおろしている。

先生がそんな彼らを下がらせた、ちょうどそのとき——カチリと音を立てて、壁掛け時計の長針と短針が重なった。日付が変わる。

「いたた……まったく、動いた拍子に傷が広がってしまったじゃないか」

先生はそうぼやきながら左の脇腹を押さえた。私はたまらず尋ねる。

「先生、どうして――どうして、生きているんですか？」

私のナイフは間違いなく先生の脇腹に刺さった。この目で傷口も確認している。

そこから体内に入った毒が、確実に彼の体を蝕んだはずなのだ。

それなのに、先生は生きていた。しかも、今はもうピンピンしている。

「毒に耐性があったってことですか？　いやでも、私が今回使ったのは森の魔女の最新作で、あらかじめ解毒薬を服用しておかないと、絶対無理なはずなのに……？」

ぐるぐると思考に囚われる私に、先生は前世みたく〝弁護士先生〟の顔になった。

「考えてもみなさい、バイトちゃん。今回の毒を作った魔女の住まいは、どこだったかな？」

「森……この国の、国境沿いの森の奥、です……」

「そう、国境沿い。あそこは国有地なのに、長年魔女が不法占拠している状態だった。アンの言葉を信じるならば、千年近くもの長きに渡ってね」

森の魔女アンが、本当に転生を繰り返しているのかどうかはわからない。ただ、前世の記憶を取り戻した今となっては、私も先生もいよいよ彼女の言葉を軽んずることができなくなった。

「これまでの国王は、魔女と揉めれば呪われるかもと恐れて放置してきたが、次の国王となる〝私〟はこの問題に切り込んだのさ。あいにく、呪いなんていう不確かなものは信じない性質《たち》でね」

「さっきは、死んだら私のことを呪うって言ったくせに！」

私の抗議に、先生は鼻で笑って続ける。

「慎ましい生活を送る森の魔女には高額の賃料を払う余裕はなく、かといって立ち退こうにも他に行く場所がないという。だから、彼女に提案したんだ――〝私〟に雇われてみないか、とね」

「え？　雇われてって……森の魔女が先生のお抱え薬師になってたってことですか⁉」

先生の話によれば、土地の使用料を免除するうえに、研究費という名目で資金援助までしているらしい。というのも、毒ばかりが取り沙汰されるが、森の魔女の作る薬は民間薬としてこの国の庶民の間で重宝されているのだ。いずれ国王となるクロード殿下が彼女のスポンサーとなることで、国民はより安価で質のよい薬を手に入れられるようになっていた。

「でも……彼女、今もバリバリ毒を作って売ってますけど？」

「うん、禁止していないからね。ただし、新たな毒を作った場合は早急にサンプルと解毒薬を提出するよう義務づけている」

「解毒薬！　そうか、だから先生は……」

「あとは、毒を売った場合の報告もね。以上のことは、〝私〟と森の魔女とが秘密裏に交わした契約だから、カインも誰も知らないはずだ」

森の魔女から毒を買った者がいる報告を受けた先生は、それが自分に対して使用される可能性を考えてあらかじめ解毒薬を服用していたのだ。さっき、先生が虫の息になったように見えたのは別に演技でも何でもなく、体内に入った毒の中和反応に伴う一時的な呼吸困難だったらしい。

「そうとも知らず、ベラベラ喋ってしまった私って……」

「うん、バイトちゃんがちょろくてよかった。任務は大失敗だね。お疲れ様。観念しなさい？」

先生の晴れやかな笑顔を前に、私はがっくりと項垂れる。

依頼主であるカインも捕まってしまって、もはや捨て身で任務を遂行する意味もなくなった。

「……私を、恨んでいますか？」

立場は、完全に逆転してしまった。先生と私の関係は、王太子とそれを殺そうとした暗殺者だ。

さっき自分が問われたのと同じ言葉を、私は先生に返す。

すると、先生もさっきの私をなぞるみたいに、いいや、と首を横に振った。

「終わったことをとやかく言ったってしょうがない、だろう？　未練がましいのが性に合わないのは、俺も同じだよ。だったら、建設的な話をしようじゃないか」

一人称を〝私〟から〝俺〟に戻した先生は、私を捕えるつもりがないようだ。

それは、この部屋から近衛兵たちを下がらせたことが証明している。おそらくは、私が先生を毒殺しようとしたことはもとより、脇腹を刺した事実さえ隠蔽するつもりなのだろう。

私はひとまず反抗の意思がないのをアピールするために、凶器となった小型ナイフを差し出してその場で正座をした。ふかふかのベッドの上なのでちょっとばかり安定が悪いが、どうにかこうにか姿勢を正す。

対照的に、先生は胡座《あぐら》の上に片肘を突いた行儀の悪い格好になって話を続けた。

「そういえば、バイトちゃん。君はさっき、随分面白いことを言っていたな――確か、俺を一生可愛がってやるとか、なんとか」

「いやそれ、話を端折りすぎですから。私がしたのは来世の話ですよ？　あくまで先生が、犬とか猫とかに生まれ変わった場合限定ですからね？」

「そんな、あるかどうかもわからない来世の話をするなんて、現実主義者の君らしくないね。俺ならば、今世の君を一生側において可愛がると断言しよう」

「……へ？」

私のぽかんとした顔を、満面の笑みを浮かべた先生が両手で包み込む。

そうして、鼻先がぶつかりそうなくらい顔を近づけると、とんでもないことを言い出した。

「今し方、私の婚約者の席が空いたんだ。せっかくだから、君が座るといいよ」

「しょっ、正気ですか⁉　ショックのあまり、頭のネジが飛んじゃいました⁉　確かに、幼馴染みと婚約者の裏切りはつらかったでしょうけど……」

「もちろん正気だけど？　あいにく、前世を思い出した今となっては今世の人間関係に全然実感が湧かないんだよね。おかげで、婚約者はもとより側近に対しても別段思い入れはない。今の俺にとって、彼らはただの謀反人さ。首を刎《は》ねるのに一抹の迷いもない」

「殺意が高いっ！　さすが超合金メンタル！　さらりと薄情なことを言いますねっ‼」

とはいえ、反社会的勢力の構成員に過ぎない私などを、先生の婚約者に——未来のヴェーデン王妃の席に座らせようなんて、正気の沙汰ではない。

「むりむりむりむり！　むりっ‼」

頬を包み込む手を振り払う勢いで首を横に振る私に、先生は猫撫で声になって続けた。

「難しく考える必要はない。依頼主が、カインから俺に交代するだけだよ。今回のことは願ってもない好機だった。〝私〟はね、常々裏の繋がりが欲しいと思っていたんだ。君を妻に据えて、マーロウ一家とお近づきになれれば万々歳」

「それこそ、正気ですか？　いずれ一国の王になろうという人が反社会的勢力と癒着するなんて、健全じゃないと思います！」

「無数の国々が犇《ひし》めく世界で主権を維持していくとなれば、綺麗事ばかり言っていられないんだよ。不健全で結構。魔女だろうがヤクザだろうが、利害が一致するならば手を組むのも厭《いと》わない」

「曲がりなりにも弁護士だった人の言葉とは思えませんね！」

そう突っ込みを入れつつも、私は前世で先生がよく口にしていた言葉を思い出していた。

――弁護士は正義の味方ではない。

いや、もちろん正義のために戦う清廉潔白とした弁護士もいるだろう。

性善説を推したい私は、心の中でそう一言断って自分を慰める。

とはいえ実際のところ、弁護士は聖職者ではなくビジネスマンだ。彼らの多くは弱者のためではなく、依頼主のためにその高等スキルを発揮する。

だから、極悪人を弁護したならば、被害者からすれば弁護士もまた極悪人に見えて当然なのだ。

「そりゃあね、恨まれますよね」

「恨まれるのが怖くて、弁護士なんてやってられないよ。一国の王も、ね」

私の独り言にすかさずそう返した先生に、悪びれる様子は微塵もなかった。

前世で私を撃ち殺した男が何者であったのか、先生にどれほどの恨みを抱いていたのか、その恨みが妥当であったのかはわからないが、巻き込まれて殺された私はたまったものじゃない。

私は、口をへの字にして続けた。

「今更先生を恨むつもりがないのは、本当なんですけどね？」

「それは重畳。俺も、猛毒を塗ったナイフで刺されたことは綺麗さっぱり水に流そうね？」

「うっ……お、終わったことをとやかく言ったってしょうがないんですよ」

「その通り。全面的に同意するね。俺はいつだって、バイトちゃんとは建設的な話をしたいんだ」

私の頬をやたらと優しく撫でながら、先生が胡散臭い笑みを浮かべる。

今世においても懲りずに危ない橋を渡っていこうとしている彼に、そして自分がそれに巻き込まれざるを得ない状況に、私はたまらず天を仰いだ。

「あーあ」

「ため息が多いね、バイトちゃん。悩み多き年頃かな？　今なら無料で相談に乗るけど？」

「いや、先生のせいですから！　いいですか！　今回はたまたま、私が毒に頼って脇腹を刺したからよかったようなものの、もしも刺し殺すつもりで急所を突いていたら、先生は助からなかったかもしれないんですよ？」

「うん、そうだね」

「命を狙われる確率は、玉座に就いたらさらに跳ね上がるでしょうし！」

「でも、これからはバイトちゃんが側にいる。今世の君はなかなかの手練とお見受けするけど？」

にっこりと、先生は今度は無邪気にも見える笑みを浮かべる。

それを前にした私は、あーあ、ともう一度声に出してため息をついた。

この境地には覚えがある。前世において、先生の仕事絡みで何度も怖い目に遭って、今度こそアルバイトを辞めてやるんだと思いつつも、結局辞められなかったときと同じだ。

時給がよくて先生がイケメンで、彼の作る賄いに胃袋を掴まれていたのも事実。

けれど、私がアルバイトを辞める踏ん切りがつかなかった最大の理由は、自分が離れたとたんに先生が死んでしまうのではないかという不安を抱いたことだった。

そんな私の気も知らず、先生は自分の意見が否定されるなんて微塵も思っていない、いっそ憎たらしいほど晴れやかな顔をして言うのである。

「バイトちゃんのことは、前世でも特別に思っていたんだよ。なにしろ、最期まで俺に付き合ってくれたのは、君だけだったからね。ねえ、こうして新たな人生で再会したことに運命を感じないかい？　ちなみに俺は感じる」

前世も今世も、私は結局、先生を見捨てることなんてできないのだ。そのせいで、今世もまた安らかな最期を迎えられる気がしなくなった。願わくは、せめて――

「来世こそは畳の上で死にたい……」

「ははっ、今世も終わっていないのにまた来世の話をしてるの？　鬼も大爆笑だね」

私の慎ましい願い事を鼻で笑った先生こそ、鬼に違いないと思った。

ふいに、ドタドタと慌ただしい足音が響き、バンッ！　と大きな音を立てて扉が開く。

私はベッドの上で飛び上がり、先生は眉間に深々と皺を刻んだ。まるでデジャヴを見ているみたいに、カイン・アンダーソンが飛び込んできたさっきの状況とそっくりだった。

「王太子殿下の私室の扉をノックもせずに開けるなんて、どいつもこいつも無作法者です」

「近衛兵を追い出した後に扉を施錠しておけばよかったね」

ここそこそ言い交わした私と先生は、部屋の中に飛び込んできた人物の顔を眺める。

「──あああ、兄上っ!!　ご無事ですかっ⁉」

真っ青な顔をしてそう叫ぶのは、先生よりも幾分年下に見える男だった。寝衣の上に無造作にガウンを羽織っただけで、いかにも慌てて駆け付けましたといった風体である。

艶やかな銀髪と、真夜中にもかかわらずハイライトをあしらったみたいにキラキラな緑色の瞳をした彼の名は、アルフ・ヴェーデン。もしも私が捕まっていたら、クロード王太子殿下暗殺の依頼主だと濡れ衣を着せるつもりだった、王位継承権第二位にある第二王子だ。

現在ヴェーデン王国の玉座には王子たちの母親が座っており、その王配が宰相を務めている。

しかしながら、先生ことクロード殿下に限っては、女王陛下が王太子時代に当時の近衛師団長との間に儲けた婚外子だった。つまり、アルフ殿下は先生にとって父親違いの弟ということになる。

そんなアルフ殿下は、先生の無事を確認して安堵の表情を浮かべたものの、彼と同じベッドに座っている私を見つけてぎょっと目を見開いた。

「はっ？　えっ？　な、何やつ⁉」

「うるさいよ、アルフ。少し声を抑えないか。今、何時だと思っている」

声を裏返して叫ぶ弟を窘《たしな》めつつ、先生はさりげなく私を彼の視線から遠ざける。

それに戸惑いを濃くしたアルフ殿下に対し、何の用かと尋ねる先生の声は冷ややかだった。

「ろ、廊下が騒がしくて……通りかかった近衛兵に尋ねれば、近衛師団長が地下牢に繋がれたと言うではありませんか。兄上……カインが兄上を暗殺しようとしたというのは本当なのですか？」

「残念ながら、そのようだね。まったく……後任が決まるまで近衛師団長の席が空いてしまうな」

「そ、そんなっ、どうして……だって、カインは兄上の……」

「どうしてなのかは、審判の場で本人の口から語られるだろうね」

近衛師団は、王族や王宮の警護を専門とする親兵の一団だ。カインと日常的に関わりがあり、しかも彼を兄の親友だと思っていたアルフ殿下は、ひどくショックを受けている様子だった。

アルフ殿下は、箱入り娘ならぬ箱入り息子。彼には、清廉潔白な好青年の印象が強いカインの裏切りも、それに対して平然としている先生の態度も理解が追いつかないのだろう。

呆然とその場に立ち尽くすアルフ殿下に、しかし先生はさらにショッキングな話題を口にした。

「カインの件はさておき――今宵から、彼女が私の部屋で寝起きすることになった。お前もそのつもりでいなさい」

「「――は⁉」」

いきなりのことに、私とアルフ殿下の声がハモる。

当事者である私も承知していなかったのだ。

まさに寝耳に水だったアルフ殿下は、またもや声を裏返して叫んだ。

「な、何をおっしゃるんですか！　兄上には、ミッテリ公爵令嬢という婚約者がいるでしょう！　それなのに、別の女性を私室に囲うだなんて――いくらなんでも、不義理が過ぎますっ‼」

そんな、いかにも誠実で潔癖そうな弟の台詞に、先生は鼻白んだ表情で返す。

「何だ、聞いていないのか。そのミッテリの娘もカインと共犯だよ。彼女も今宵からは固いベッドで眠ることになるだろうね。当然ながら、私との婚約も白紙に戻る」

「えええっ⁉　いや、しかし……そっ、そもそも！　その女は何者なのですか⁉　侍女の格好をしているけれど、見かけない顔で……」

アルフ殿下の緑色の瞳が、先生越しに突き刺さる。今をときめく王太子殿下のベッドに見知らぬ女がいたのだから、不審がられるのは至極当然のことなのだが……。

「――不躾に見るのはやめなさい。不愉快だ」

アルフ殿下の視線を、先生はぴしゃりと遮った。父親が違うとはいえ一緒に育った兄弟だというのに、アルフ殿下に対する先生の態度はあまりにも冷たい。

とたんにたじろぐ弟をじろりと一瞥してから、先生は何を思ったのか、左半身をずらして背後にいた私を抱き寄せた。そうして、左腕にすっぽり収めた私の頭頂部に顎を乗せ、宣《のたま》う。

「この子は、私にとって掛け替えのない存在だ。無礼な真似は許さないよ」

不覚にも、ドキリとしてしまった。先生の手が、私の髪を慈しむみたいに撫でるから余計にだ。

しかし、ふいに視線を落としたことで、彼の意図に気付く。

私がナイフで刺した先生の左脇腹。その付近の寝衣に、うっすらと血が滲んでいた。

先生は、私がマーロウ一家の手先であることも、自身を暗殺しようとしたことも、傷を負ったことさえ隠し通すつもりなのだ。そのためには、アルフ殿下の目に血を晒すわけにはいかない。

そう察した私は、自らの体で先生の左半身を隠すようにその胸にもたれかかる。

とたん、先生は小さく笑って、ちゅっと音を立てて私のこめかみにキスをした。

「……っ！」

アルフ殿下が息を呑む気配がする。いきなりのキスに私も内心驚いたものの、彼の追及を躱すための演技だと思えば、平静を装うのはそう難しいことではなかった。

対して、何も知らないアルフ殿下のほうは、顔を真っ赤に染めている。しきりに口をパクパクさせている様子なんて、まるでお池の鯉みたい。彼は確か私と同い年のはずだが、随分と可愛らしい反応をするものだ。そして、そんな初心《うぶ》な弟に、先生は容赦なく言い放った。

「それで？　お前はいったいいつまで、そこに突っ立っているつもりなのかな？　こういうときは普通、気を利かせて席を外すものだと思うけど？」

「うえっ？　あ、あの……その……？」

「それとも何か？　後学のために見学したいとでも言うつもりか？　——私と彼女のまぐわいを」

「ま、まぐっ⁉　い、いいいい、いえ！　けけ、結構ですっ‼　し、しし、失礼しまぁすっ‼」

可哀想に、アルフ殿下は今にも湯気を噴き出しそうな顔をして回れ右をしたかと思ったら、一目散に部屋から飛び出していってしまった。

「あいつ、今夜はきっと眠れないだろうな」

アルフ殿下の背中を見送った先生は、そう言ってさも面白そうに笑った。

開けっ放しにされた扉の蝶番が、ギイギイと軋んだ音を立てている。

「わー、随分と意地の悪いお兄様ですねー」

「そうかな？　問答無用で目の前でおっぱじめないだけましだと思うけど？」

何やらとんでもないことを言いながら、先生がベッドを下りて扉を閉めに行く。

ただし、ちゅっと私の頬に唇を押し当ててから。

「え、えええぇ……!?」

頬に残った先生の唇の感触に、私はただただ戸惑う。さっきこめかみにキスされたときは、親密さをアピールすることでアルフ殿下が私の素性を追及しようとするのを躱すという意図があった。

しかし、今のキスにはいったい何の意味があるのだろうか。

「あのー……先生、確認なんですけど」

「はいはい、何かな？」

今度はしっかりと鍵をかけてベッドに戻ってきた先生に、私はおずおずと尋ねる。

「前世での先生と私って、雇い主とアルバイトという関係でしかなかったですよね？」

「うん、そうだね」

「今みたいに、気軽にほっぺにちゅってするような間柄では、ありませんでしたよね？」

「確かに、バイトちゃんの言う通りだよ」

私の認識は間違ってはいなかった。

それにほっとしかけたものの、ただし、と先生が満面の笑みを浮かべて続ける。

「ハムスターみたいに、俺の作った料理をパンパンに詰め込んだ君の頬を、思う存分食んでやりたい衝動に駆られることは多々あったんだけどね」

「えっ、私のほっぺ……前世から狙われてた……？」

「ちょっとしたスキンシップもセクハラだと訴えられかねないご時世だったでしょ。上司と部下として、節度を持った接し方を心掛けていたんだよ」

「な、なるほど。だったら今世も、ぜひとも節度を持った接し方を……」

ここで私は、一つベッドの上で先生と対峙していることに、今更ながら気まずさを覚えた。

さりげなくベッドを下りようとしたものの、先生の腕がすかさず腰に回って私を押し止める。

そうして先生は、まるで出来の悪い生徒に言い聞かせるみたいに続けた。

「さっき俺が言ったことをもう忘れたのかな？　君は今宵、〝私〟ことクロード・ヴェーデンの婚約者となったんだ。俺たちはこれから夫婦になるんだよ。可愛い妻の頬を食むのに、いったい何の制約があるって言うんだ？」

「こ、婚約者って……それ、決定事項なんですね？　いやでも、夫婦間でもお互いの意思は尊重するべきではないでしょうか。ほら、前世でだって、夫婦間でもセクハラや強姦罪が成立する場合があったでしょう？　先生が扱った裁判でも、そういうのありましたよね？」

「そうだね、合意のない性行為は暴力であり犯罪だ。よく覚えているじゃないか、えらいえらい」

「ばかにしてます？」

むっとして唇を尖らせれば、先生はさも楽しそうに笑いながら、私をぎゅうぎゅうと抱き締める。

今世の私はアングラ育ちのせいで、異性と密着したくらいでドギマギするほど初心ではない。

それでも、ひどく落ち着かない気分になるのは、私を抱え込んだ先生の顔があまりにも満たされているように見えるからだ。戸惑う私に、先生は至極上機嫌な様子で続けた。

「しかしね、バイトちゃん。残念だけど、前世の理屈は今世の俺には当て嵌まらないんだよ」

「えっ？　な、なんでですか……？」

「なんたって、ヴェーデン王国は絶対君主制国家であり、俺はその次期君主の座が約束されている。つまり――俺が未来の法律だ」

「えええ、こわ……とんだ暴君予備軍ですね！」

身も蓋もないことを言う先生に、私はどん引きする。持っちゃいけない人に凄まじい権力を持たせてしまうことになるかもしれない、ヴェーデン王国の未来が心配になった。

「……っ、う」

「せ、先生⁉」

そんな中、私の肩に顎を乗せた先生がふいに小さく呻いた。

先ほど彼の寝衣に血が滲んでいたことを思い出し、私ははっとする。

「刺した私が言うのもなんですが、大丈夫ですか？」

「あまり大丈夫じゃないかも。戸棚に救急箱があるんだけど……バイトちゃん、手当てできる？」

「ひ、人並みには……でもやっぱり、ちゃんとしたお医者様の治療を受けたほうが……」

「却下。傷を受けた経緯を誤魔化すのが面倒くさい」

どうあっても傷を隠し通そうとする先生に、結局私は従うほかなかった。

ナイフに塗っていた毒自体は完全に中和されたようだが、刺し傷は生々しく彼の白い肌に刻まれている。私は先生の血が染み込んだハンカチを取り除き、救急箱から取り出した新しいガーゼで傷口を押さえた。とたん、ぐっと眉間に皺を寄せて痛みに耐える姿に罪悪感が増す。

私は慌ててポケットを探って、小さな油紙を取り出した。

「先生これ、すごくよく効く痛み止めなんですけど、飲んでおきます？」

「ああ、うん……もらおうかな」

油紙に包まれているのは、練薬だ。薬草を煎じて抽出した成分を、口にしやすいように蜂蜜で練り固めて飴玉みたいにしている。

これを作ったのは森の魔女。つまり、私が先生を確実に暗殺するためにナイフに塗った毒と同じ製作者だった。にもかかわらず、あーんと口を開けた先生に、私は柄にもなく怯む。

「……私が差し出す薬を、疑いもなく飲んじゃっていいんですか？　ついさっき、自分を殺そうとした相手ですよ？　先生、危機感足りなすぎません？」

「むしろ、君がくれる薬だから何の疑いもなく飲めるんだよ。だって、君にはもう〝私〟を暗殺する理由はないだろう？　それに——バイトちゃんが、俺にひどいことなんてするはずがない」

前世の私に対する信頼が、なんだかひどくくすぐったい。結局、急かされるままに先生の口に練薬を放り込んだ私は、横になった彼に上掛けをかけてベッドを離れようとする。

ところがぐっと腕を掴んで引っ張られ、気が付けば抱き枕よろしく先生に抱えられてベッドに横になっていた。

「なっ……せ、先生⁉」

「血を流したからかな。なんだか寒くて人肌が恋しいんだ。責任を取って、バイトちゃんは朝まで俺の湯たんぽを務めなさい」

先生は当たり前のようにそう宣い、上掛けごと私をぎゅっと抱き竦める。これには、さしもの私も赤面した。初心ではないが、しかし前世でだって今世でだって、経験豊富なわけでもないのだ。

できることならがむしゃらに暴れて逃げ出してしまいたかったが、先生の傷に障ったらと思うと躊躇してしまう。結局は観念して腕の中で大人しくなった私に、先生はくすりと笑った。

「なんだか、急に眠くなってきた……もしかしてさっきの練薬、本当は睡眠薬だったりする？」

「ただの痛み止めですってば。先生、疲れてるんですよ。ゆっくり寝てください」

突然前世を思い出したことによって、今世のこれまでの人生がなんだか他人事のように思え、地に足が着かない心地がする。それとは対照的に、記憶を共有する先生の存在が私の中でどんどん大きくなっていくのを感じた。先生も、もしかしたら同じ気持ちなのだろうか。

小さい子を寝かし付けるみたいに私の背中をポンポンしながら、そういえば、と口を開く。

「今世の君の名前を、まだ聞いていなかったな。〝バイトちゃん〟なんて人前で呼ぶわけにはいかないしね」

「今世は、ロッタっていいます。私も先生のこと、人前では〝クロード様〟って呼びますね？」

適当に付けられたであろうロッタという名前に、私自身さほど愛着はなかった。けれど……

「そう、ロッタ……うん、ロッタちゃんか……」

先生に愛おしむように呼ばれると、とたんに価値のあるもののように思えてくるから不思議だ。

揺蕩《たゆた》う意識の中で発せられた緩慢とした声が、ロッタ、ロッタ、と舌の上で飴玉を転がすみたいに、何度も私の名を紡ぐ。

そうして、やがて夢の中に旅立つ瞬間――先生は、ふいに柔らかな笑みを浮かべて呟いた。

「かわいいね……ロッタ……」

「……っ」

一つ、私は嘘をついた。

さっき先生の口に放り込んだ痛み止め――あれの成分の半分が、実は睡眠薬だったのだ。

今更先生の寝首を掻くつもりなんてないが、一旦退却してボスの指示を仰ごうかとは考えていた。

実際、私の体に絡まる先生の腕は、すでに拘束する力を失っている。

けれども、目の前の無防備な寝顔を見ていると、騙したみたいで罪悪感が半端ない。

「明日の朝、目が覚めたら一番に謝ろう……」

結局私は先生の側を離れるのを断念し、大人しくその腕の中で両目を閉じたのだった。

＊＊＊＊＊

すったもんだあった翌朝のこと。私を目覚めへと導いたのは、愛らしい小鳥のさえずりでも、けたたましい目覚ましの音でも、ましてや前世の母ののほほんとした声でもなく――

ぐうう～きゅるるる……。

「んあっ⁉」

盛大に空腹を訴える腹の虫の鳴き声だった。ぱっと瞼を上げれば、すぐ近くにあった今世の先生の青い瞳が苦笑するみたいに細くなる。私はとっさに口を開いた。

「先生、ごめんなさい！　おはようございます！　おなかすいた‼」

「はい、おはよう。まず、何の謝罪かな？　あと、お腹が空いているのは言わなくてもわかるよ」

昨夜、眠りに落ちる寸前に決意した通り、先生への謝罪を第一声に持ってきた自分を褒めたい。有言実行を成し遂げた自身を誇らしく思いつつ、私は先生の腕に抱き込まれてベッドに横になったまま、キョロキョロと首だけ動かして辺りを見回した。

大きな掃き出し窓に掛けられたカーテンの向こうは、ようやく明るくなりはじめた頃のよう。

壁掛け時計を見上げれば、間もなく五時を知らせようとしている。

前世の私ならば、もう小一時間ほど寝ていたいところだけれど――

ぐうう～きゅるるる……。

「おなかすいた……」

切ない声を上げる腹の虫のために、二度寝を断念する。先生の腕の中で落ち着かない気分になりながら、私は昨夜彼に飲ませた痛み止めについて白状することにした。

「ふうん……久しぶりにぐっすり眠れたと思ったら、薬のおかげだったのか。それで？　俺を眠らせてとんずらかまそうとでも考えたのかな？」

「まあ、そんなところです。ただの痛み止めって嘘ついてごめんなさい」

「うん、そうやって素直に謝れるのは君の美徳だと思うよ。それにしても、逃げなかったのは賢明な判断だったね。兵を動かして、その首に縄を付けて連れ戻させる手間が省けた」

「ぴええっ……」

にんまりと黒い笑みを浮かべる先生に慄《おのの》いた私は、ぴゃっと彼の腕の中から抜け出し、ベッドの上で距離を取る。

お腹は相変わらずぐうぐうと賑やかだった。そんな私と向かい合うように体を起こした先生が、晩飯でも抜いてきたのか、と苦笑交じりに問う。

「だって、初めての大仕事の前だったから緊張してしまって……パンケーキだって十枚くらいしか喉を通らなかったんですよおなかすいた」

「いや、いやいやいや……十枚もパンケーキ食ってきたなら十分なんじゃ……って、これ、マジレスはよせと敬遠されるやつかな？」

「いつもはチキン丸ごと二羽くらい朝飯前なんですよ。ステーキだったら三ポンドはいけますおなかすいた」

「バイトちゃんが、前世に輪をかけて食いしん坊だっていうのはわかったよ。あと、お腹が空いているのもよくわかったから。語尾みたいになっているから」

先生とそんな会話をしている間も、私のお腹はぐうぐうと鳴り続けている。

前世の私の食事量はせいぜい、女子にしてはよく食べる、程度だった。

ところが今世では、普通の人よりもうんと多く食べなければ満腹感を得られず、しかもまたすぐにお腹が空いてしまう。つまり、すこぶる燃費の悪い体に転生してしまったのである。

そして、この厄介な体質こそが、一国の王太子暗殺なんて大仕事に私を挑ませた要因だった。

「私みたいな末端構成員には、社会的信用なんて微塵もないじゃないですか。でも、幹部になれば堅気っぽい肩書きを用意してもらえて、銀行に個人口座を開設できるようになるんですよね」

「つまり、その幹部に昇格するためのステップとして、俺を——クロード・ヴェーデンを暗殺しようとしたというわけか。それで、個人口座を作って何がしたいんだ？　老後のためにこつこつ貯金するなんてのは、君の柄じゃないだろう？」

そこで、私はよくぞ聞いてくれました、とばかりにベシンと膝を叩く。

ちなみに、叩いたのは先生の膝である。

「私——シェフを雇いたいんです！」

「衝撃が脇腹に響いて痛いんだけど……って、シェフ？」

「はいっ！　お金をいーっぱい貯めて、私のためだけに、私の好きなものを、私が食べたいときに食べたいだけ作ってくれる、私専用のシェフをっ!!」

「うん？　なるほど？」

　両手を握り締めて力説する私に、先生は青い目をぱちくりさせた。

「今でこそ、マーロウ一家は統制がとれた組織ですけど、五年ほど前までは凶悪で粗暴で下品なだけのならず者の集まりだったんです」

「うん、聞いたことがあるよ。前のボスは随分とひどい男だったらしいね？」

「はい、それはもう！　私みたいな手駒にすぎない子供たちの待遇なんてのは最低最悪！　搾取されるばかりのひもじい日々の中、一握りの慈悲に頼ってどうにかこうにか生き抜いてきたんです！」

「新しいボスになって、そんな待遇が改善されたのかな？　今のバイトちゃんは随分毛艶がいいように見えるけど？」

　そう言ってさらりと髪を撫でてくる先生に、私はこくこくと頷く。

「今のボスのおかげで、マーロウ一家では私のような末端構成員も食うに困ることはなくなりました。とはいえ、貧しい幼少時代のせいで、食への執着が半端ないんです」

「なるほど、それで専属シェフを雇うことを人生の目標にしちゃったわけか。そんな私利私欲のために、一国の王太子を暗殺することを厭うような倫理観は……」

「持ち合わせてはいませんでした！」

「即答かよ」

　非人道的組織の中で育った人間に、倫理観なんてものを求められても困ってしまう。前世を思い出すまで、マーロウ一家のロッタはクロード王太子殿下を暗殺することに対して、一抹の罪悪感さえ抱いてはいなかったのだ。とはいえ……

「結局、任務は失敗。依頼主は地下牢へ放り込まれるわ、私は殺し損ねた先生に囲われるわ……あーあ、人生って全然思うようにはいかないですね……」

私はそんな風にぼやきつつ、両膝を抱えた体育座りの格好でため息をつく。

そのまま膝頭に額を押し当てて丸まれば、圧迫されたお腹の虫がますます大きく鳴き出した。

「おなかすいた……」

メンタルは、前世も今世も強いほうだと自負している。

ただし、空腹のときはだめだった。お腹が空くと、何もかもが無性に切なくて悲しくてつらくなる。

腹の虫はなおもぐうぐう鳴き続け、私はグスグスと洟《はな》を啜《すす》った。

すると、そんな私の頭をポンポンしながら、ため息交じりに先生が呟く。

「まったく……前世でも今世でも、世話が焼ける子だね」

ギシリと音を立てて、彼がベッドを下りる気配がする。膝に埋めていた顔をのろのろと上げた私は、遠ざかっていく先生の背中越しに、いまだ薄暗い部屋の中を改めて見回した。

ヴェーデン王国の王族の私室は、王宮の三階に並んでいる。どの部屋もバストイレを完備し、ウォークイン型の広い衣装部屋がくっついているのがデフォルトらしい。

調度に関してはそれぞれだが、先生の私室にはキングサイズのベッドと四人掛けのソファセット、壁一面を覆うようにびっしりと本が詰まった作り付けの本棚。さらには、アンティークなカップボードと並んでタイル張りの流し台が設えられている。

一方、私の前世の記憶の中に色濃く残っているのは、十二坪ほどの事務所の光景だった。

奥まった場所にコンロが二口付いたキッチンがあり、先生は私の〝おなかすいた〟を合図にたびたびその前に立ったものだ。私は情報収集やデータ入力をしながら、料理をする先生の背中をパソコン越しにいつも眺めていた。だからだろう。

「先生……」

明かりを灯して流し台の前に立ち、何やら作業を始めた今世の先生の背中を見ていると、郷愁にも似た、ひどく懐かしいような恋しいような気持ちになる。

とたんにじっとしていられなくなり、音もなくベッドを下りてその背中に駆け寄った。

そうして、私が背後に立ったことに気付く素振りもない先生の脇から、そっと顔を覗かせて手元を見遣る。びくりっ、と先生の肩が小さく跳ねた。

「……びっくりした。気配を消して後ろから近づくのはやめてもらえるかな。特に、今みたいに刃物を持っているときはね。うっかり、刺してしまうかもしれないだろう？」

「すみません。職業柄、気配を消すのが癖になっちゃってて……」

「なるほど、今世のバイトちゃんはスパイとしてはなかなか優秀のようだね。覚えておこう」

「はあ、ご用命の際には参考にしてください」

これまでの私の主な任務は、情報収集や囮役だった。数々の潜入捜査で培ったステルス能力の高さには定評がある。それに、外壁を伝ってバルコニーから王宮に侵入した昨夜の通り、身軽さにもちょっとばかり自信があった。

そんな私が暗殺し損ねた先生は今、何やら燻製肉の塊にナイフを入れている。

ライ麦パンやチーズも用意され、流し台の上に作り付けられた棚からは、色とりどりの野菜が詰め込まれたガラス瓶が出てきた。中身はおそらくピクルスだろう。流し台の横には焜炉《こんろ》も設置されており、以上のことからこの一角は簡易のキッチンとして利用されているということがわかった。

「先生……あの、何しているんですか？」

「見ての通り、朝飯の用意をしている」

そんなミニキッチンで先生がてきぱきと作り上げたのは、たっぷりの具材を挟んだサンドイッチだった。紫キャベツや赤や黄色のパプリカのピクルスによって、お皿に盛られたその断面は色鮮やかで美しい。まさしく萌え断。

さらに、燻製肉の芳ばしい香りとツンとしたピクルスの酸っぱい匂いが、ダイレクトに空きっ腹を刺激した。

私は慌てて口を閉じる。そうしないと、みっともなくよだれを垂らしてしまいそうだった。

ぐぎゅう……っ、とお腹の虫が苦悶に満ちた声を上げる。

「……」

私はたまらず、脇から縋るような目で先生を見上げた。意識したつもりはないが、きっと涙目になっているに違いない。先生はそんな私を一瞥すると、熟練のウェイターみたいに片手にお皿を載せてくるりと振り返った。

「せんせい……？」

「朝食は朝食でも、〝ロッタちゃんの朝食〟の用意だよ」

「……えっ？」

「マフィアの幹部に伸し上がって専属シェフを雇う、なんて夢は叶えてあげられそうにないからね。代わりと言っては何だが――前世に引き続き、俺が君の胃袋を満たしてやろうじゃないか」

ちょうどこのとき、大きな掃き出し窓に掛けられたカーテンの隙間から朝日が差し込んだ。

ビロードの絨毯の上に、一本のくっきりとした光の筋が描かれる。

それはまさに、万年腹ぺこの私が先生の言葉に光明を得たことを象徴するような光景だった。

感極まった私は、両手を広げて先生に飛び付く。

「せ、せんせいーっ!!」

「……うっ」

とたんに上がった呻き声で、私は相手が怪我人であったことを思い出すのだった。


「――はっ、おにぎり！　おにぎりが食べたいっ!!」

「うん、おにぎり？　バイトちゃんの話は唐突だねー」

先生お手製のサンドイッチは、それはもう絶品だった。温燻によって濃縮された肉の強い旨味とピクルスやライ麦パンの酸味が、癖のないチーズのまろやかさによってうまくまとめられ、紫キャベツのシャキシャキとした歯ごたえやパプリカの甘味もアクセントになっていた。

先生は燻製肉を肴に朝からワインをちびちびやりながら、ハムスターよろしくせっせと頬袋に詰め込む私を見守る。だがふと、衝撃的な事実に気付いてしまった私は、その場に崩れ落ちた。

「だって、信じられない！　お米を一粒も食べないまま、十九年間も生きてきたなんてっ!!」

「落ち着いて、バイトちゃん」

「お、おにぎり……おにぎり食べたい……おにぎりと一緒に、毎朝先生の作ってくれたお味噌汁が飲みたい……」

「もしかして、俺は今プロポーズをされてる？」

私が新たな生を受けたこの世界における主食といえば、小麦が一般的だった。

米もあるにはあるが、極々限られた地域でしか栽培されていないせいもあり、特権階級の人間しか口にできない高級食材という位置付けになっている。ならず者集団で使い捨ての手駒として育った私みたいな底辺には、到底手が届くはずのない代物だった。

「でも、バイトちゃん。前世の君は別段、米食至上主義を謳ってはいなかったと思うけど？　パンでもパスタでも、俺が与えるものは何でも喜んで食べていたよね？」

「まあ、そうなんですけど……でも、食べられないと思うと無性に食べたくなってしまうのが人間の性でしょう？」

そうだそうだと同意するように、私のお腹がまたもやぐうっと鳴る。

するとふいに先生がにやりと笑って言った。

「そんなに食べたいなら、食べさせてあげようじゃないか」

「えっ？　米をですか？　本当に⁉　本当に食べられるんですかっ⁉　なんでっ⁉」

両目をぱちくりさせる私に、先生はさらに笑みを深めて言い放つ。

「もう忘れたのかい、バイトちゃん？　今世の君のパートナーには——財力も権力もある」

そうだった。今世の先生は、ヒエラルキーのトップもトップ。間もなくピラミッドの頂点に君臨する、次期国王様だったのだ。

つまり、私とは違って高級食材であるお米に手の届く位置に立っている。

「わあああ！　先生、すごい！　カッコイイ！　悪の組織のボスっぽい‼」

「最後の一言だけ余計だよ」

米が保管されているという王宮の厨房に向かうため、私たちはひとまず身支度を整える。

先生の脇腹の傷は、幸いなことに出血が止まっていた。それを清潔なガーゼで覆ってから、傷口が開かないようしっかりと包帯を巻き付ける。手当てが終わると先生は寝衣を脱いで、無地の白シャツと黒のズボン、自身の瞳の色に似た青いベストを身に着けた。

チャイナボタンみたいなベストの留め具は、ヴェーデン王国特有のものだ。

先生は最後に、白地に金糸で刺繍が施されたゴージャスなジャケットを手に取って……

「……え？　なんで？」

なぜだか私の肩に掛けたのだった。

白いエプロンドレスを取っ払った黒いワンピースの上に、先生の……というか、クロード殿下のジャケットを羽織らされる。サイズが合っていないため肩は落ち、着られている感半端ない私を眺めて、先生はうんうんと満足げに頷いた。

「ふふ……いいね、これはいい。俺のもの感があって」

「俺のもの感、とは」

壁に掛かった時計は、間もなく六時を指そうとしている。

私はブカブカのジャケットを羽織ったまま、やたらと上機嫌な先生に連れられて廊下に出た。

同じ階の住人たる他の王族が起き出す時間にはまだ早いらしく、廊下を行き来するのは朝の仕度に忙しい侍女ばかり。王太子殿下の私室の扉が開いたことに気付いて立ち止まった彼女たちが、廊下に現れた私と先生を目の当たりにしてぴしりと固まる。

しかし、さすがはプロフェッショナル。すぐさま我に返り、ささっと壁際に並んで深々とこうべを垂れた。その前を颯爽と歩いていく先生に、私はおずおずと尋ねる。

「あのー……どうして私、手を繋がれているんでしょうか？」

「王宮はとても広いからね。慣れない君が迷子になってはいけないだろう？」

「迷子になんてならないですよ。昨夜だって、ちゃんと一人で部屋まで行けたでしょう？」

「それでも、だよ。私の可愛いロッタ。君のことが心配で離しがたいんだ」

とたん、あちこちからひゅっと息を呑む気配がした。空気がざわつくのを肌で感じる。

朝も早くから見知らぬ女に甘い言葉を囁く王太子殿下に、侍女たちは驚きを隠せない様子だった。

しかも、一人称が〝私〟であることからもわかるように、先生のセリフは彼女たちが聞き耳を立てていると知ってのものだ。周囲の反応にほくそ笑む先生の悪い顔を、できることなら全世界に配信してやりたい衝動に駆られつつ、私は密かにぼやいた。

「今世は日陰の身なんで、こんなにじろじろ見られると落ち着かないんですけど。なんだか珍獣にでもなった気分……」

「それは仕方がないね。今の君は、これまでの〝私〟を知る人間からすれば、パンダ並みに奇特な存在だろうから」

「確かに、白い上着と黒いワンピースでパンダ配色になってますけど」

「そういうことではなくてね」

誰も彼もが物問いたげな様子でありながら、私たちに声をかける者は一人もいなかった。

どうやら先生は、王宮内にて腫れ物に触るように扱われているらしい。

今をときめく王太子殿下に対してあんまりではないかと呟く私に、それは今世の自分——クロード・ヴェーデンの自業自得だと先生が苦笑する。

「五年ほど前、食事に毒を盛られたことがあってね。何てことはない。〝私〟が次の国王となることを不服に思っていた連中の仕業だよ。ちょうど立太子するタイミングだったからね」

「それは……大変でしたね。昨夜の自分を棚に上げて言うようですけど、ご無事でなによりです」

「うん、ありがとう。まあ、そんなこんなで周囲に対して疑心暗鬼になった〝私〟は、警戒するあまり極々一部の人間にしか心を許さなくなってしまったわけだよ。あの事件以来、親兄弟と食卓を囲むこともなくなったし、今もまだ他人の作った食べ物を口にするのは苦手なんだ」

「あー、なるほど……だから私室にミニキッチンがあって、食材が充実してたんですね？」

五年前の暗殺未遂事件以降、家族さえも極力側に寄せ付けなくなっていた王太子殿下。そんな彼が、見たこともない女の手を引いて堂々と廊下を歩いているのだ。

それを目の当たりにした人々が戸惑うのも無理はない。

「人の視線や悪意に怯えて、〝私〟はまるで手負いの獣のようだった。そんな有様で王太子を名乗るとは片腹痛い。我ながら、尻の青いことだよ」

あちこちから突き刺さる視線を鼻で笑った先生は、今世の自身をそうモンゴロイド特有の言い回しで酷評した。

「けれど、〝俺〟が覚醒したからには上手くやるさ。バイトちゃんも大船に乗ったつもりでいるといい。ヴェーデン国王の財力と権力をもってすれば、君のお腹を無限に満たすのも容易いからね」

「さすがに、国王陛下の威光に頼らないと満たされないほど大食らいじゃないですよ？」

「とか言って、また腹の虫がぐうぐう鳴いてるの、聞こえているからね。まったく、昨夜はよくもまあ大人しくしていられたものだよ」

「初めての仕事だったから、さすがに緊張していたんですよ。一夜明けて、やっと気持ちが緩んで……って、いやお腹、刺激しないでもらっていいですか？」

面白がった先生が、繋いでいないほうの手を伸ばしてきて、私のお腹を円を描くみたいにぐるぐる撫でる。とたん、またもやあちこちで息を呑む気配がした。

王宮に住まうすべての人々の食事が賄われる厨房は、広い食堂と一緒に独立した棟になっていた。

王族の私室がある棟とは、一階にある屋根付きの渡り廊下で繋がっている。

厨房では何十人もの料理人たちが犇めき合い、ちょうど朝食の仕度でてんてこ舞いな状況だった。

そんな中、いきなり訪ねてきた先生と私に応対してくれたのは、白い口髭を生やした高齢の料理人。王宮の総料理長である。

総料理長は、先生と私の顔、それからここに来てもまだ繋がれたままの私たちの手を見比べて顎を落としていたが、せっかちな先生は構うことなくさっさと本題に入った。

「朝の忙しい時間に邪魔をしてすまないが、焜炉と鍋を一つ借りてもいいかな」

「しょ、承知しました。すぐにご用意いたします。……ところで、クロード様がご自身で何かお作りになるのですか？　それとも、ええっと……そちらのお嬢様が……？」

「作るのは私だよ。この子は食べるのが専門でね」

「はあ……」

総料理長の困惑をまるっと無視したまま、先生が続ける。

「とりあえずは塩おにぎりでいいかな。総料理長、米と水と、塩を少々もらえるか？」

「ええ、米と水と塩でございますね。畏まりました」

米を炊くために先生が選んだのは、分厚い金属製の蓋付き鍋だった。

「大学のサークル仲間とキャンプをしたときに、こういう感じの鍋でご飯を炊いた気がします」

「うん、ダッチオーブンだね。ローストビーフなんかも作れるよ」

食事に毒を盛られたことをきっかけに、自炊を始めたというクロード殿下。とはいえ、さすがに食材自体を自給自足するのは不可能なため、結局は誰かの手を借りることになる。離乳食の頃から世話になっている、信頼のおける人物だよ」
「〝私〟が口にするものは、すべてこの総料理長が用意してくれていたんだ。

米が炊けるまでの間、厨房の隅に用意された長椅子に並んで座って、先生は私にそんな話を聞かせた。平穏とは言いがたい今世の先生の人生にも、ちゃんと心を許せる相手がいたことを、私は純粋に喜ばしく感じたものだ。

やがて米が炊き上がると、熱々のそれを先生が塩を付けた手で綺麗な正三角形に握ってくれた。
「はわ……米粒が立ってて、ツヤツヤ……」
「こら、よだれよだれ。たくさん握ってあげるから、たんとお上がり」

今世の米は、日本人の心の友であるジャポニカ米と比べれば少しだけ固くて粘りが少ないようだが、味に関しては概ね前世の記憶にある通りだった。

この世界においては超マイナーな穀物の一種という位置付けで、ピラフやパエリアみたいに基本的には具材を混ぜ込んで調理される。白米を食べるという概念自体が存在しないため、側で見守っていた総料理長は塩で握っただけのおにぎりにカルチャーショックを受けている様子だった。

ともあれ、おにぎりを頬張った私は幸せいっぱい。
「ふわ……おいしい……」

自然と蕩《とろ》けて落っこちそうになったほっぺたを、先生がくすくす笑いながらツンツンする。
「本当に幸せそうに食べるね、君は。作り甲斐があるよ」

「だって、おいしいんですもんー。せ……クロード様も食べてみてくださいよ。それで、ほっぺを落っことすといいです」

「じゃあ、君が食べさせてくれるかな？　あいにく、米のデンプンと塩で両手がベタベタでね」

「えっ……今、そのベタベタの手で私のほっぺツンツンしませんでしたっけ？」

そんな私たちのやりとりに、総料理長だけではなく厨房中の料理人たちが目を丸くして固まっている。それに気付いたのは、先生の口に塩おにぎりを突っ込む傍ら、私が五個目を食べ終わった頃だった。あれほど騒がしかった厨房が、しんと静まり返っている。

ゴクリ、と唾を呑む音がどこからか聞こえた。

「ク、クロード様……クロード様は、そちらのお嬢様のことが……」

意を決した様子で総料理長が口を開く。ところが続く言葉は、あちこちで上がった鍋が吹き零れる音に遮られて掻き消されてしまった。厨房に喧騒が戻ってくる。

女王陛下から呼び出しがかかったのは、先生が満腹になった私の手を引いて私室に戻って間もなくのことであった。


ヴェーデン王国は、建国から二千年を数える世界最古の国家である。

周囲が栄枯盛衰目まぐるしく変化を遂げる中、強国に侵略されることもなく国家を維持できたのは、この国が深い森にぐるりと囲まれた高台の上にあったおかげだろう。森の木々に邪魔されて大勢で攻め入るのは難しく、奇襲をかけようにもヴェーデン王国側には眼下の動向が筒抜けだったのだ。

こうして他国の侵略を免れ長きに渡って引き継がれてきた王朝は、独自の文化を確立していた。

全体的に見れば西洋チックなインテリアになっているのだが、所々——たとえば、ガラスキャビネットや椅子などには雷文や格子模様、透かし彫りなどのオリエンタル風のデザインが施されており、前世で言うところのシノワズリみたいな雰囲気になっている。

そんな中、アンティークな革のソファに座った私は、侍女のお仕着せから今世の先生の瞳の色に合わせたみたいな青いワンピースに着替えていた。襟や袖の縁に白いレースをあしらい、胸元にリボンを結んだクラシカルなデザインだ。靴も、黒から白のパンプスに変わっている。

「よく似合ってるよ、バイトちゃん。侍女頭も、君を着飾らせて随分と楽しそうだったね。彼女は俺の乳母で、総料理長と並んで信頼の置ける相手だよ」

「そうでしたか、乳母様……つまり、先生はあのたゆんたゆんのお乳を吸っ……」

「やめなさい。想像するんじゃない」

「ちなみに私は、ヤギさんのお乳でこの通り元気に育ちました」

女王陛下の呼び出しの対象には私も含まれていたため、侍女頭が体裁を整えてくれたのだ。

前世の先生は、すでに三十歳も超え独り立ちして久しい様子だったし、あまり家庭に恵まれなかったらしく家族の話をすることなんて一切なかった。だから、今世の彼に実の息子に対するような慈愛のこもった眼差しを向ける侍女頭の存在が、私にはなんだかとても新鮮に感じられる。

「女王の私生児で、父親は平民の出。五年前の暗殺未遂事件に限らず、嫡出子でないことを理由に理不尽な目に遭う機会も多々あったが……まあ、侍女頭や総料理長の存在は心強かったね」

「惜しむらくはカインの裏切りですね。彼が、先生の親友でいてくれたらよかったのに……」

ため息をつく私の隣で、先生は小さく肩を竦めた。

「カインが親友のふりをしながら、こちらが庶子であることをずっと見下していたのにも薄々気付いていたからね。ここいらで切り捨ててもなんら問題はないよ」

複雑な生い立ちの王太子殿下。その一番の理解者となり、最大の味方であるべき存在といえば、彼をこの世に産み落とした女王陛下だろう。

ところが、肝心の彼女はというと……

「……」

今し方、ようやく目の前に現れたものの、並んで座った先生と私を見て立ち尽くしていた。

第九十九代ヴェーデン国王エレノア・ヴェーデンは、金色の髪と青い瞳をした美しい女性だった。十八歳で今世の先生を産んだ女王陛下は、すでに四十歳を超えているはずだが、肌も髪も唇も艶やかで随分と若々しい。

意志の強そうな切れ長の瞳と赤いルージュを引いた唇からは、のほほんとしていた前世の私の母親とは真逆の、バリバリのキャリアウーマンっぽい印象を受ける。今着ている総レースのモスグリーンのロングドレスも素敵だが、パリッとしたパンツスーツも似合いそうだと思った。

「陛下、どうぞ」

そんな女王陛下をそっとソファに座らせたのは、彼女と同年代のすらりとした男性だった。既視感を覚える銀髪と緑の瞳だと思ったら、昨夜顔を合わせた第二王子アルフ殿下の父親らしい。

王配パウル・ヴェーデンは、数々の優れた文官を輩出してきた名門ボスウェル公爵家出身で、現在宰相を務めている。硬い表情をした女王陛下とは対照的に、アルカイックスマイルをたたえたその顔からはひたすら温和な印象を受けた。

そんな王配殿下が、私と目が合ったとたん、にっこりと微笑みかけてくる。

慌てて会釈を返す私の肩を、先生がぐっと抱き寄せた。

女王陛下は一つ咳払いをすると、クロード、と息子の名を呼ぶ。

「カイン・アンダーソンがあなたの暗殺を企てたというのは本当のことなの？」

「事実です。なんでも、ミッテリ公爵令嬢と密通したうえ、共謀して私を亡き者にしようとしたとか」

当然と言えば当然なのだが、昨夜の騒ぎは女王陛下の耳にも届いたようだ。

先生が淡々とした声で答えると、彼とそっくりな青い瞳がついと動いて私を捉えた。

「クロードは、ブロンドの髪の娘に騙されている。その娘こそが暗殺者だ――そう、カインは地下牢で喚いているそうだが？」

女王陛下の見定めるような鋭い視線に、私はゴクリと唾を呑み込む。

先生はそんな私の強張った肩を撫でながら、ひどく冷たい表情をして言葉を返した。

「カインが喚いているからどうだと言うのです。陛下はまさか、私自身の言葉より、私を殺そうとした罪人の言葉こそが真実だとでもお思いでしょうか？」

「カインの言葉を鵜呑みにするつもりは毛頭ない。ただ、あれやミッテリの娘があなたを害そうとしたという証拠が……」

「近衛師団に聞き取りもしていらっしゃらないので？　昨夜あの場には副団長も居合わせたはずですよ？　彼以下近衛兵たちは、カインが私に剣を向けた場面を目撃したと証言しませんでしたか？」

「カインは、あなたを誑《たぶら》かしたその娘を排除するために剣を抜いたと主張しているわ」

先生は、実の母親を〝陛下〟と呼ぶ。随分と他人行儀なことだと思いつつ、私は先生に肩を抱かれたまま黙って二人の話を聞いていた。

女王陛下の隣に座った王配殿下も、穏やかな表情のまま口を閉じている。

そんな中、女王夫妻が座るソファの傍らから、やたらとチクチクとした視線が突き刺さってくるのに気付いた。王配殿下とそっくりな銀髪と緑色の瞳の男――アルフ殿下である。

昨夜は先生に軽くあしらわれて部屋から追い出されたものの、やはり私の存在を快く思っていないのだろう。どうして兄上はこんな女を連れているんだ、とでも言いたげな顔には少年っぽさが残り、不満の二文字がデカデカと掲げられている。いかにも腹芸ができなそうな、実直で潔癖な性格のようだ。

そのまっすぐすぎる視線が眩しくて、私が目を細めた――そのときである。

――バンッ!!

突如響いた大きな音に、私はとっさに身を竦めた。

私を睨むのに夢中だったアルフ殿下も、ビクリと体を震わせる。

先生が、私を抱いているのと反対の手で目の前のローテーブルを叩いた音だった。

「己の行いを棚に上げ、刑を免れようとする浅ましい男の言葉にまともに取り合おうなんて、馬鹿馬鹿しいにもほどがある。もしも昨夜、この子もろとも私が斬り殺されていたとしても、陛下はカインのその釈明に耳を傾けるのですか?」

「クロード……」

叩かれた余韻で震えるローテーブル越しに身を乗り出し、女王陛下を睨みつけた先生は、相手が怯んだのを察してここぞとばかりに畳みかける。

「それとも——陛下は、本当はそれをお望みだったので?」

「何を……何を、馬鹿なことを……」

「陛下にとって、所詮私は若気の至りの末の望まぬ産物。正当な嫡出子であるアルフに王位を継がせるのに、私が昨夜カインに殺されていたほうが都合がよろしかったのではありませんか?」

「——クロード!」

女王陛下が悲鳴じみた声で先生を呼び、アルフ殿下の顔は真っ青になった。

長く伝統を受け継いできたヴェーデン王国では、王位は国王の最初の子に継がせるという決まりがある。これは非嫡出子にも適用されるため、前国王は当初、女王陛下のお腹に宿った先生を堕胎させようとしたらしい。五年前、先生の立太子に反対した連中が、即暗殺なんて強行な手段に及んだのもその伝統が所以である。

「私が生きている限り、陛下の可愛いアルフが王冠を戴くことはないのですからね。——私が、邪魔なのでしょう？」

「クロード、やめて……」

夫の子である次男を国王にしたいがために、過去の恋人の子である長男の死を望んでいる——なんて、血も涙もない母親のように疑われた女王陛下の顔色は、血の気が引いて真っ白になってしまった。兄が命を狙われる理由にされたアルフ殿下も、ちぎれて飛んでいってしまうのではないかと心配になるくらい、ブンブンと首を横に振っている。

そんな妻子を見兼ねたのか、ここでようやく王配殿下が口を挟んだ。

「やめなさい、クロード。無用な勘繰りはお互いを傷付けるだけだよ」

年長者らしい落ち着いた声で諭すように言う。ただし、それで攻撃の手を緩める先生ではない。

女王陛下から王配殿下——実の母親から義理の父親へと矛先を変えただけだった。

「勘繰られたくないのは、殿下のほうではありませんか？　なんでも、ミッテリ公爵令嬢の腹には、カインの子がいるらしいですよ。それを私の子だと偽って、いずれ王位に就ける算段だったとか」

「なんだって⁉　それは、本当なのかい⁉」

「危うく、王家の血を一滴も引いていない人間に玉座を奪われるところだったんです。これについて、殿下はどのようにお考えで？　確か、ミッテリ公爵令嬢を私の婚約者へと推したのはボスウェル公爵でしたよね？　この度の謀略に、卿はどれほど関わっていらっしゃるのでしょうか」

「いや、まさか……兄に限ってそんな真似は……」

ボスウェル公爵は王配殿下の実の兄であり、ミッテリ公爵とは親交が深いことで知られている。

クロード殿下とミッテリ公爵令嬢の婚約が、ボスウェル公爵の顔を立てる形で決定したのも事実だった。そのため、ミッテリ公爵令嬢が不貞を働いたうえ、あまつさえ王家を欺こうとしていたとなれば、それを推したボスウェル公爵家にも嫌疑の目が向けられるのは必至。

「ボスウェル公爵にとって、私の存在ほど目障りなものはないでしょう。私さえいなければ、ボスウェル公爵家の血を引くアルフが国王になれるのですから」

「クロード……」

ここまでのやりとりを見ていてわかるように、先生ことクロード殿下と他の家族の間には確執がある。それを決定的にしたのが、五年前の事件だった。

当時、クロード殿下が二十歳を迎えて成人したのを機に、女王陛下は正式に彼を王太子に指名し、五年を目処に譲位することを発表した。そのため、平民を父に持つ私生児が次の国王となることを認めたくなかった一部の貴族が、クロード殿下を暗殺しようとしたのだ。

結局、計画は失敗。犯人も全員捕まって処罰されたらしい。ただ、暗殺が成功していれば、血縁者を次期国王にできたであろう王配殿下やボスウェル公爵が捜査の対象とならなかったことにクロード殿下は猛反発し、それを決定した女王陛下に対して強い不信感を抱く結果となった。

クロード殿下からすれば、母が私生児である自分を蔑ろにし、夫やその兄――ひいては、正式な嫡出子である弟の側に味方しているように見えたのだろう。

「いいえ、ボスウェル公爵だけではありません。この国にとって、私は所詮望まぬ存在なのでしょう。由緒正しきヴェーデン王国の歴史に私生児の国王が名を残すなんて……きっと、誰も認めたくないんだっ……‼」

ふいに感情を昂《たかぶ》らせて声を荒らげた先生は、私をぎゅっと抱き締めて肩に顔を埋めてくる。

とたんに、向かいのソファに座っていた女王陛下が立ち上がって叫んだ。

「クロード、もうやめなさいっ‼　誰も、あなたのことをそんな風に思ってなんていないわっ‼」

その必死の形相たるや、初見で感じたバリキャリっぽい印象からはほど遠かった。不器用そうな、けれどちゃんと先生のことを大事に思っている母親の顔をしていて、私は少しほっとする。

一方、私を抱き締めたまま肩に顔を埋めている先生は、小刻みに体を震わせていた。

女王陛下たちにはそれが、彼が声もなく泣いているように見えたのだろう。

痛ましげな表情をして、口を噤んでしまった。しかしながら……

「……ぷっ、くくっ……女王も形なしだな」

先生がプルプルしているのは、泣いてるからではなく、笑いを堪えているせいだった。

「俺の演技もなかなかだと思わない？　主演男優賞も夢ではないかもしれないね」

耳元でそう囁く彼に、私はたまらず遠い目をする。その後も、先生は絶好調だった。

「カインをずっと親友だと思っていたのです。それなのに彼は、あんなひどい裏切り方を……」

私の肩に顔を埋めて嘲笑を隠しつつ、ノリノリで悲劇の主人公を演じている。まったくもって、性質が悪いにもほどがある。

「ミッテリ公爵令嬢もひどい。私とカインの関係を知りながら、彼を誑かしたんですからね……」

「クロード……」

そんな先生にまんまと騙され、痛ましげな表情をして唇を噛み締めている女王陛下に、私は心底同情した。

『早急に会話の主導権を握り、都合の悪い話題をすり替え、感情的に畳みかけることによって相手の心を揺さぶり、罪悪感を煽り——最終的にはこちらを追及できなくする』

今まさに先生が実践しているのは、物事を有利に進めるための手法である。

これがもし法治国家の裁判の場であったなら、原告であろうと被告であろうと、あるいは検事であろうと弁護士であろうと、誰か一人がひたすら持論を展開するなんてことは罷り通らない。きっと、裁判長なんかが口を挟んで話を軌道修正するはずだ。しかし……

「家族間の問題だと見誤って、第三者をこの場に呼ばなかったのが女王たちの敗因だよ」

先生がそう、私の耳元にこっそり囁く。この場は、もはや先生の独擅場だった。

「親友にも婚約者にも裏切られた私を、実の母たる陛下まで傷付けるのですか……？」

「違う……違うのよ、クロード……」

主演男優賞を狙う先生の言葉に、まんまと騙された女王陛下は愕然としている。

そもそも彼女が先生と私を呼び出したのは、カインとミッテリ公爵令嬢が共謀して王太子暗殺未遂事件を起こしたという話を検証し、彼らを地下牢にぶち込むだけの証拠が揃っているのかどうかを確認するためだったはず。それに、アルフ殿下から話を聞いていたとすれば、昨夜からいきなり王太子の私室で寝起きしはじめた私の正体も探りたかっただろう。

しかし、女王陛下は結局、先生の一方的な主張を聞かされただけで口を閉ざしてしまった。

代わりに、公私ともに彼女を支える王配殿下が口を開く。

「クロードには心の整理をする時間が必要なようだね。陛下、今日のところはひとまず休ませてやってはいかがでしょうか？」

「そう……そうね……」

王配殿下も先生の演技に騙されているのか、それとも兄ボスウェル公爵が推したミッテリ公爵令嬢の不祥事が話題に出て分が悪いと思ったのか。

何にしろ彼の提案によって、王家の家族会議は先生の一人勝ちでお開きになるかと思われた。

先生は女王陛下たちに顔を見せないまま立ち上がり、私の手を引いてさっさと退室しようとする。

ところがである。

「──ま、待って！　待ってくださいっ‼」

ここに来て待ったの声を上げたのは、一人だけ立ちっぱなしだった人物──アルフ殿下だ。

彼は、とっさに振り返った私と目が合ったとたん、眦《まなじり》を吊り上げる。

そして、ビシッとこちらに人差し指を突き付けて叫んだ。

「カインやミッテリ公爵令嬢のことはさておき──その女が何者なのかは、今ここではっきりさせるべきではないでしょうか！」

いやいや、カインやミッテリ公爵令嬢にとっては、社会的にも物理的にも生きるか死ぬかの大問題なのでさておかれては可哀想だと思うのだけれど。

そんな感想を抱く私の隣では、先生がちっと小さく舌打ちをする。

「あいつ、余計なことを……」

そもそも先生は、昨夜の事件や私の素性について深く追及されるのを避けるため、芝居を打ってまで早急に家族会議を終わらせようとしていたのだ。

なにしろ、私と先生が暗殺者とターゲットとして出会い、お互いに前世を思い出し、今後は手を携えてやっていこうとなってからまだ一夜が明けたばかり。口裏合わせも十分とは言えなかった。

「昨夜まで、存在も知らなかったのです！　そんな正体不明の女が、次期国王である兄上の隣にいきなり現れて、あまつさえ、し、しし、寝所をともにだなんて……っ！」

「確かに……その娘が何者なのかは、私も聞いておかねばなるまい」

顔を真っ赤にしたアルフ殿下の主張によって、すっかり先生のペースに巻き込まれていた女王陛下まで我に返ってしまったようだ。

「やれやれ……」

女王陛下の当然といえば当然の問いに、先生はさっきの舌打ちとは違って、私以外にも聞こえるように深々とため息をつく。そうして、私の肩を抱いてくるりと振り返り……

「この子はロッタ。――ミッテリ公爵令嬢に代わって、私のただ一人の伴侶となる娘です」

特大の爆弾を投下した。

「なっ……伴侶、ですって⁉」

「ああ、兄上⁉　どういうことですかっ⁉」

女王陛下とアルフ殿下がぎょっとした様子で口々に叫ぶ。一拍遅れて、王配殿下も口を開いた。

「クロード。その子がどちらのお嬢さんなのか、問うてもいいかい？」

「大きい声では申し上げられませんが、とある国の止ん事なき御方の隠し子ではないかと」

「……なるほど、隠し子。とある国とは？」

「それに関しては黙秘します。万が一この子の存在が明るみに出れば、権力争いに利用しようとする輩が現れないとも限りませんからね」

とたん、王配殿下の緑色の瞳が品定めをするみたいに矯《た》めつ眇《すが》めつ私を眺める。〝とある国の止ん事なき御方の隠し子〟なんて重そうな設定をいきなり背負わされて、こちとら平静を装うのに必死だ。けれども、この場には私以上に必死な人がいた。

「そんな曰く付きの女をどうして妻になんてなさるのですかっ⁉　兄上を厄介事に巻き込むかもしれないのにっ‼」

再び私をビシリと指差し、アルフ殿下が悲鳴じみた声で叫ぶ。先生はぐっと抱き寄せた私の頭に頬を寄せると、決まっているだろう、と澄ました顔をして答えた。

「たとえ厄介事に巻き込まれようとも、この子に側にいてもらいたいからだ。それとも何か？　お前は私が、愛しい人が抱える問題にも対処もできないような無能だと思っているのかな？」

「いいい、愛しいいいっ⁉　い、いえっ！　決して、兄上を軽んずるようなつもりはっ……」

「だったら、口を閉じておいてほしいものだね。お前に、いちいち口出しされるのは煩わしい」

「ぐっ……あ、兄上……」

先生にすげなくされ、アルフ殿下は傷付いたような顔をした。

言葉に詰まった彼と交替するみたいに、今度は女王陛下が口を開こうとする。彼女が私に向ける眼差しは、アルフ殿下みたいに敵意ビンビンではないが、それでも不信感が色濃く滲んでいた。

女王陛下としても母親としても、先生が独断で選んだ女をおいそれと受け入れるわけにはいかないのだろう。しかし、先生のほうが一枚も二枚も上手だった。

「庶子だ何だと陰で嘲笑われながら生きてきた私の気持ちをわかってくれるのは、同じように生い立ちに問題があるこの子だけ。実の父を取り上げられた私から、まさか愛しい人まで取り上げるような——そんな無慈悲な真似はさすがになさいませんよね、母上?」

「……っ」

先生に対して少なからず負い目がある女王陛下は、はく、と声もなく喘いだ。

きっと、罪悪感に圧し潰されそうな心地なのだろう。

しかも、散々他人行儀な呼び方をしておきながら、ここにきて〝母上〟だなんて。

前世を知っているからこそ、わかる。絶対的優位に立って、先生は今、超絶にノリノリだ。

今世の自身の境遇をも武器にして、人の心をぐっさぐっさと抉っていく。前世ではそれが跳ね返ってきて、うっかり私を死なせる羽目になったということを忘れないでもらいたいものだ。

図らずも、今世もまた先生と生きていくことになるらしい私としては、前世と同じ過ちだけは避けたい。私はひとまず調子に乗りすぎている先生を諫めるため、おずおずと縋るように見せかけて彼の脇腹に触れた。ちょうど、昨夜ナイフで突き刺した辺りを。

「……っ」

ガーゼを当てて包帯をぐるぐる巻きにしているが、傷が塞がるにはまだ早い。

昨夜飲んだ痛み止めの効果もすっかり切れている頃で、きっと傷が痛んだのだろう。

先生は一瞬、恨みがましげな視線を向けてきたが、次の瞬間——

「ああ、安心おし！　私の可愛いロッタ！　たとえ陛下であろうとも、私と君を引き離したりなんてさせないよ！」

「ぴええっ……!?」

私を両腕に掻き抱いたかと思ったら、ちゅううっと頬に熱烈なキスをした。

ぎょっとする私に、ぽかんとする女王陛下たち。

一人したり顔の先生は、そのまま私を連れて扉へ向かおうとする。その背に慌てて呼びかける女王陛下の声は完全に裏返ってしまっていて、もはや威厳もへったくれもなくなっていた。

「待って、クロード！　最後に一つだけ聞かせてちょうだいっ!!」

「……まだ何か？」

冷え冷えとした視線を返す先生に、女王陛下は意を決したように続ける。

「その娘の腹に……すでにあなたの子がいるのではという声が、あるのだけれど……」

「私の子？　へえ……いったい、どこからそんな話が？」

「今朝……その娘の腹を、あなたがひどく愛おしそうに撫でているのを見た者がいる、と……」

「……ああ、なるほど」

私は先生と顔を見合わせた。確かに厨房に向かう途中の廊下で、ぐうぐううるさい私のお腹を先生が面白がって撫でていたが、どうやらその光景が思いも寄らない誤解を生んでしまったらしい。

いやにお腹回りの緩いワンピースを着せられたのはそれが理由か、と私が思っていると……

「……ぷっ、はは！　あはははっ‼」

ふいに、先生が声を上げて笑い出した。

ぎょっとする私を抱き締めたまま、だったら？　と挑発するみたいに口を開く。

「この子の腹に私の子がいたら、どうだと言うんです？　まさか、結婚式も挙げていないのに子供を作るなんて認められない、などと野暮なことはおっしゃられますまい。——私みたいな私生児を生み落としたご自身を棚に上げて、ねえ？」

ひゅっ、と女王陛下が息を呑んだ。アルフ殿下も顔を強張らせる。

そんな中、王配殿下の判断は賢明だった。

すっとソファから立ち上がると、つかつかと歩いていって扉を開く。

「引き止めてすまなかったね、クロード。今日はもう部屋でゆっくり休みなさい。気分が優れないようなら、侍医を行かせよう」

「いいえ、結構。侍医よりも、この子に癒やしてもらいますので」

言外に出て行けと言われた先生は、いっそ清々しいほどの笑みを返すと、私の肩を抱いたまま今度こそ女王陛下の前を辞した。

「——もおおおっ、先生！」

先生ことクロード殿下の私室に戻ったとたん、私はたまらず彼に詰め寄った。

その胸倉を掴んでガクガクと揺さぶる。

「私ってば、いったいどちら様の隠し子なんでしょうか⁉」

「さあねぇ、どちら様のだろうねぇ、俺も知らないなぁ」

「あんな適当なことを言うなんて、先生らしくないですよっ！」

「けど、嘘は言っていないよ？　俺は〝とある国の止ん事なき御方の隠し子ではないかと〟と、あくまで個人的見解を口にしただけであって、断定はしていないからね」

先生は澄ました顔をしてそう答えると、胸倉を掴んだ私の両手を自身のそれで包み込む。

そうして、実に胡散臭い笑みを浮かべて続けた。

「それに、そもそも今世のバイトちゃんは本当の親が誰なのかを知らないんだろう？　だったら本当に、どこかの国の止ん事なき御方の落《お》とし胤《だね》、という可能性もなきにしも非ず」

「限りなくゼロに近いと思いますけどねっ⁉」

「だが、ゼロではない。だったら、やりようによって一を十にも百にも千にもできるはずだよ」

「それって、詐欺師の常套句《じょうとうく》じゃないですか！　十万預けてくれたら、百万にも一千万にも増やせますよーってやつ！」

胡乱《うろん》な目で睨む私に、先生があははと声を立ててさも面白そうに笑う。

「嘘も方便と言うだろう？　マフィアの秘蔵っ子が未来の王妃になる——なんて事実を教えられるよりも、あの人たちの精神衛生上よっぽどマシだと思うけどね」

「あの人たち、なんて……ご家族なのにそんな他人行儀な言い方しなくっても……」

「カイン・アンダーソン同様、前世を思い出した今の俺には別段思い入れのない人たちだからね。まあ、〝私〟にとっても、彼らは到底気の置けない相手にはなりえなかったみたいだけど？」

「王配殿下とアルフ殿下はともかくとして、女王陛下は正真正銘、今世の先生のお母さんでしょう？なのに、あんな風にいちいち心を抉るようなことを言わなくても……」

もしかして、反抗期ですか？　と問えば、先生はとたんに苦虫を噛み潰したような顔をした。

「あの人を見ていると、無性にイライラするんだよね。王太子という立場にありながら臣下の男と通じ、あまつさえ子供を身籠もってしまうなんて……若気の至りとはいえ、あまりにも責任感が欠如した浅はかな行いだよ」

冷ややかな先生の声に首を竦めつつ、でも、と私は果敢にも続ける。

「そうやって、女王陛下が若気の至りでやらかしてくださらなかったら、私はこうして先生に会うこともできなかったんですよね？」

「うん？　まあ、それはそうだけど……」

「もし、相手が先生じゃなかったら……私、きっと昨夜の暗殺任務は成功していたと思うんです」

「……そうかもしれないね」

一度成功させたら、その後もきっと暗殺任務が課せられただろう。

私は前世の自分の死に様も、先生が作ってくれた賄いの味も思い出すことなく、何の恨みもない人間の命を糧にマーロウ一家の中で伸し上がっていったのかもしれない。

前世の倫理観をもってすれば、人殺しは絶対にいけないことだと思う。ただマーロウ一家のロッタとしては、外れてしまった出世コースに未練がないと言えば嘘になった。

私は、あーあと大きなため息をつく。

「十人くらい殺してやっと、幹部として認めてもらえる感じだったんですよね」

「可愛い顔をしてまた物騒なことを……あのね、バイトちゃん。殺し屋として大成する未来は、もうすっぱり諦めなさいね？」

「銀行口座作って、資金貯めて、専属シェフ雇って、おいしいものいーっぱい食べて――あっ、おなかすいた！」

「うそだろう⁉　朝からあれだけ食べたのに、もう腹が減っただなんて……って、きっかり十二時じゃないか‼」

私のお腹がぐうと鳴るのと、壁掛け時計の長針と短針が真上を指して重なるのは同時だった。

「せんせー、おなかすきましたー、しんじゃいますー」

「はいはいはい、ちょっと待ってねー」

「おぉーなぁーかぁーすぅーいぃーたぁあああー！」

「わかった、わかったから！　……まったく、食べ盛りの子供を持つお母さんの気分だよ」

しきりに空腹を訴える私に、簡易キッチンの前に立った先生が呆れた顔をする。

彼の前には、今朝厨房からの帰りに総料理長がそっと持たせてくれた生ハムの原木が、踵を天井に向けた状態でデデンと鎮座していた。もう少しも待てないと、ぐうぐう切なく鳴き続ける私のお腹を哀れに思ったのか、先生が生ハムを削いでいたナイフで窓を指して言う。

「バルコニーのプランターでトマトが食べ頃になってるよ。好きなだけ捥いでおいで」

「はーい」

なんと、ヴェーデン王国の王太子はベランダ菜園も嗜《たしな》むらしい。

そういえば、前世の先生も事務所のベランダにプランターを並べていたことを思い出す。ちなみに、収穫物を消費したのは専ら前世の私だった。

私はお腹の虫に急かされるように、ふらふらとバルコニーに近寄っていく。

そうして、天井まで届く掃き出し窓をえいやっと開いたとたんのことだった。

「うわっ⁉」

バサリ、と大きな音を立てて何かが飛び込んできたかと思ったら、背後から先生の驚いた声が上がる。慌てて室内を振り返った私は、大きな音の正体に気付いて顔を輝かせた。

「あああっ！　ハトさーんっ‼」

「カア」

先生が皿に盛っていた生ハムを奪ったらしいそれは、黒々とした瞳を私に向けて一声鳴いた。

「ハトって……えっ、何？　バイトちゃんの知り合い？」

「ボスの飼ってる伝書鳩のハトさんです。ハトさん、ごきげんよう。ボスから伝言ですか？」

私がプランターから真っ赤に完熟したトマトを捥ぎながら問うと、ハトさんが返事をするみたいにもう一度カアと鳴く。とたんに、先生にしては珍しく素っ頓狂な声を上げた。

「いや、鳩じゃないよね？　っていうか、カラスだよねっ⁉　カアって鳴いたもんね⁉」

「本鳥は自分のことを鳩だと思ってますし、実際伝書鳩の仕事をしているので、マーロウ一家では広義で鳩ということになっています。ちなみに〝ハト〟が名前です」

「アバウトすぎるぞ、マーロウ一家！　あと、名付けた人間のセンスを疑うっ！」

「私の名付け親と同一人物ですよー」

カラスといっても、全身黒一色のものではなく、黒と灰色のツートンカラーだ。遠目になら鳩に見えなくもないかもしれない。伝書鳩は鳩の帰巣本能を利用しているが、カラスのハトさん——ややこしい——はとっても頭がいいので、飼い主であるマーロウ一家の現在のボスが指示した相手のもとまで正確に飛んでいって仕事をこなす。

「私が引き取られたときには、すでにマーロウ一家の一員だったらしいですよ。私がお腹を空かせているとわかるとすぐに食糧を分けてくれようとする、優しいお姉さんカラスなんです」

「お姉さん、ね。確かに、飼育されているカラスの寿命は二十年から三十年と意外に長いって聞いたことがあるけど……え、バイトちゃん。カラスに育てられた子なの？」

今もまた、私のお腹が盛大に鳴いたのを耳にして、居ても立ってもいられなくなったのだろう。生ハムスライスをガバッとくわえたハトさんが慌てて飛んでくる。

そうして、せっせと彼女に給餌される私を眺め、先生は痛ましげな表情で呟いた。

「俺は、庶子とはいえ一国の王子として生まれ育ったから、幸い食うに困ったことはないけど……

今世のバイトちゃんは冗談抜きで苦労をしたんだね」

「まあ、前のボスの時代は最悪でしたよね。私ってばいっっっつもお腹を空かせてて……ハトさんたちみたいに情けをかけてくれる相手がいなかったら、生きてこられなかったかもしれません」

「今のマーロウ一家のボス――確か、レクター・マーロウって男だよね？　彼は、バイトちゃんにとってはいいボスなのかな？」

「はい、それはもう！　今のボスは、仕事をしたらちゃんと評価してくれるし、ご飯もお腹いっぱい食べさせてくれますもん！」

バルコニーに足だけ出して座り込んでいた私の隣に、先生が腰を下ろす。

彼はプランターから完熟トマトを捥ぐと、今度はそれをスライスして私の口に放り込みはじめた。

「カア」

「ハトさん、なぁに？」

ちょうど、ボスの話になったからだろうか。

先生と同じプランターから毟り取ったトマトを一つ食べ終え、嘴《くちばし》から真っ赤な血……じゃなくてトマトの汁を滴らせたハトさんが、今思い出したとばかりにひょいと右足を差し出してきた。

その足首には、銀色をした金属製の筒が足環にくっつける形で嵌められている。

「通信筒だね。レクター・マーロウからの連絡かな？」

「あっ、先生！　うかつに触っちゃだめですよ！　万が一、ボスが指定した人以外が通信筒に触れようものなら、ハトさんのこの嘴でガスッとやられますからね！」

そうなったら、トマトの汁ではなく本物の血を見ることになるだろう。

慌てて手を引っ込めた先生が、そういえば、と続ける。

「バイトちゃんは、カインたちが俺の暗殺依頼をした証拠なんかをボスに送ったって言っていたね」

「そうですそうです。たぶん、その返事だと思うんですが……」

筒の蓋を外して、中から小さく折り畳まれた手紙を取り出す。掌大の白い紙の上には、マーロウ一家の刻印とともに、ボスの見慣れた几帳面な字がびっしりと並んでいた。

「それで？　レクター・マーロウは何と？」

手紙を強引に覗き込むような無作法な真似はしないものの、まるで情報提供代だとでもいうように、先生は私とハトさんの口にドライプラムを突っ込んで問う。ぎゅっと甘さが濃縮されたそれをモチャモチャと噛みしだいてから、私は先生の顔を見上げて答えた。

「――ボスも、ヴェーデン王国に来ているそうです。明日の朝、森の魔女の家で落ち合おうって」

第二章　マーロウ一家のボス

淡いサーモンピンクに染まった朝焼けの空を鳥が行く。大きな翼を広げた黒い影が頭上を過り、いまだ木蔭で微睡んでいた小鳥などは、ぱっと飛び立って逃げた。

それに構うことなく悠々とはばたく影の正体は、マーロウ一家唯一のカラスの構成員であり、私の姉を自負するハトさんだ。彼女の跡を追うようにして、ボスと落ち合うことになっている森の魔女の家を目指す私は、ふと隣に目をやってため息をついた。

「ヴェーデン王国の国民の皆さんは、まさか王太子殿下が護衛の一人も連れずに町中を歩いているなんて思ってもみないでしょうね？」

「一般人が王族の顔を至近距離で眺めるような機会はそうそうないからね。よっぽど周囲から浮くような華美な格好でもしていない限りバレることはないよ」

ハトさんが届けてくれた手紙を確認し、ひとまずボスに会ってくると告げた私に、先生は待ったをかけた。

「結局、バイトちゃんは俺の暗殺任務を失敗したわけだからね。そのことで、君が叱責されたり罰せられたりしないよう、俺が取りなしてあげるから安心していいよ」

「きっと大丈夫だと思うんですけど。ボスは、ちゃんと私の話を聞いてくれる人ですし……」

「それと、これから王太子妃となるバイトちゃんの身の振り方について、君のボスとはちゃんと話し合っておかないといけないしね」

「次期国王とマフィアのボスが魔女の家で密会だなんて……心底、同席したくないです」

そんなこんなで、日の出前に王宮を抜け出した私と先生は、朝の喧騒に包まれはじめた大通りを一般人を装って歩いていた。万が一にも、先生の顔を知っている人物に行き当たった場合は、お忍びで早朝デート中とでも言って誤魔化すつもりだ。

そんな中、私は恋人に甘えるみたいに装って、隣を歩く先生の袖をツンと引いた。

「――先生、気付いてますか？　跡をつけられてます」

「どうりで視線を感じると思った……バイトちゃん、相手が誰だかわかるかい？」

「アルフ・ヴェーデン第二王子――先生の弟君ですよ」

「ふーん、なるほど。だったらおそらく、あれの護衛騎士も一緒だな」

先生の言う通り、王城から私たちを尾行してきたアルフ殿下には屈強そうな若い騎士が随行している。しかも、私たちのように一般人を装ってはおらず、アルフ殿下の貴族然とした身なりや護衛騎士が大仰に腰に提げた剣がやたらと目を引いていた。

朝の仕度に忙しい人々も、いったい何事かと訝しい顔をしている。

「目立っちゃってまぁ……おバカ主従が何をやっているんだか」

内緒話をしやすいように私の肩を抱き寄せた先生は、そう言って呆れた顔をした。

「どうします？　撒《ま》きますか？　私、そういうの得意なんです。今ならハトさんもいますし」

「うん、このまま付いてこられては面倒だよね。お願いできるかな」

先生の返事を聞くやいなや、私は親指と人差し指で丸を作ってピイと指笛を吹いた。

すると、天高くを飛んでいたハトさんがすぐさま体を傾けて急降下してくる。

そのまま私たちの頭上すれすれを通過したかと思ったら……

「わああっ⁉　な、何だ⁉」

「――殿下！　うおおっ、この！　無礼なカラスめっ‼」

背後でバサバサという羽音とアルフ殿下の驚いた声、それから護衛騎士の野太い声が上がった。

「あっ、剣抜いちゃった……」

「ただでさえ注目を集めていたのに、バカだなぁ……」

アルフ殿下を守ろうと護衛騎士が剣を振り回し、辺りは騒然となった。

ギラリと輝く白刃を、ハトさんは難なく躱して再び空高く舞い上がる。

それを目の端に捉えつつ、私は先生の手を引いて路地へと飛び込んだのだった。


森の魔女ことアンの住処は、王都の外れに位置する国境沿いの森の奥にあった。王城からもそう遠くはなく、城下町の真ん中をぶち抜いた大通りを行けば、徒歩でも一時間ほどで辿り着く。

やがて木々の合間に現れたこぢんまりとした家は、さながらヨーロッパの片田舎のおばあちゃんちみたい。手入れの行き届いた庭では色とりどりの花々が咲き誇り、蝶や蜜蜂が飛び交う長閑な光景が広がっている。ただ、その中にしれっと毒草が交ざっていたりするのだから、やっぱり魔女の家。油断はできない。

「アンが転生を繰り返しているって、本当なんでしょうか?」

「さて、どうだろう。あの家はアンが建てたんじゃなくて、千年近く前から何代も魔女が住んできたって話だけどね」

私と先生がそんなことを話しながら歩いていると、ふいにバサリと羽音が降ってきた。アルフ殿下たちを撹乱してくれたハトさんが追いついたのだ。

ハトさんは私たちの頭の上をすいっと飛び越えて、まっすぐに森の魔女の家に向かう。

その軌跡を目で追っていけば、玄関扉の脇に置かれた安楽椅子に誰かが座っているのが見えた。

長い脚を優雅に組んだシルエットは、どう見ても家主の老婆のそれではない。

ハトさんは足環の着いた足でその肩に止まり、カア、と私を急かすみたいに鳴いた。

「──ロッタ」

耳慣れた低い声に今世の名を呼ばれる。とたんに、私はここまで引いてきた先生の手をぱっと離して駆け出していた。

「──ボス!」

安楽椅子に座っていたのは、亜麻色の髪を後ろに撫で付け、サファイアみたいな青い瞳をした美丈夫だった。先ほど私たちを尾行していたアルフ殿下のように華美ではないものの、きちんとした身なりをしていかにも紳士然としている。

とはいえその正体は、五年ほど前に実父である先代を殺してトップに伸し上がり、ならず者の集まりだったファミリーを統制して一つの組織として確立させたマーロウ一家のボス──レクター・

マーロウ、その人だった。肩にカラスを乗せた姿は、さながら死神のようだ。

ギッ、と安楽椅子を軋ませて、ボスが立ち上がる。

その猛禽類を彷彿とさせる鋭い目がすいと動いて、自分の後ろ——そこにいる先生に向けられたのに気付いた私は、石造りの階段を一気に駆け上がり、勢いを殺さぬままボスに飛び付いた。

「ああ、あのっ！　あのですね、ボス！　これには、ふっかーい訳がありましてですねっ!!」

「私の記憶違いでなければ、お前が手を引いてきたのはクロード王太子殿下ではあるまいか？」

「あああ、当たりです！　大当たりです！　なんだかんだあって失敗しちゃいまして……巡り巡って、今こんな感じですっ!!」

「ふむ、まったくわからん」

私を危なげなく受け止めたボスは、呆れたようなため息をつく。インテリヤクザみたいな風貌で、前世の私だったら絶対にお近づきになりたくない部類の相手だった。

だが、いかんせん今世では命に関わるレベルで世話になりまくっているため、無性に慕わしく思えてしまう。

「ボスー、怒ってないですか？　ご飯抜きだけは嫌です……」

「断食を命じるほど、お前にとって残酷な罰はなかろうな」

レクター・マーロウは現在三十歳。父と呼ぶにはいささか若く、兄にしては貫禄がありすぎるものの、家族みたいな保護者みたいな、とにかく私にとってとても近しく特別な存在だった。

幸いなことに、任務に失敗したことを怒っている様子はなさそうだ。

それどころか、私の頬をムニムニ摘まみながら面白そうに言う。

「しかし、珍しいことだ。私の顔を見たロッタの第一声が、おなかすいた、ではないとはな」

「しっつれいな！　いつもボスに集《たか》っているみたいに言わないでくださいよ！　まあ、ここに来る前に、せ……クロード様が朝ご飯を作ってくださったから空腹じゃないだけなんですけど」

「朝食を作って……？　王太子殿下が直々に、か？」

「そうそう、そうなんです！　クロード様ってばお料理上手だし、私の腹ぺこ具合にも理解があるんですよ！」

ねっ？　と後ろを振り返った私は、とたんにビクリと肩を跳ねさせた。

いつの間にか、自分のすぐ真後ろに先生が立っていたからだ。

「――ボス、ねぇ……随分と偉くなったものだ」

「……え？」

ぼそりと呟かれた言葉の意味がわからず首を傾げていると、背後から先生の右腕がお腹に回ってくる。先生は人当たりのいい笑みを顔面に貼り付け、ボスに向かって左手を差し出した。

「レクター・マーロウ殿とお見受けします。お噂はかねがね」

「これはこれは……王太子殿下に名を覚えていただけているとは、一介の破落戸《ごろつき》には身に余る光栄でございます」

「といっても、私の暗殺依頼を請け負っていた貴殿にとっては、今こうして握手を交わしている状況は本意ではないかもしれませんが？」

「……いやはや」

一般的に、握手というのは右手で行うのがマナーである。一国の王太子殿下が——そもそも、先生ともあろう人がそれを失念するとも思えず、おそらく左手を差し出したのはわざとだろう。

ボスもそれを察したようだ。一瞬鋭く目を細めたものの、すぐに笑みを浮かべて先生の手を握った。ただし、こちらも左手である。

「あわわ……」

空々しい笑みが頭上で交差する。

まさしく一触即発といった雰囲気に、間に挟まれた私はゴクリと唾を呑み込んだ。

ボスは決して感情的な人ではないが、一昨夜の出来事を——私が依頼主であるカイン・アンダーソンに口封じのために殺されかけ、逆に暗殺し損ねたクロード殿下の機転によってことなきを得たことを知らないのだ。暗殺に失敗した私の尻拭いのために、今ここで先生の息の根を止めようとしたっておかしくない。

しかも、背後から抱き込まれた状態の私は、盾にされているように見えなくもないだろう。

仕事に関してはシビアなものの、部下思いで情に厚いボスのことである。殊更目をかけられている自覚のある私は、ボスの右手がいつ暗器を取り出すかとヒヤヒヤしていた。

ところがである。

「……あいにく、ここで殿下と事を構えるつもりはございません」

ボスがふいにそう言って、緊張を解いた。

まるで武器は持っていないし敵意もないとでも言うように、右手を広げて先生の前に掌を晒す。

さらには、こほんと一つ咳払いをしてから、彼は思いがけない言葉を続けた。

「そもそもですが――私は殿下の暗殺を請け負った覚えも、それをこのロッタに命じた覚えもございません」

「……は？」

「へっ⁉」

先生と私は揃って目を丸くし、思わず顔を見合わせる。

そんな私たちを眺め、ボスはもう一度きっぱりと告げた。

「マーロウ一家は、殿下の暗殺依頼を請け負ってはおりません。一家の構成員がヴェーデン王国に潜入していたことも、私は昨日の早朝にロッタから報告書が届いて初めて知った次第です」

「えええ……」

ボスが何を言っているのか、私はまったくもって意味がわからなかった。

酸欠の池のコイみたいに口をパクパクさせる私に向き直ったボスが、呆れを滲ませた声で言う。

「だいたいだな、ロッタ。一国の王太子暗殺などという大仕事を、人を殺めた経験もないお前に一任するはずがなかろう。己の分を弁えなさい」

「そ、そんなぁ……いきなり大仕事を任されたのは、私に対するボスの期待の表われだと思って、はりきってましたのに……」

思わず天を振り仰いだ私は、背後に立つ先生と目が合った。今すぐ説明しろと言いたげな彼の顔を目の当たりにし、慌てて記憶の糸を手繰り寄せる。ボスも、顎に片手を当てて続けた。

「そもそも数日前まで、お前は別の国で任務に当たっていただろう」

「はい。ですから、今回の暗殺任務はボスから面と向かって命じられたわけじゃありません」

「それなのになぜ、私からの指示だと判断した？　私は今まで、誰かを介してお前に仕事を与えたことはないはずだ」

「だって、一家の足環を嵌めた伝書鳩から、一家の刻印が捺された指令書を確かに受け取ったんです。当然ボスから送られてきたものだと思って、疑いさえしませんでした」

しかしボスは、私にハトさん以外の伝書鳩を飛ばしたことはないと言う。訳がわからないと首を傾げる私を背後から抱えた先生が、頭頂部に顎を乗せてため息交じりに呟いた。

「カインとミッテリの娘は、いったい誰に私の暗殺を依頼したんだろう。君は――いったい誰の指示で、俺を殺そうとしたんだろうね？」

その場に一瞬沈黙が落ち、ボスの肩に止まったハトさんが居心地悪そうにカアと鳴いた。

そんな中、ガチャリと音を立ててボスの背後の扉が開き、白髪の老婦人が顔を覗かせる。

「あらあらまあまあ、お揃いですこと。ロッタちゃんもクロード様もいらっしゃい」

「ごきげんよう――アン」

彼女こそが、現在の魔女の家の主。自らが育てた薬草を用いて多くの人々を救う一方で、裏社会で重宝されるようなえげつない毒薬も作る森の魔女アンだ。

アンは、玄関前でたむろする私たちににっこりと微笑むと、ちょいちょいと手招きをした。

「立ち話なんてしていないで中に入ってはいかが？　ちょうど、パンが焼けたところですよ」

そんなアンの言葉に、いの一番に返事をしたのは私、ではなく……

ぐううっ……。

私のお腹の虫だった。盛大に鳴いたそれに、ボスと先生が同時に口を開く。

「ロッタ、朝食をいただいてきたんじゃなかったのか？」

「どんぶり三杯分のご飯、もう消化しちゃったの⁉」

これに返事をしたのも、やっぱり私のお腹の虫だった。


指令書というものは、情報漏洩防止のため読んだらすぐに処分するのが鉄則である。

私ことマーロウ一家の秘蔵っ子ロッタも、今回のクロード・ヴェーデン王太子殿下暗殺任務の指令書を、スパイ映画さながら焼いて灰にしていた。そのため現物を確認することはできないのだが、指令書の最後に見慣れたマーロウ一家の刻印が捺されていたのだけは間違いない。

改めてそれを聞いたボスは、テーブルを挟んだ向かいで顎に片手を当てて難しい顔をした。

「何者かに刻印が偽造されたのか……あるいは、刻印の在処を知っている内部の人間の仕業か」

そのまま思考の海に沈んでいくボスの顔を、私はしばし神妙な面持ちで見つめていたが、やがて視線は重力に従うみたいにテーブルに落ちた。

「……」

ゴクリ、と喉が鳴る。

テーブルの上には、焼きたてのパンがいっぱいに詰まった藤の籠が置かれていたのだ。

バターがたっぷり練り込まれたクロワッサンに、レーズンとクルミがゴロゴロ入ったベーグルや薄くスライスされたライ麦パン。バケットの生地に切り込みを入れ、左右互い違いに開いて麦の穂みたいな形に焼いたエピの匂いは、挟み込んだベーコンの香ばしさと相俟って食欲をそそる。

ほかほかと湯気を立てているこれらのパンたちは、今し方アンが焼いたばかりの代物だった。

焼きたてのパンの香りで幸せな気分になるのは、きっと私だけではないはずだ。

それなのに、肺いっぱいにそれを吸い込んで恍惚のため息をついた私の脇腹を、咎めるみたいにツンとつつく者がいた。隣に座った先生である。

「バイトちゃん、よだれ」

「じゅる……だって、おいしそうなんですもん」

「君が大盛り三杯白飯を食べてから、まだ一時間ほどしか経っていないと思うんだけど？」

「それは朝ご飯。今、目の前にあるのはおやつです」

先生が作ってくれた今日の朝食は、白飯、卵焼き、赤カブの浅漬けという純和風のものだった。

ここに味噌汁があれば完璧なのだが、さすがにヴェーデン王国に味噌なる調味料は存在しない。

それでもぶれない私の食いっぷりを楽しそうに眺めるばかりで、先生はダイエット中の女子かと思うくらいの小食だった。今だって焼きたてパンの香りに誘惑される素振りもなく、それどころかテーブルの上を胡乱げに一瞥しただけである。

「……君って子は、誰が作った料理でもいいんだな」

「えっ？　もしかして先生、妬いてるんですか？」

私の言葉に、先生がふんと鼻を鳴らす。けれどもヒソヒソ話もそこまでだった。思考の海から浮上してきたボスが、エピを千切って私の口元に持ってきたからだ。

条件反射で開いた私の口にそれを押し込んだ彼は、とにかく、と話しはじめた。

「偽の指令書がわざわざロッタに届けられたのだとしたら、誰かがお前を陥れようとした可能性が高い。用心のため、しばらく任務には出さないつもりだ。私と一緒に本家に戻って書類整理でも手伝いなさい」

多くの組織がそうであるように、マーロウ一家の人間にとってもボスの言葉というのは絶対である。そのため私も、エピをモグモグしながらまたもや条件反射で頷きかけたのだが……

「んむっ⁉」

すんでのところで、先生に頭を掴んで阻まれてしまった。頭を固定されてしまったため、目だけ動かして隣を見れば、先生は咎めるみたいに今世の私の名を呼ぶ。

「ロッタ、君のボスに言わなければならないことがあるだろう？」

それにはっと我に返った私は、慌てて口の中のものを飲み込んでボスに向き直った。

「えーとですね、ボス。実は、しばらく本家には戻れそうにない事情ができちゃいまして……」

「ほう、事情とは？」

「それが……なんだかんだで私、クロード様の婚約者になっちゃったみたいなんですよね」

「……詳しく話しなさい」

私と先生が前世の知り合いだった、なんて話を現実主義者のボスはきっと信じないだろう。だから、一昨夜の出来事だけを報告する。

依頼主であるカイン・アンダーソンが口封じのために私を斬り殺そうとしたこと。

それをクロード殿下が阻み、なおかつ私の所業を不問のうえ、周囲にも秘密にしてくれたこと。

さらには、彼が今後の情勢を見据えてマーロウ一家と手を組みたいと考え、その橋渡しとして私を妃にすると決めたことを告げた。それを聞いたボスは、なるほど、と一つ頷く。

「まずはロッタにご慈悲をいただいたこと、誠に感謝申し上げます。殿下が次期ヴェーデン国王陛下として、我々との同盟を望んでいらっしゃることも承知しました。ただ――」

ここで一度言葉を切ってから、ボスは先生をひたりと見据えて続けた。

「ロッタを妃に、というのはいささか突拍子もない話に聞こえます。橋渡しとおっしゃいましたが、むしろ人質ではございませんか？」

「人質だなんて、とんでもない。私の妻として、最期の瞬間まで大事にするとお約束しますよ」

「ヴェーデン王国の王太子ともあろうお方が、まさかこんなどこの馬の骨ともわからぬ娘を見初めたとおっしゃるのですか？」

「ええ」

先生が、澄ました顔をして頷く。

するとボスは、その肩書きに似合いの酷薄そうな笑みを浮かべて畳みかけた。

「先に申し上げておきますがね。ロッタが実は、いずこかの止ん事なきお方の落とし胤、なんて可能性は万が一にもございませんよ？　これは、北の国の寂れた村で口減らしに出された農家の末子です。私の父親が、この赤い目を気に入って気まぐれに拾ってきただけ」

「えっ、ボス？　それ本当ですか？　初耳なんですけど⁉　っていうか、人の出自をそんなさらっと暴露しないでくださいようっ‼」

思わず椅子から立ち上がって抗議する私の頭を、向かいから伸びてきたボスの手が鷲掴みにしてぐっと下に押す。どうやら、私のターンではなかったらしい。

自分のプライベートな話なのに口を挟ませてもらえないなんて、理不尽にもほどがある。

ボスは不貞腐れた私を強引に椅子に座り直させ、頭を撫でておざなりに宥めてから話を続けた。

「ゴミ同然に放置されていたこれに、私が気まぐれにヤギの乳を与え、カラスが餌を分けて育てたのです。ご存知の通り食い意地が張っていたおかげで、劣悪な環境でも逞しく生き抜いて参りましたがね。そんな畜生にも等しい娘を一国の王太子妃に——ひいては王妃にしようと、本気で考えておられるのですか？」

「生まれや育ちなんて、どうだっていいんです。私とて、所詮は平民を父に持つ私生児ですから」

「ふむ……確か、殿下の御父上はヴェーデン王国の元近衛師団長であらせられたか。大陸中に名を轟かせる高名な剣士で、女王陛下との仲を咎められて祖国を追われた後も傭兵として引く手数多であったとか」

「あいにく、父の外聞になど興味はないのです。ただ、立場を弁えずに感情に流され、結果私みたいな存在をこの世に生み出してしまったことを恨むばかりでした」

実父に対する先生の辛辣な言葉に、ボスは小さく片眉を上げる。それを真正面から見据えた先生は、ボスが適当に撫でて乱した私の髪を整えながら、けれど、と続けた。

「私はロッタと出会ったことで、立場を弁えず感情に流される、という感覚を知りました。寝首を掻きにきたロッタを見たとたん、彼女しかいないと思ったのです――ようは、一目惚れですね」

「自分を殺そうとした女に惚れた、と？　これはこれは酔狂なことだ」

「媚を売るしか能のない貴族の女どもよりずっと素直で愛らしく、そして生き生きとしていた。ロッタと一緒なら、私はきっとこれからどんな困難があろうと乗り越えていける気がするのです」

「おやおや……うちの子を、随分と買い被ってくださいますね」

不覚にも、私はこのときドキリとした。ボスを説得するためのレトリックだとわかっていても、一目惚れしたとか愛らしいとか言われると、なんだか照れくさくなってしまう。

（それに、私と一緒ならどんな困難も乗り越えていけるなんて……そんなこと言われたら、先生のために頑張っちゃいたくなるよね）

そんな私の乙女心も知らず、先生の舌は早朝にもかかわらず絶好調だ。

ほんのりと頬を赤らめる私の肩を抱き寄せて、さらに言い募る。

「私生児として生まれ、これまで儘ならない人生を送って参りました。せめて一生添い遂げる相手くらい、自分で選びたいのです。どうか、ロッタを私にいただけませんか？」

前世の先生と私は雇用関係でしかなかったし、今世なんて一昨夜出会ったばかり。前世の記憶を共有しているという連帯感はあるものの、お互い恋愛感情は抱いていない――はずだ。

それなのに、ボスと相対する先生が結婚の許しをもらいにきた彼氏みたいに見えたせいで、私はふと前世の両親を思い出した。

一人娘が成人も迎えないまま凶弾に倒れてしまって、父と母をいったいどれほど悲しませてしまったことだろう。自分が死んだ後の両親を思うと、ぎゅっと胸が苦しくなった。

（お父さん、お母さん……親不孝な娘で、ごめんなさい……）

そして今、テーブルを挟んだ向かいの席では、今世の親代わりともいえるボスが腕を組んで口を噤んでしまっている。眉間にぐっと皺を刻んで、私の肩を抱く先生を鋭く見据える様は、さながら娘を嫁にやるのを渋るお父さんみたい。

不機嫌さを隠そうともしないボスにびくつきつつも、私はおずおずと口を開いた。

「ボス、あのー……」

「なんだ」

「クロード様の暗殺に失敗したのはしたんですけど、そのー……実は、しっかりナイフで刺しちゃってるんですよね。しかも、あの……めちゃくちゃヤバい毒を塗ったやつを……」

「毒、ということは――アン」

ボスはたちまち、鋭い視線を窓辺へと移す。

鼻歌を歌いながら鉢植えに水をやっていたアンがおっとりと振り返り、首を傾げた。

「なぁに、レクターさん。まあまあ、随分怖い顔をしちゃって」

「ロッタに毒を渡したのか。うちの者に毒を融通するときは、私に話を通してからにしてくれと頼んでおいたはずだ」

「あらまあ、そうだったかしら？　年を取ると忘れっぽくなっちゃって、いやぁねぇ」

「あなたは、都合が悪くなるといつもそれだ」

うふふと笑って悪びれる様子もないアンに、ボスは顔を顰めてうんざりしたようにため息をつく。

そんなやりとりを眺めていた先生がにこやかに口を開いた。

「私はたまたま毒に耐性があったため無事でしたが、普通ならば即刻命を落としていたことでしょうね。いやはや、ロッタを人殺しにせずに済んでなによりです」

「毒に耐性があったのが、〝たまたま〟ですか……」

ボスが胡乱げに目を細める。

しかし、やがて一際大きなため息を吐き出すと、組んでいた腕を解いて先生に向き直った。

「偽の指令書を渡した者もその目的もわかりませんが、ロッタが殿下を傷付けたことに変わりはありません。部下の不始末は私の不始末です。誠に申し訳ございませんでした」

「ボ、ボス……ひええっ……」

ボスが誰かに頭を下げる姿なんて見るのは初めてのことで、私はとたんに落ち着かない気分になった。その原因の一端が自分にもあるのだから余計にである。

私は、テーブルに並んだ焼きたてパンにも手を伸ばせないほどおろおろしてしまう。

先生が宥めるように肩を撫でてくれたが、満面の笑みを浮かべた彼の口から滑り出したのはとんでもない言葉だった。

「――もちろん、誠意を見せていただけるんですよね？」

まさしく、不当要求をオブラートに包んだクレーマーの常套句である。

私はぎょっとして先生の顔を見上げ、ボスは口の端を歪めて皮肉げに笑った。

「私のような一介の破落戸を脅迫なさるとは……いやはや、殿下はなかなか悪擦れしたお人だ」

「あなたを同じテーブルに着くに値する方と認めてのことですよ。きっと、お互いにとって有意義な時間になるでしょう」

またもや、先生とボスの空々しい笑みが交差する。

一触即発といった雰囲気に、間に挟まれた私はゴクリと唾を呑み込んだ。決して、焼きたてパンの匂いにつられてよだれが出そうなのではない。断じて違う――はず、だったのだが。

「ほら、ロッタちゃん。ミートパイが焼けましたよ。お好きでしょう？　食べてくれるかしら？」

「――はいっ！　喜んでっ‼」

唐突に目の前に差し出された、ホカホカと湯気を立てるおいしそうな物体に、私の意識は一瞬にして奪われてしまったのである。

大皿にどどんと載っけられた、ボリューミーな森の魔女特製ミートパイ。サクサクのパイ生地の中には、ジューシーでちょっぴりスパイシーなフィリングがたっぷりと詰め込まれている。

そんなアンのミートパイが大好物の私は、顔の前でパチンと両の掌を合わせる。

「いただきまあっす‼」

いただきます、ごちそうさま、といった日本特有の挨拶は、一昨夜に前世の記憶を取り戻して以降、自然と行うようになっていた。いよいよミートパイに齧り付き――ようやく、我に返る。

「……ロッタ」

「……君って子は」

向かいからはボス、隣からは先生が、心底可哀想な子を見るような目で私を見つめていた。

「はわ……」

彼らの間に流れていたどシリアスな空気を、食い気に負けた自分がぶち壊してしまったことを悟り、サーッと血の気が引く。ところが、すでに齧り付いていたミートパイの生地がサクリと崩れ、中から肉汁がジュワッと染み出してきたものだから、私の頬はふにゃりと緩んでしまった。

「おいひい……」

「「はあ……」」

先生とボスが同時に、深い深いため息をついた。


「誠意、とおっしゃいましたが……結局、殿下は何をお望みで?」

先生とボスは、私のお食事ショーを観賞しながら話を仕切り直すことにしたらしい。

幸いなことに、二人の間に流れていたピリピリとした空気はなくなっていた。

アンが淹れてくれたハーブティーで唇を湿らせ、まずはボスが口を開く。

「アリーゼン皇国の内情でもお教えしましょうか。それともボリーニャの首長にまつわる醜聞を」

「どちらも非常に興味深くはありますが、今は結構です」

アリーゼン皇国はヴェーデン王国と森を隔てて国境を接する隣国、ボリーニャは大陸最多の民族が作った新興国家であり、どちらもヴェーデン王国的には動向が気になる相手のはずだ。

にもかかわらず、それらの情報提供をすっぱりと断った先生に、それではとボスが続けた。

「政敵の失脚をお手伝いすることも可能ですが？　いらっしゃるでしょう。いけ好かない大臣や貴族の一人や二人」

「いけ好かない連中は一人や二人どころか両手の指でも足りないほどおりますが、私にとってまったく脅威ではないので、捨て置いて問題ありませんね」

先生は、またもや澄ました顔をして首を横に振る。

するとボスはずずいっと身を乗り出し、内緒話をするみたいに声を潜めて言った。

「しかし、脅威となりうる者もいないわけではないでしょう。――たとえば、弟君のアルフ殿下。彼は、殿下に次いで王位継承権を持つばかりか、女王陛下と王配殿下の間に生まれた嫡出子だ」

「私が、非嫡出子であることで弟に劣等感を抱いているとでも言いたいのですか？」

「いいえ、滅相もない。ただ、弟君の存在はさぞ目障りだろうと客観的な意見を申し上げているだけですよ。この度の不始末のお詫びに、殿下を煩わせるものを排除して差し上げることも可能ですが――如何でしょうか？」

「……なるほど」

私はミートパイをモグモグするのを一時中断し、そっと隣の先生の顔を窺った。

ボスの言う〝排除〟とは、すなわちこの世からの排除――暗殺のことを指す。

アルフ殿下とはいちおう面識があるため、先生がボスの提案にどう答えるのかが気になった。複雑な家庭の事情のせいで、ヴェーデン王国の王子たちの関係も良好とは言いがたい。それでも私は、先生が弟殺しを唆すボスの言葉に頷いたりしたら嫌だなと思った。少なくともアルフ殿下のほうは、先生ことクロード殿下を兄として慕っているように見えたからだ。

そんな私の気持ちが伝わったのかどうなのか。

「せっかくのお申し出ですが、やはり結構です」

先生は、首を縦ではなく横に振った。そこまでは、よかったのだが……

「あれ一人くらい、必要とあらば自分の手でどうとでもできますので」

にこやかな顔をしてめちゃくちゃ不穏な言葉を続けたのである。

私は危うくミートパイを喉に詰まらせそうになった。

先生は右手をテーブルに突いて、先にこちらに身を乗り出していたボスに詰め寄る。

「とにかく、ロッタを私にください。それ以外、今の私が貴殿に望むことはございません」

「僭越ながら、殿下。私は、可愛い部下を売るような真似は絶対にしたくないのですよ」

「奇遇ですね。私も、この身に受けた傷の代償としてロッタを差し出せ——なんて無粋なことは言いたくないのです」

「……どうあっても、ロッタを望まれると？」

一歩も譲る気配のない先生に、ボスはとうとう困ったような顔をする。ただ、ボスは譲歩する気がないときは問答さえ許さない人なので、そうでないということは迷っているのだろう。

しばしの逡巡の後、ロッタ、とボスが私の名を呼んだ。

「お前はどう考えている？」

「私、ですか……？」

このとき、すでにミートパイを四分の三制覇していた私は、口をモグモグさせながらそっと隣を見上げる。その先では、今世の先生の端整な顔がにっこりと微笑んでいた。

しかし、彼の左脇腹に一昨夜の私が刻んだ傷はまだ塞がり切っていない。

解毒薬によって中和されたとはいえ、彼の体に入ったのは即死レベルの猛毒だった。

その余韻もさめやらぬまま、先生は今、大陸随一のマフィアと名高いマーロウ一家のボスと対峙しているのだ。

危ない橋を澄ました顔で渡ろうとするのは、前世の彼と同じ。

傷のある左側に私を置いたのは、はたして故意なのか無意識なのか。

口の中のものを飲み込んで、私は小さくため息をつく。そして、ボスに向き直って口を開いた。

「私だって、マーロウ一家の端くれです。嵌められたとはいえ、クロード様を傷付けてしまったのは私。代償は自分で払わなきゃですよね――クロード様のお側に置いていただこうと思います」

とたんにボスはすっと目を細め、確かめるみたいに問う。

「側にいて、どうする？　殿下のおっしゃるように、王太子妃の真似事でもする気か？」

「えっと、必要とあらば。くっついているのに都合のいい立ち位置ですからね。クロード様を、一番近くでお支えします」

そう言い終わった私が残り四分の一のミートパイを頬張るのと、先生に横からぎゅっと強く抱き締められるのは同時だった。

「――わかりました。ひとまず、ロッタは殿下にお預けすることに致しましょう」

重々しいため息に続いて吐き出された声に、私は先生の腕の中で顔を上げた。声の主であるボスは、テーブルに両肘を突いて指を組み、サファイアみたいな青い瞳でじっと先生を見据えている。

その凍えるような眼差しに、私がゴクリと喉を鳴らしてミートパイと一緒に唾を呑み込む一方で、先生は相変わらず涼しい顔をして、はてと首を傾げた。

「ひとまず、とはどういう意味で？　私は彼女を預かりたいのではなく貰い受けたいのですが？」

「何度も申し上げますが、私は部下を売るつもりはございません。この度の失態の代償として私が差し出せるのは、要員派遣という名目で殿下の傷が癒えるまでロッタを貸し出すことのみ。それ以上はできかねます」

ボスも今度は譲る気がないようだ。人間を平気で競り売りして小銭を稼いでいた男の息子とは思えないくらい、レクター・マーロウは部下を大切にする人だった。

私はそんなボスを慕わしく思う一方、先生ことクロード殿下を見捨てることもできない。先生も先生で、私個人に執着している態でいるが、その真の目的は、私を媒介にして大陸随一と謳われるマーロウ一家との繋がりを持つことのはず。一時的に私を側に置くだけでは意味がないのだ。

先生は私を人質にするみたいに抱き締め直すと、交渉を続けるために口を開こうとする。

けれどもボスはそれを手で制し、ただし、と続けた。

「殿下が、ロッタを正式に王太子妃——ひいては未来のヴェーデン王妃として周囲に認めさせてくださったならば、そのときは考えを改めるのも吝かではございません」

「つまり、ロッタと私の関係自体に異を唱えるおつもりはない、ということでよろしいですか？」

「部下の色恋沙汰に口出しするほど野暮ではないつもりですよ。ただ、私は一時でも一家に属した人間は死ぬまで身内であると考えております」

ここで一旦言葉を切ったボスは、私を一瞥してから続けた。

「特にロッタは、赤子の頃から面倒を見てきた手前、身の丈に合わない婚家で苦労をさせるのは私の親心が許さない——殿下には、私を安心させていただきたいのです」

「心得ました。必ずや、ロッタが私の隣に座ることを誰にも文句を言わせない状態にして、貴殿を安心させて差し上げるとお約束しましょう。その暁には、私も貴殿を〝ボス〟とでもお呼びするべきでしょうか？　それとも〝義父上《ちちうえ》〟？」

先生の軽口に、ボスはまったく面白くなさそうに、お戯れを、と返した。

ともあれ、私と正式に婚姻関係を結べば、先生もマーロウ一家と繋がることになる。

先生が今後ヴェーデン王国王太子、あるいはヴェーデン国王として、マーロウ一家にどれだけ助力を求めるつもりなのか、ボスがはたしてどこまでそれに応えるのかはわからない。ただ、少なくとも私たちが夫婦である限り、マーロウ一家がヴェーデン王国の敵に回ることはないだろう。

これに満足したらしい先生は、私の髪を一撫でし、すっかり冷めたハーブティーに口を付けた。

「思った通り、大変有意義な会談となりました」

「あらあら、それはようございましたねぇ、クロード様。ケーキでもお召し上がりになって？」

ここで、キッチンに行っていたアンが戻ってくる。彼女が抱えてきた、たっぷりの生クリームとブルーベリーが載ったシフォンケーキに反応して、私の節操のないお腹がきゅうと鳴いた。

とたんにボスと先生は顔を見合わせ、こう言い交わすのだった。

「殿下、一つ条件を付け加えさせてください。どうか、これを空腹にさせないように願います」

「……善処します」


「ロッタちゃんとクロード様が結婚なんて、素敵ねぇ」

私の胃袋がシフォンケーキを平らげてようやく満足した頃、再び窓辺に立っていたアンが一つの鉢を持ち上げて声を弾ませた。

「そうだわ！　お祝いに、魔女の花を贈ろうかしら？　ちょうど、もうすぐ咲きそうなのっ！」

鉢に植えられているのは、長楕円形の葉を互生に付けた植物だった。

よくよく見れば、黄緑色の葉も茎も白くて細い毛に覆われている。断然花より団子派で、植物にはまったくもって詳しくない私に、アンはにっこりと微笑んで続けた。

「魔女の花は、千年に一度だけ咲く特別な花よ。私はこれを咲かせるために、何度も何度も生まれ変わってこの場所に存在し続けてきたの。その成果が、今世でようやく見られそうなのよ」

彼女が愛おしげな眼差しを向ける先には小さな小さな蕾があった。

葉や茎と同様に産毛に覆われたそれは、なんと二百年も前にやっと付いたものらしい。それから三度死んで三度生まれ変わったというアンの言葉を、私はにわかには信じられなかった。

とはいえ、自分自身が前世を思い出した今となっては、生まれ変わり自体は否定しきれない。

きっと同じことを思っているであろう先生に、私はこそこそと話を振った。

「先生、聞いたことありました？　千年に一度咲くって、優曇華《うどんげ》の花みたいなのでしょうか？」

「いや、俺も今初めて聞いた。ちなみに、優曇華の花は植物の花ではなくてクサカゲロウの卵だよ——アン、その魔女の花とやらは、どんな効能を持つ薬草なんだろうか？」

私と同様に花より団子派の先生——ただし、私はまんま団子だが、先生の場合は実利——が、王太子の顔で問う。するとアンは、よくぞ聞いてくれましたとばかりに目を輝かせた。

「魔女の花にはね、人の精神に干渉する強い力があるのよ。開花し切った花弁を口に含めばあらゆる未練を断ち切ることができるんですって」

「未練……」

「しかも、開花後の根には千年の魔力が閉じ込められているの。乾燥させて煎じて飲めば、精神を肉体から引き離すこともできると言い伝えられているわ」

「なるほど。さしずめ、向精神薬的な作用を及ぼす強力な毒を有していると考えるべきだろうね」

スピリチュアルなアンの説明に対し、あくまでも観点がリアルな先生。

対照的な二人を見比べつつ、私はふと気になったことを口にした。

「アンはどうして、千年もかけてその花を咲かせようと思ったんですか？」

すると、アンは榛色《はしばみ》の瞳をきょとりと瞬かせてから、片手を頬に当てて困ったような顔をした。

「何か……どうしても断ち切りたい未練があったんだと思うのよ。自分の力ではどうしようもないような、とてつもない未練が……」

「魔女の花の力で未練を断ち切りたかったってことですか？　じゃあ、その未練って？」

「うふふ、何度も生まれ変わっているうちに、だんだんと記憶の引き継ぎが曖昧になっちゃったのかしらねぇ。実は、何がそんなに未練だったのかも忘れちゃったの」

「わ、忘れちゃったって……」

魔女の花を必要とした理由さえも忘れてしまったと悪戯っぽく笑うアンに、私は脱力せずにはいられなかった。肝心な未練を忘れたのに、それでもアンが今世もまた生まれ変わってここにあるのは、ひとえに魔女の花が咲く姿を見てみたいという好奇心からだという。つまり、千年もの間に彼女の生きる目的はすっかり掏り替わってしまったのだ。

「それで、花が咲いたらどうする？　来世はもう魔女としてこの地に住まないつもりなのかな？」

「さあねぇ、どうかしら？　咲いたら咲いたで、今度は種ができるところを見たくなるかもしれないし……来世のことはわからないわねぇ」

アンと個人的に契約をしている先生は、今後も彼女がヴェーデン王国の国境の森に住み続けるのかどうかが気になるらしいが、曖昧な答えしか返ってこなくて眉間に皺を寄せた。

その手が苛立ちを誤魔化すように、隣に座った私の髪を撫でるのに甘んじる。

そんな中、ガタリと音を立てて椅子から立ち上がったのはボスだった。

「その魔女の花とやらの効能はなかなか興味深いが、生まれ変わりなどといった夢物語に付き合っている暇はない。私はそろそろお暇するよ」

「まあ、レクターさんったらつれないわ。ロッタちゃんに毒をあげたこと、怒っているの？」

「あなたに必要なのは、忘れ草ではなく勿忘草《わすれなぐさ》のほうではないか？」

「うふふ、そうかもしれないわねぇ」

嫌みにものほほんと笑って返すアンに、ボスは肩を竦めて大きくため息をつく。

そうして、先生に懇切丁寧な挨拶をしてから玄関に向かい、扉を開いたところで振り返った。

「——ロッタ」

「はいっ」

ボスの呼び声には即座に応えるのが、私にとっては絶対だった。反射的に席を立って駆け出したため、髪を撫でていた先生の手を振り払うことになってしまったが致し方ない。

私が側に来ると、ボスは長身を屈めて耳元に唇を寄せた。

「お前に王太子殺しをさせようとした何者かが、いまだヴェーデン王国に留まっている可能性もある。重々気を付けなさい」

「はい。もう騙されたくないので、しばらくの間はボスから面と向かってもらった指令以外には従わないようにします」

「それがいいだろう。ハトを側に置いていくから、もしも手に余るような状況になったら知らせなさい。後始末は私が請け負おう——相手が、クロード殿下であってもな」

「えぇっと、殿下は大丈夫ですよ？　……たぶん」

曖昧に頷く私にボスは目を細めて、だといいがな、と呟く。そして、先生の手を振り払った拍子に乱れていた私の髪を、大きな掌で頭の形を確かめるみたいに撫でてから扉をくぐった。

私はしばし、見慣れたボスの背中が遠ざかっていくのを眺めていたが、そのシルエットがようやく森の木々に紛れて見えなくなった頃のこと。

背後に気配を感じて振り返ろうとした私は、ガッと両手で頭を掴んで阻まれてしまう。

「せ、先生……⁉」

犯人は先生だった。彼は何を思ったのか、私の頭を両手でぐしゃぐしゃと撫で回す。

「うわわっ！　ちょっ……な、何？　どうしたんですか⁉」

「……別に」

先生はひとしきり私の髪を掻き乱したかと思ったら、今度はそれを手櫛で丁寧に梳《くしけず》りはじめた。

合理主義の先生らしからぬ不毛な行動に、私はひたすら首を傾げる。

魔女の花の鉢を抱えたアンは、そんな私たちを眺めてころころと笑いながら言った。

「あらあら、クロード様にも可愛いところがあるのねぇ」

太陽が空の一番高い所に昇り切る前に、私と先生は森の魔女の家を後にした。

城へ戻るために大通りを行く私たちのすぐ前には、ボスが置いていってくれたハトさんの影が落ちている。周囲に突っ立つのが木々から建物に変わるにつれ、その影は小さく薄くなった。

正午を前に、大通りに面して入り口を構える食堂は賑わいを見せている。

「はわ……いいにおい……」

道の両側にはいくつも屋台が建ち並び、あちこちから漂ってくる料理の匂いに、私はゴクリと喉を鳴らした。そのまま、屋台のほうへ身体が吸い寄せられそうになったが……

「こらっ、余所見しない。寄り道せずにまっすぐ帰るんだよ」

「ふわっ⁉」

とたん、ぐっと強い力でその場に押し留められる。

私はここで、先生に片手を掴まれていたことを思い出した。アンの家を出てからずっとである。

固く繋がれた手をじっと見下ろす私に、先生は片眉を上げて言った。

「言っておくけど、城に着くまでこのままだよ。しっかり捕まえておかないと、君はすぐに俺を置いていってしまうからね」

「もしかして、ボスに呼ばれて先生の側を離れたのが気に入らなかったとかですか？　あれは不可抗力ですよ。マフィアは超絶縦社会。ボスの言葉には絶対服従って決まってるんですもん」

「そんなボスから、自分が俺に預けられたことを忘れないでほしいものだね。今現在、君が従う相手は俺であってしかるべき。違うかな？　違わないだろう？　まあ、異論は認めないけど？」

「そんな、畳みかけなくても……」

と、ここでふいに話を切った私は、先生の手を掴み返してすぐ側の路地に引っ張り込んだ。

先生は一瞬目を丸くしたが、大人しく私に付いてくる。そうして、薄暗い路地に身を潜めたとたん、目の前の大通りを横切った相手を見て、ああ、と合点がいった様子で頷いた。

「呆れた。あいつら、まだ城下町をうろうろしていたのか……」

「お兄さんのことが心配なんですよ、きっと。先生、愛されてますねー」

私と先生がさっきまで歩いていた辺りをバタバタと駆けていったのは、アルフ殿下だった。その後ろを護衛騎士が追いかける。早朝、こっそり城を抜け出した私たちの跡をつけてきたものの、途中で撒かれて対象を見失った彼らだったが、いまだ諦めていなかったようだ。

アルフ殿下の身なりと護衛騎士が腰に提げた剣が、相変わらず周囲の目を引いていた。

「あーあ……また、思いっきり悪目立ちしてますよ。先生、放っておいていいんですか？」

「むしろ、俺が面倒を見てやるような義理がどこにあるのかな？　勝手に付いてきたんだ。どうなろうと知ったことじゃないね」

先生はふんと鼻で笑い、実に冷ややかにアルフ殿下たちを見送る。

そんな中、またしても私の節操のないお腹がぐうと鳴った。

とたんに、先生の表情からは冷徹さが消え、代わりに苦笑いが浮かぶ。

「あっちはともかく、こっちの面倒は責任を持って見るつもりだよ。ちょうどこの奥の抜け道から城の裏に出られるんだ。さっさと帰って昼飯にしようと思うんだけど、異論はあるかな？」

「ありませぇん」

先生は大通りに背を向けると、私の手を引いて路地の奥へと歩き出す。

そのとき、背後でバサリと大きく翼がはためく音がした。

続いて、わあっ！　というアルフ殿下の驚いた声と、またしても無礼なカラスめがっ！　という護衛騎士の野太い声が聞こえたような気がしたが、私も先生も振り返ることはなかった。

＊＊＊＊＊

――ガンッ!!

金属同士がぶつかる音が響き、わずかに火花が散った。

真上から降り注ぐ太陽の光を浴びて、交差した二つの刀身がギラリと輝く。

鋼と鋼がせめぎ合いギリギリと唸り声を上げていた。

柄を握る二人の男の手にはどちらも筋が浮き、彼らの力は拮抗しているように思われたが――

「……っ!!」

ふいに片方の刃がもう片方の刀身を滑り、その鍔《つば》を強烈な力で叩く。カンッという甲高い音とともに鍔を叩かれた男の手から剣が零れ、石畳に落ちると同時に審判の声が響いた。

「――勝負あり！　勝者、イーサン分隊長！」

わああああっ！　と周囲から歓声が上がり、勝者を讃える拍手が沸き起こる。

つられてパチパチと両手を打ち鳴らす私とは対照的に、先生がつまらなそうに呟いた。

「実は学生時代、剣道部だったんだよね」

「えっ、それ初耳！　意外ですね。先生、体育会系出身だったんですか？」

「高校まではね。大学入ってすぐに辞めたけど。バイトちゃんはずっと文化部だったでしょ？」

「当たりですー。クッキング同好会でした。食べるの専門でしたけど」

だろうねと笑い、先生は目の前のテーブルに置かれた皿から緑色のブドウを一粒捥いで、私の口に放り込んだ。皮ごと食べられ、サクサクとした果肉の濃厚な甘さと芳醇な香りは、シャインマスカットを彷彿とさせる。

とにかく高級そうな味がするそれをモグモグしていた私はふと、ブドウの粒とよく似たまん丸な緑色を見つけて、先生の袖を引いた。

「先生、ほら。弟さんにもあーんしてあげたらどうですか？」

「ははっ、ご免だね。何が悲しくて、野郎に餌付けなんかしなきゃいけないの？」

まん丸な緑色は、アルフ殿下の見開かれた瞳だった。右隣のソファに座った彼は私と先生を見比べて、まるで親鳥に餌をねだる雛みたいに口をパクパクさせている。

その口にブドウを放り込んでやってはどうかという私の提案は、先生によって一笑に付された。

「アルフなんて気にしなくていいから、バイトちゃんはどんどんお食べよ。君を空腹にさせないと、レクター・マーロウと約束したからね。俺には、こうして君に餌付けをする義務がある」

「あのですね。先生はご存知ないかもしれないんですけどね。実は私、ブドウくらい自分で食べられるんですよね。ですので、できれば自分の手で食べたいなーとか思うんですけどね」

「えっ、なぜ？　俺が食べさせたほうが美味いに決まっているのに？」

「えっ、何を根拠に？」

ぽかんとする私の口に、先生はなおもブドウを突っ込んでくる。

アルフ殿下の強い視線が、ますます私の顔に突き刺さった。

いや、彼のものだけではない。

おびただしい数の視線が自分に集まるのを感じ、さすがに居心地が悪くて体を縮こめる。

そんな私の肩を先生が掌で包み込むようにして撫でた。

「ふふ、すっかり注目の的だねー、バイトちゃん。皆に手でも振ってあげたらどうかな？」

「うう……他人事みたいに……。誰のせいだと思ってるんですかー」

「もちろん、俺のせいだよ。手負いの獣みたいに周囲を威嚇しまくっていた王太子が、ある日突然女の子を連れてきて、しかも膝に抱いて愛でているんだもんね。驚かないほうがおかしい」

「わかっててやってるんだから、ほんっっっと性質が悪い！」

くつくつと笑って先生が言う通り、彼は今ソファに腰を下ろし、左腿の上に私を座らせている状態だった。左側なのはたまたまか、それともまだ癒え切っていない脇腹の傷を庇うためか。

ともかく、先生の左手は私の肩を抱き、右手はせっせと食べ物を運んでくれている。

傍目には、まるで猫の子でも愛でているみたいに見えるだろう。

「いや、猫だったら全然問題はなかったんでしょうけどね！」

「そうだね。でも、実際に排他的な王太子が愛でているのはどう見ても人間の女の子。折しも、婚約者だったミッテリ公爵令嬢のスキャンダルが世間を賑わせている最中とあっては、注目を浴びないほうが不思議だよね」

確信犯の先生が、そう言ってほくそ笑む。それすらも、私たちの会話が聞こえていない者には、王太子殿下が膝に抱いた女に優しく微笑みかけているように見えるのだろう。

「ミッテリ公爵令嬢は、問答無用で地下牢に放り込まれるのだけは免れたんでしたっけ?」

「うん、カインとは違って、暗殺の実行自体には関わっていなかったからね。ただ、取り調べの際の診察で、俺とはまったく関係を持っていないにもかかわらず妊娠していることが判明して、めでたく婚約は破棄されたよ」

「よりにもよって、王家に托卵しようとしたなんて……ご令嬢はもう、ヴェーデン王国の社交界には居場所がないでしょうね」

「令嬢だけじゃなく、ミッテリ公爵家自体、社会的に死んだよね」

ざまぁと呟いて、先生は今度は紫色のブドウを私の口に放り込んだ。

こちらもたいそう美味だったが、にもかかわらず私はため息をつく。

「それで、せっかくフリーに戻った王太子殿下の側に、今度は私みたいな訳のわからないのが現れて……ヴェーデン王国の皆さんは本当にお気の毒です」

「しかも、王太子はどう見てもその子にぞっこんで、他を寄せ付ける気配がないときた。ミッテリの娘の後釜を狙っていた連中は、さぞがっかりしていることだろうね」

こんな風に私たちが内緒話をしている場所も場所だった。先生が私を膝に抱いて座っているのは、城の敷地内にある闘技場――それを一望できる特等席のソファだ。

本日ヴェーデン王国の城では、半年に一度の御前試合が開催されていた。

腕に覚えのある剣士たちが集まり、女王陛下の前で剣の腕を競うのだ。

試合はトーナメント制で、武器は真剣が使われる。ただし、御前を血で汚すことはタブーとされているため、刃が狙うのは専ら対戦相手の生身ではなく得物だった。

そうして、今まさに雌雄を決した一戦こそが、本大会の決勝戦。

対戦相手に一礼し、さっと闘技場の舞台を後にした優勝者は、まだ若い男だった。

肌はよく日に焼けた小麦色で、短く刈り上げた髪は鈍色。彫りの深い顔にはくっきりとした陰影が刻まれ、三白眼なのに加えて薄い虹彩のせいでひどく白目がちに見えてしまう。

威圧感があって実に頼もしいのだが、あいにく女性や子供受けはよくないだろう。

そんな余計なお世話なことを考えていた私の肩に顎を乗せ、ふいに先生が口を開いた。

「あの男、どこかで見たことがあると思ったら……」

「一般師団の分隊長なんですってね。先生、お知り合いなんですか？」

「いや、今世では面識はないんだけどね。前世の高校時代、あれとそっくりな顔の知り合いがいたなと思って。確か、剣道部の主将だった」

「えー、あんなモアイ像みたいに彫りの深い日本人なんていますー？」

モアイ像って！　と膝を叩いて先生が吹き出す。どうやらよほどツボにはまったらしい。

件の優勝者が、女王陛下から誉れを賜るために側までやってきたものだから余計にである。

「せんせー、ちょっとー、失礼ですよー」

「ぷっ、くく……待って、もうモアイ像にしか見えない……」

必死に笑いを噛み殺そうとしたものの失敗。結局は私の髪に顔を埋めてクスクスと笑う先生に、周囲の人々がぎょっと目を剝く気配を感じる。

やがて、件の優勝者が立ち去ると、こほんと一つ咳払いが聞こえてきた。

先生ことクロード殿下の左隣のソファに座っていた、女王陛下のものである。

彼女はなんとも言えない表情をして私を一瞥してから、先生に視線を移して口を開いた。

「見ての通り剣の腕が立つ。彼を、新しい近衛師団長の候補の一人に加えようと考えているわ」

「はあ、陛下のお好きになさればよろしいのではないでしょうか。ところで、候補の一人ということは、他にも名前が挙がっているのでしょう。参考までに、他の候補者の名前を伺っても？」

「候補は他に二名。近衛師団に属するダン・グレゴリーと……フィリップ・モーガンよ」

「なるほど。前者はともかく、後者の名が挙がった経緯はぜひともお聞かせ願いたいですね」

ダン・グレゴリーはグレゴリー伯爵家の次男で、現在近衛師団の副団長を務めている。私が先生を暗殺しようと忍び込んだとき、猿芝居を打つカインを冷静な目で観察していた人物だ。

一方、フィリップ・モーガンも近衛師団に属してはいるが、これといった功績もなく、格別に人望が厚いというわけでもない。ではなぜ、その名が近衛師団長候補のリストに加えられたのか。

「まあ、答えはわかり切っていますよ。彼が、ボスウェル公爵夫人の妹の子――つまり、王配殿下の縁者だからでしょう？」

結局は、王配殿下の縁者を重用するための出来レースか、と先生が鼻白む。

ところが、この後女王陛下が続けた言葉に、私は思わず先生と顔を見合わせることになった。

「近衛師団長を三人のうちの誰にするか……その決定権はクロード、あなたに託そうと思う」

「……よろしいのですか？　私は、忖度なんて絶対しませんよ？」

「構わないわ。次の国王はあなただもの。自分の守り刀は自分で選ぶべきでしょう」

「そう……ですか。それでは、慎んでお受け致します」

この時点で、新しい近衛師団長候補は二人に絞られた。

ダン・グレゴリーと、本日の御前試合の優勝者――モア・イーサン。

「「モアイさん⁉」」

後者の名を知った瞬間、先生の腹筋が崩壊した。


花々が咲き誇る王城の庭園の一角。クレマチスが生い茂って死角となった柵の向こうでは……

「ひ、ひぃ……やめて！　ゆ、許してぇぇぇぇ‼」

若い男が一人、凄まじい形相の女五人に取り囲まれて殴る蹴るの暴行に遭っていた。

男の名はフィリップ・モーガン。ヴェーデン王国の大貴族ボスウェル公爵の甥で、王配殿下の縁者――それゆえに、新たな近衛師団長候補として名が挙がっていた人物だ。

そして、新近衛師団長の選定権が先生に託された瞬間、即刻候補から外された人物でもあった。

フィリップの情けない悲鳴が響く中、私はこっそり修羅場を抜け出し、周囲に誰もいないことを確認して亜麻色のカツラを脱ぐ。ハンカチで顔を拭って、濃く塗り重ねた化粧も落とした。

そのとき、バサリという羽音に続いて、のしっと頭の上に何かが着地する。

「ハトさん、ご苦労様。名演技だったよー」

「カア」

カラスに襲われている見知らぬ侍女を偶然助けたフィリップが、うっとりと見上げてきた彼女に鼻の下を伸ばしてキスしようとしたところで、五人の女が鬼の形相で登場。全員フィリップの恋人で、彼が五股をかけたうえでさらに他の女を口説こうとするのを目撃してブチギレた。

「あっ、すごいボディーブローが入った。次は右フック……お姉さんたち、強いなぁ」

カラスのハトさんに襲われる侍女を演じたのも、美人と名高い女性文官からの恋文を偽造してフィリップをこの場に誘き寄せたのも、彼の五人の恋人たちが集結するよう仕向けたのも私だ。

騒ぎを聞きつけて野次馬が集まってくる。フィリップの醜聞は、きっと瞬く間に広がるだろう。

「これで心置きなく、フィリップ・モーガンを近衛師団長候補から外せるよね」

先生の独断ではなく、本人の不祥事を理由に候補から外れて当然と世間に思わせたかったのだ。

「世間的にも近衛師団長候補は二人に絞られた。王家だけじゃなくて、先生自身に対しても忠誠心の厚い人——できれば、先生が少しくらい心を開ける相手がいいんだけどなぁ……」

お腹を鳴らしつつ独り言を呟く私の口に、ハトさんがすかさずカチカチの乾パンを押し込んだ。


近衛師団長候補その一。現副団長ダン・グレゴリー。

彼は冷静沈着で誠実、それでいて実に人当たりのいい男だった。忠誠心も厚く、彼こそが今世の先生の守り刀にふさわしい——私は最初、そう思いかけた。ところがである。

「くそうっ！　長男だからって、威張りやがってぇ！　兄さんなんか何の取り柄もないくせに、たった一年早く生まれたってだけで伯爵家の家督も財産も全部手に入れたんだ！」

「うんうん、なるほどなるほどー」

「それだけでは飽き足らず、裏山から勝手に石炭を掘り出して儲けてやがる。あそこは国有地だから、許可もなく採掘するのは違法だって再三注意しているのに、一向に聞き入れてくれないっ‼」

「あらまあ、それは困りましたねー。はいはい、飲んで。もっと飲んでー」

目を据わらせてくだを巻くダンのグラスに、私は度数の高いアルコールを継ぎ足しながらひたすら相槌を打っていた。間もなく日付が変わる、城下町の片隅にある寂れた飲み屋のカウンター。

漆黒のカツラを被って真っ赤な紅を引き、寄せて上げて詰め物をして胸の谷間を強調した私は、帰宅途中のダンをキャッチして一緒に酒を飲んでいるところだった。

といっても、実際に酒を飲んでいるのはダンだけで、私が口にしているのは水ばかりだ。

一杯目の乾杯の際、こっそりグラスに忍ばせた酔いを助長する薬——森の魔女アン作——のせいで、すっかりでき上がったダンには気付く由もない。

ちなみに、飲み屋の裏の顔はマーロウ一家の息がかかった情報屋で、各国に点在して私のような構成員のサポートをしてくれている。そういうわけなので、店の主人は私たちのやりとりに興味のなさそうな顔をしつつも、度数の高いアルコールをどんどん奥から出してきていた。

「随分酔っているみたいですけど、大丈夫ですか？」

「いや、酔ってない！　俺は、酔ってなんかいないぞっ‼　密売で儲けて遊びまくっている兄さんと、一緒にしないでくれっ!!」

残念ながら、酒に弱いのも口が軽いのも、社会的な評価は減点になってしまう。

あと、酔いに任せて初対面の相手とパーソナルスペースを詰めすぎるのもいかがなものか。

「あ、お触りは禁止です」

「――いたぁ!」

半分以上が詰め物だといっても、断りもなく女の胸に触れようとするのはよろしくない。

私が不埒な手を容赦なく叩き落とすと、ダンはわっとカウンターに突っ伏して泣き出した。

「俺の人生、うまくいかないことばかりだ! 本当なら、五年前には団長になれたはずだったのに!

カイン……あの策士め! 王太子殿下の暗殺未遂事件を昇進に利用しやがってっ……!!」

「――その話、詳しく聞かせてもらえますか?」

聞き捨てならない台詞に、私は無言で店の主人に目配せをする。そして、カウンター奥の棚から出てきたとっておきの酒を、ダンのグラスになみなみと注ぐのだった。


近衛師団長候補その二。御前試合の優勝者、モア・イーサン。

「――どうか、お気を付けてお帰りください」

モア・イーサン――モアイさんは、私が乗り合い馬車に乗り込むのを見届けてそう口にした。

泥酔して正体をなくしたダンを尋問し尽くした翌日のこと。

貴族の令嬢っぽい格好で城下町を歩いていた私は、ちんぴら風の男三人に絡まれて路地裏に連れ込まれそうになっていたところを、見回りで通りかかったモアイさんに助けてもらった。

一般師団の分隊長を務める彼は、現在二十五歳。威圧感のある顔だが、紳士的な人物だった。

「あの、助けていただきありがとうございます。先ほど、三人もの男性を剣も抜かないまま捩じ伏せてしまったお姿に感服いたしました」

「恐れ入ります」

御前試合での優勝は伊達ではなく強さは申し分のないうえに、謙虚な姿には好感を覚える。

慌てて駆け付けた部下に男たちを引き渡したモアイさんは、世間知らずな令嬢を装う私を大通りまで送り、乗り合い馬車の料金まで代わりに支払ったのに、名乗りもせず任務に戻ろうとした。

「待ってください。お世話になった方の名も聞かずに帰っては、きっと父に叱られてしまいます」

「感謝のお心ならば、主君であらせられる女王陛下、ならびに次期国王となられる王太子殿下に捧げてくださいますよう、お父上にご伝言ください。私の行いは、それで十分報われますので」

モアイさんはそう告げると、乗り合い馬車の御者に出発するよう告げたのだった。


「モアイさんは大工の家の次男で、剣の腕を見込まれて十五歳で騎士見習いになったそうです」

「そう」

「彼に野心があったなら、貴族の令嬢っぽい私に恩を売ったのを出世チャンスと思うはず。下心があったなら、世間知らずを装う私の肩の一つでも抱いたでしょう」

「そうだね」

「けれど、結局モアイさんは最後まで名乗らず、頑なまでに礼節を守って私のドレスの端にさえ一切触れることがなかったんです！」

「なるほど」

乗り合い馬車を一駅で降りた私はすぐさま王宮に戻り、私室に一人でいた先生に近衛師団長候補二人に対する私見を報告。最後に、こう締め括ったのだが……

「そういうわけですので、私は断然モアイさん推しです！　もはや一択です！」

「モアイさんじゃなくて、モア・イーサンね。なるほど、偵察ご苦労様。実に参考になったよ――と言いたいところだけど、その前に。バイトちゃん、ちょっとここに座りなさい」

「ここって……えー？　先生のベッドじゃないですか。セクハラはよくないですよ」

「セクハラ上等！　君って子は、一体全体どこをほっつき歩いていたんだ！　この不良娘めっ‼」

こめかみに青筋を浮かべた先生に頭を鷲掴みにされ、ベッドに正座させられる羽目になった。

「せ、先生、どうしてそんなに怒ってるんですか？　ちゃんと手紙を置いていきましたよね？」

「手紙？　〝どうか捜さないでください〟ってコレ？　どう見ても家出娘の書き置きだよねぇ⁉」

「えっと、心配しないでくださいねって意味だったんですけど……」

「俺に断りもなく姿を消したと思ったら、丸一日帰ってこなかったんだ。心配するに決まっているだろう。ただでさえ、君を嵌めようとしたやつが、まだどこかにいるかもしれないっていうのに」

先生が顔を顰めて言う通り、ボスからの命を装って、私に一国の王太子を暗殺させようとした者の正体は依然掴めていない。単純に先生を消すために私を都合のいい手駒としただけなのか、それとも私自身に何らかの責を負わせるのが目的だったのか、何もわからないのが現状だった。

「俺が狙われるのは理由がはっきりしているからいいんだよ。けど、マフィアの末端構成員にすぎなかった君を狙ったものだとしたら、それは明らかに私怨だ。犯人の目星もつかない状況で、迂闊な行動は控えるべきではないかな？」

「はい、まあ……それはそうですけど……」

「けど、何？　俺を納得させられるだけの反論があるなら言ってごらんよ」

「うう……だ、だって……」

怖い顔をして腕を組んだ先生を見上げ、私はおずおずと口を開いた。

「カインみたいなのに命を預けるのはもう真っ平ですよね？　聞くところによると五年前、彼は先生の暗殺計画を事前に察知しておきながら、実行に移されるまで見て見ぬふりしていたそうじゃないですか。実行犯を真っ先に捕まえて、自分がさも優秀であると周囲にアピールするために」

「へえ……それ、誰から聞いたのかな？」

「ダン・グレゴリーです。当時は、カインの出世を妬んだ人たちが流したフェイクだと思われていたそうですが、どうやら事実だったみたいですよ。ただ、カインが先生の幼馴染みで親友という立ち位置にいたから、無闇に糾弾するのが憚《はばか》られる空気だったそうです」

「なるほど……カインの裏切りは、起こるべくして起こったということか」

泥酔して口が軽くなったダンによると、カインにはきな臭い噂が尽きなかった。ダンの兄が国有地の石炭を無断で採掘して売るのを黙認する代わりに、賄賂も受け取っていたようだ。

「まさしく、叩けば埃の出る体ってやつだな。そんな男を重用していた〝私〟には呆れ返る」

吐き捨てるように言う先生に、私は正座をした両膝にグッと拳を押し付けて畳みかけた。

「ねえ、先生。今度こそ信頼できる守り刀をゲットしましょうよ。私も味方が多いほうがいいです」

「君はいったい何と戦うつもりでいるのかな？」

「先生がヴェーデン国王となることを阻むもの、全部とですよ。だって、今世も先生の側にいるって決めたんですもん。先生が生き易くなることは、すなわち私自身の生き易さに直結します！」

「バイトちゃん……」

きっぱりと言い切った私に、先生は鳩が豆鉄砲を食ったような顔をした。何度も両目をぱちくりさせる姿は、少しだけ幼く見える。そのこめかみからは、いつの間にか青筋も消えていた。

ふいに、先生が無言のまま手を伸ばしてくる。

大人しく正座をした私の頬をさらりと撫で、彼は耳元に囁いた。

「俺の側にいるって……その言葉、どうか忘れないで」

「え？　は、はい……」

懇願するような先生の声に、今度は私が豆鉄砲を食う番だった。ところが、その直後。

ぐううう……。

またしても、空気を読まない私のお腹が盛大に鳴く。

とたんに先生は私の髪をくしゃくしゃと撫でて苦笑いを浮かべた。

「飯にしようか、バイトちゃん」

「はいっ！」

＊＊＊＊＊

ダン・グレゴリーは、残念ながら念願の近衛師団長昇格を逃した。

それでも彼は、その決定に異を唱えることは決してなかった。というのも、国有地の石炭を無断で採掘して売った罪で摘発されたグレゴリー伯爵家が、王城への立ち入り禁止——実質社交界からの追放を言い渡されたにもかかわらず、ダンだけはただ一人不問にされたからだ。

「君が清廉潔白な人間であることは、私が保証しよう。今後も副団長として、誠心誠意務めてくれると信じているよ」

そう、王太子殿下に労いの言葉をかけられた彼は男泣き。改めて、王家ならびに王太子殿下への忠誠を誓い、新しい近衛師団長を全力で支えていくと決意したのである。

その、栄えある新近衛師団長に決定したのは、モア・イーサンだった。

彼が優勝した御前試合から、たった十日後のことである。一般師団からの大抜擢に世間が騒然とする中、私は先生ことクロード殿下の私室でモアイさんとの再会を果たすことになった。

「——あなたは、先日馬車駅まで同行させていただいたお嬢さんですね」

顔を合わせた瞬間、問うのではなく確かめるようにそう言った彼に、さしもの私も息を呑む。

城下町でモアイさんに接触した際、私は黒い巻き毛のカツラを被り、たっぷりの化粧で顔の印象も随分変えていたはずだ。それにあのとき、私たちが接していた時間なんて、三十分にも満たない。

にもかかわらず、彼は確実に私の正体を見抜き、そしていかばかりかの不審を滲ませた。

「恐れながら、殿下の婚約者であらせられるあなた様が、変装をして城下町にいらっしゃったのも、私と接触なさったのも、偶然ではないように思うのですが……いかがでございましょうか」

私は完全に白旗を振る。先生も、下手に隠し立てするのは得策ではないと判断したようだ。

「私が前任で痛い目を見たのは君も知っているだろう。二の舞はご免なんでね。君がどういう人間なのかを知るため、身軽な彼女に偵察を頼んだんだ。気を悪くしないでもらえるとありがたいよ」

「そうでございましたか……自分のどこが、殿下と妃殿下のお眼鏡にかなったのかはわかりませんが、光栄に存じます」

「謙遜しなくていいよ。ロッタが世話になったね。聞くところによると、乗り合い馬車の代金を立て替えてもらったそうじゃないか。私から色を付けて返金しようか？」

「滅相もございません」

場を和まそうとする先生の軽口に、モアイさんの厳つい顔も緩む。私もおずおずと口を開いた。

「試すような真似をしてごめんなさい、モアイさん。でも、路地裏に連れ込まれるのは想定外だったので正直助かりました。ところで、あのときの三人組はどうなりましたか？」

「モア・イーサンです。連中には余罪がいくつもありまして、今は拘置所で沙汰を待っているところです。あなた様にお怪我がなくてよかった」

とたん、ちょっと待とうか、と先生が口を挟む。彼は眉間に皺を寄せて私に詰め寄ってきた。

「三人組って何のこと？　路地裏に連れ込まれたなんて話は初耳だな。どうして、ちゃんと全部報告をしないのかな、君は！」

「だって、結局何もされていませんし、わざわざ報告するほど大したことじゃ……」

「大したことかどうかを判断するのは、君じゃなくて俺だ。今後は全部、包み隠さず、何もかも俺に報告するように！　いいね？」

「えー」

「えー、じゃない！　返事は、はい、だ！　異論は認めないよ！」

「はいはいはあーい」

そのときである。ぷっ、と小さく吹き出す音が聞こえてきて、私と先生ははたと我に返る。

モアイさんがいるのも忘れ、お互いすっかり素で喋ってしまっていたのだ。先生なんて、うっかり一人称が〝俺〟になっていた。

しかしながら、モアイさんは私たちのやりとりを訝しむでもなく、にこにこと微笑んでいる。

私と先生は思わず顔を見合わせ、声を揃えて呟いた。

「……微笑むモアイさん」

「モア・イーサンです。失礼しました。殿下と妃殿下……クロード様とロッタ様のやりとりが、あまりに微笑ましく思えまして。お二人は仲睦まじくていらっしゃるのですね」

この日、私と先生は頼もしい守り刀を手に入れた。

「君たちは仲睦まじいのだね」

微笑むモアイさん――もとい、モア・イーサンが口にしたのと同じ台詞を、まったく別の人物から投げかけられたのは、新しい近衛師団長が決定して最初の週末の午後だった。

ここ、ヴェーデン王国の王城の庭園では、ただいま女王陛下主催のお茶会が開かれている。

そんな中、近衛師団の副団長ダン・グレゴリーを侍らせてスイーツパラダイスを堪能していた私の前に現れたのは、主催者の夫であるパウル・ヴェーデン王配殿下だった。

「君たちは、いったいいつの間に、どうやって出会ったんだろうね」

彼の言う〝君たち〟の片方が、今ここにいるダンではなく、ダンに私のお守りを任せていった先生であることは明白だ。私は何も答えず、ただ微笑んで首を傾げるだけに留めた。

新近衛師団長に就任したモアイさんは一般家庭の出身で、上流階級の人々とはほとんど面識がなかったため、女王陛下が王族貴族をはじめとする主立った要人を招待して顔繋ぎの場を設けた。

なにしろ、近衛師団は王家専属の護衛集団。その長ともなれば、国政会議やら晩餐会やら、国内外を問わず国王に同行して警護に当たることになる。

そういうわけで、モアイさんは女王陛下と先生ことクロード殿下に伴われて挨拶回りに忙しい。

王配殿下は、先生が私の側を離れるのを見計らったように話しかけてきた。

番犬よろしく周囲に睨みを利かせていたダンも、さすがに王配殿下が相手では牙を収めずにはいられない。ちなみに彼は、いつぞや見知らぬ女にしこたま飲まされ喋らされたことをまったく覚えていなかったし、それが私の仕業だったなんて気付いてもいない。

「あの子は、随分と君に心を許しているようだ」

王配殿下の緑色の瞳が、じっと探るように私を見つめる。私もさすがに、ケーキを盛りに盛ったお皿をテーブルに戻して、彼と会話をすべきかと腹を括ったときだった。

王配殿下が、ふいに自身の背後を振り返って口を開いたのだ。

「この素敵なレディは、いったいどこの国の秘蔵っ子なんだろう。ぜひとも教えてもらいたいものだね――クロード」

「知ってどうなさるおつもりで？　先日申し上げたでしょう？　彼女の素性を詳しく話すつもりはない、と。もうお忘れですか？」

現れたのは、モアイさんの挨拶回りに付き合っていたはずの先生だった。王配殿下の横を通り過ぎ、庇うみたいに私の前に立つ。その背中越しに、王配殿下の声が続けた。

「極北シャンドル公国の大公閣下が、確か彼女と同じ目の色と髪の色だったような。彼とは留学先が一緒でね。古い付き合いなんだ。ロッタという名に心当たりがないか、一度尋ねてみようかな」

「どうぞご随意に。ただし、先方が正直にお答えくださる保証なんてどこにもありませんがね」

「かまをかけて反応が見られれば十分だと思わないかい？」

「さあ？　そうして得られた結果に、何の意味があるって言うんです？」

シャンドル公国は冷たい北の凍土を越えた先にある遠い国。

インターネットがあった前世ならともかく、五年前の暗殺未遂事件以降、ヴェーデン王国を一歩も出たことのない先生がそんな遥か遠くの国の女と出会うことも、王配殿下がその現君主にかまをかけて反応を見ることも不可能に近い。つまり、彼らはただ腹の探り合いをしているだけなのだ。

王配殿下が世間話をするみたいな口調で、そういえば、と続ける。

「カイン・アンダーソンが牢の中でおかしなことを言っていると小耳に挟んだんだが、クロードには心当たりがあるだろうか？」

「あいにく、罪人の戯れ言に耳を傾けるほど暇ではございませんよ」

「まあ、そう言うな。カインの戯れ言はなかなか面白いんだ。なんでも、クロードが妃にしようとしているのはマーロウ一家のボスの愛人だ、と」

「——馬鹿馬鹿しい」

とたんに、先生は冷ややかな声で吐き捨てるように言った。

「あなたともあろうお方が、とんだガセネタを掴まされましたね。彼女が？　私の可愛いロッタが？　マフィアのボスの愛人ですって？　ははっ！　カインも、どうせならもっと笑える冗談を言えばいいものを。程度が知れますね」

先生が一歩前に出る。その気迫に押されたのか、王配殿下は逆に一歩後退った。

「そもそも、カインの処遇は私に一任されているはずです。誰とも接触させるなと牢番にはきつく申し付けたはずですが、いったい誰がカインの話をあなたの耳に入れたのでしょうね？」

それは……と言い淀んだ王配殿下に、自身の優位を確信した先生が畳みかける。

「私は誰を罰すればいいのでしょう。職務怠慢な牢番ですか？　それとも、彼を買収してカインと接触した者がいるのでしょうか？　では、その者の名を教えてください。捕えて拷問して、誰に頼まれ何の目的でそんなことをしたのかを吐かせねばなりますまい」

「……すまない。カインの件は私の勘違いだったかもしれない」

勝負はすぐに着いた。分が悪いと察したらしい王配殿下が早々に白旗を揚げたのだ。

先生は容赦なく敗者に退場を命じる。

「ダン、殿下はお疲れのようだ。すまないが、部屋まで送って差し上げてくれないか」

「御意にございます」

王配殿下はため息をつきつつも、先生の忠犬に促されて大人しく引き下がるのだった。

「――はは、たわいないね」

先生は鼻で笑ってそう吐き捨てると、私の隣にドカリと腰を下ろす。

もはや、すごすごと去っていく王配殿下の背中を見送ることもない。

私は目の前のポットからカップに紅茶を注いで先生に差し出した。

「完全勝利ですねー、先生」

「だろう？　あー、お茶が美味い」

先生は上機嫌で紅茶に舌鼓を打ちつつ、テーブルの上のスイーツパラダイスからマカロンを一つ摘まみ上げて私の口に放り込む。間に挟まったベリーのクリームが甘酸っぱくてほっぺが落ちそうになりながら、同じものを齧った先生に向かって、でも、と続けた。

「王配殿下――パウル様は、悪い方じゃないと思うんですよね」

「……へえ、何を根拠にそう思うの？」

「勘です」

「勘ねえ……悪いけど、そういう不確実なものは信じない主義なんだ」

前世では、たとえ状況証拠によって依頼人が圧倒的不利であっても、物的証拠がないことを理由に攻めて攻めて攻めまくり、裁判で見事勝利を収めてきた先生らしい物言いである。

まったくもって取り合う気がなさそうな彼に、私はそれでもめげずに主張した。

「だってパウル様、うちの父に似ているんです。あれは悪人にはなりえない類いの人間ですよ」

「お父さんって……赤子の時分にマーロウ一家に売られて、親とはそれっきりなのでは？」

「いえ、今世のじゃなくて前世の父の話です。地方の大学で准教授をしてました。穏やかで子煩悩な父だったんです。私、一人っ子だったんで、随分可愛がってもらいました」

「ああ、そうか……前世の……」

前世の父に思いを馳せる私に、先生は切なそうな眼差しを向ける。きっと、前世の私が、親より先に死ぬという最大の親不孝をしでかしたことを知っているからだろう。

「そうだね……バイトちゃんのお父さんは、いいお父さんだったね……」

先生はそう言うと、よしよしと幼子にするみたいに私の頭を撫でた。

そんな中、クロード、と先生を呼ぶ声が聞こえる。

今世の彼を呼び捨てにする人間は、現在ヴェーデン王国にはたった二人しかいない。その一人である王配殿下はダンに伴われて自室に戻ったところなので、先生を呼んだのは、もう一人の貴人。

「先生、お母様が——女王陛下がお呼びですよ」

「そうだね、呼んでいるね」

たちまち、先生の眉間に皺が寄る。それは、女王陛下と一緒にいる人物を見てさらに深まった。

「おやおや、真打登場かな。ご覧よ、バイトちゃん。あのおっさんの強欲そうな顔。あの狸がボスウェル公爵——王配殿下のお兄さんだよ」

「強欲そうかどうかはわかりませんが、先生があの方のことを嫌っているのはよくわかりました。狸には似てますけど、パウル様とは似てないですね？」

ボスウェル公爵は体格のいい男だった。すらりとした体型の王配殿下とは随分と印象が異なる。ただ、先生の視線を受けてにかりと浮かべた人好きのする笑みに裏があるようには思えず、私の勘は王配殿下同様悪人ではなさそうだと言っていたが、それを口にするのは憚られた。とてもじゃないが、先生が取り合ってくれるとは思えなかったからだ。

「甥っ子の醜聞が取り沙汰されている中、よくも堂々と社交界に顔を出せたものだね」

「結局フィリップ・モーガンは、風紀を乱したって理由で近衛師団をクビになったんですよね。再就職先あります？」

先日私が修羅場をセッティングして差し上げたフィリップ・モーガンの件は、その後、彼が古い侯爵家の孫娘にまで手を出していたことが発覚して大騒動へと発展した。五股じゃなくて、六股だったのだ。ボスウェル公爵家に縁を切られることがなによりも恐ろしいモーガン家から勘当されたフィリップは、恋人の一人のヒモに成り下がるほかなかったという。

「お菓子を食べつつ聞き耳を立ててたんですけど、フィリップのスキャンダルがそこかしこで話題になっていましたよ。でも誰も、面と向かってボスウェル公爵に話を振ったりしないんですね？」

「王家に次ぐ権力者だからね。なかなかあの狸に喧嘩を売れる奴はいないよ」

こんな状況でも、女王陛下はボスウェル公爵にモアイさんを紹介するようだ。先生も同席させたいらしく、こちらに来いと手招きをしている。

「仕方がない……不本意だけど、ちょっと行ってくるかな」

「いってらっしゃい、先生。次も勝ってきてくださいね」

しぶしぶ立ち上がった先生に、私はとっさに声をかける。

図らずもそれは、前世の先生を裁判に送り出すときにかけていたのと同じ言葉だった。

「行ってくるよ、バイトちゃん。俺は――もう、誰にも負けない」

先生がそう言って、私に柔らかな笑みを向ける。なんだか少しだけ、胸がきゅんとした。

とっさに片手で胸を押さえた私に、そうそう、と先生が続ける。

「懐かしのカップケーキを厨房のオーブンに入れているんだった。焼き上がったら君のテーブルに持ってくるよう、総料理長に頼んであるからね」

「先生のカップケーキ!? 前世ぶりですね!!」

前世で先生がよく作ってくれたのは、米粉のカップケーキ。ふわふわでハチミツ風味の優しい味わいだったのを覚えている。

「わあ、どうしよう！　楽しみすぎて、もうケーキ十個くらいしか喉を通りそうにありません！」

「ケーキ十個って……いや、もうマジレスはしないぞ」

わあわあと舞い上がる私に苦笑いを浮かべてから、先生は戦場へと向かって颯爽と歩き出した。

それから間もなくして、まだホカホカと湯気の上がるカップケーキが私のもとにやってくる。

届けてくれた総料理長とは、すっかり顔見知りだ。

なにしろ、食材の調達や調理場を借りるのに、先生は私を連れて頻繁に厨房へ足を運んでいる。

五年前の事件以降、心を閉ざしていく先生を心配していたらしい総料理長は、ここ数日の彼を見て表情が柔らかくなったと喜んだ。

「なかでも、ご自身が作ったものをロッタ様がおいしそうに召し上がる姿を眺めていらっしゃるときが、殊更幸せそうなお顔をなさっておいでです」

「私も、おいしいものをいただけて幸せです」

カップケーキは全部で四つ。米が高級食材とされている世界なので、米粉もまた希少なのだ。

前世との違いを痛感しつつ、私はカップケーキを一つ総料理長に向かって差し出した。

「わ、私めに？　ですが、クロード様はこれをロッタ様にと……」

「いえいえ、総料理長さんにはいつもお世話になってますし、これからもいっぱいお世話になる予定ですから――あっ、侍女頭さんも、どうぞ！」

「まあ！　まあまあ！　私にもいただけるのですか？」

恐縮する総料理長と、ちょうど側を通りかかった侍女頭にカップケーキを押し付ける。

貴重な先生のカップケーキ。独占したいのは山々だ。しかし、総料理長と侍女頭にはこれからも先生の味方でいてもらいたいし、できれば自分の心証もよくしておきたかったため、それこそ身を切るような思いでカップケーキを差し出したのだ。ようは、賄賂である。

「残るは、二つ……」

　王太子殿下お手製カップケーキを宝物のように抱えて仕事に戻っていく総料理長と侍女頭を見送った私は、再び葛藤の渦の中。

「どっちも食べちゃいたいけど……作った本人に味見させないのもどうかと思うし……できればまた作ってもらいたいし……」

　悩みに悩んだ末、私は一つを先生のために残しておくことに決めたのだった。

　唯一自分のものとなった貴重なカップケーキを、私は恭しく両手で持ち上げる。

　鼻を近づければ、ハチミツと濃厚なバターの匂いの陰に、懐かしい米粉の香りがした。それだけでなんだか幸せな気分になるのは、前世のＤＮＡに刻み込まれていた記憶のせいだろうか。

「先生と、見知らぬお百姓さん、ありがとうございます――いただきます」

　そう呟いて、私はついにカップケーキに齧り付こうとした。ところがである。

「……あのぅ、何か？」

　ここで、思いがけない邪魔が入った。

　真正面に立ってじっと私を見下ろしていたのは、今世の先生の父親違いの弟――アルフ殿下だ。

　彼は、こほんと一つ咳払いをしてから、偉そうに言った。

「お前に用があるという者があちらで待っている。案内してやるから付いてこい」

　どう聞いても、こういう風に誘ってくる大人には絶対に付いていっちゃいけません！　と、古今東西の保護者が幼い我が子に言い聞かせているやつだ。

今世の私の場合はそれに加え、食べ物をくれると言われてもホイホイ付いていかないように、と再三ボスから諭されて育った。そういうわけなので、私はアルフ殿下の言葉に頷かなかった。

「申し訳ありませんが、どなたかの呼び出しにはお応えしかねます」

「な、なんだと……」

むしろ、初対面から敵意しか向けてこないアルフ殿下の言葉に、どうして私が素直に従うと思われたのか、甚だ疑問である。

「この場所にいるようクロード様に言いつけられているんです。相手の方がどなたかは存じませんが、用があるのでしたらご自分からおいでくださるよう、お伝え願えますか？」

「お前っ……！　この私に使いっ走りをさせようというのか！　いったい何様のつもりだ‼」

「いえ別に、何様のつもりでもありませんが……そもそもアルフ様も誰かの使いっ走りで私を呼びに来たんでしょう？　ついでじゃないですか」

「口答えするな！　お前は大人しく私の言葉に頷けばいいんだっ‼」

私に言い負かされたのがそんなに癪なのだろうか。

とたんに激昂したアルフ殿下が、椅子に座ったままの私の腕を強引に掴んで引っ張ろうとした。

その拍子に、先生特製米粉カップケーキが手から離れ、テーブルの端でバウンドしてから地面に落ちてしまったではないか。

「ああああっ‼」

「な、なんだ⁉」

椅子から立ち上がって叫べば、びくりとしたアルフ殿下があっさり私の手を離した。

その間も、米粉カップケーキは芝生の上をコロコロコロコロ転がっていたが、やがてテーブルから少し離れた場所にぽっかりと空いていた穴に落ちてしまった。

真っ青になった私は、前に立っていたアルフ殿下を押し退けて大急ぎでその穴へと駆け寄る。

「わ、わわわ！　私の！　米粉カップケーキがっ‼」

「うるさっ……」

「わたしのこめこかっぷけえきぃぃいいいいっっっ‼」

「うう、うるさいうるさいっ！　どうせ地面に落ちたやつなんて食えないだろうっ‼」

決まりが悪そうに喚き返したアルフ殿下に、私はぐりんっと勢いよく向き直る。

そうして、またもやびくつく彼をキッと睨んで叫んだ。

「何言ってるんですか！　三秒ルールが適用されるに決まってるじゃないですか！」

「さ、さんびょうるーるって……何だ？」

「あれは、クロード様が手ずから焼いてくださった、希少で貴重なカップケーキだったのにっ‼」

「兄上が、手ずから……？」

穴の側に座り込んで嘆き悲しむ私に若干引いていたアルフ殿下だったが、カップケーキを作ったのが兄だと聞いたとたん、真っ青になる。しばしの逡巡の後、彼がおずおずと声をかけてきた。

「その……穴が繋がっている場所なら、知っているが……」

「どこですか？　案内してくださいっ‼」

米粉カップケーキが落ちた穴は、王宮の庭園に昔から住んでいるウサギたちが掘ったものらしい。

彼らはペットではないので、捕まったら容赦なく捌かれて食材にされるという、なかなかスリリングで殺伐とした毎日を送っている。

その巣穴は、庭園の土の下に縦横無尽に走っており、外れにある石垣にまで通じていた。

米粉カップケーキが転がってきてはいまいか、と石垣に空いた穴の中や周辺をくまなく捜索する私を眺め、アルフ殿下がぽつりと呟く。

「三秒なんてとっくに過ぎているし、穴の中を転がったんだからきっとひどく汚れて……」

「だからなんだって言うんですか？　三秒過ぎてても汚れてても、周りを削って中のほうを食べればいいでしょう？」

箱入り王子様は、食べ物の恨みの恐ろしさを少しは知るべきだ。私はキッと彼を睨んで続ける。

「そもそも、カップケーキが転がったのはあなたのせいなんですよ？　なにを他人事みたいに言ってんですか？　いいから這いつくばって探しやがれってんですよ」

「なっ……私を誰だと思っているんだ！」

「お兄様が私のために手ずから焼いてくださった大事な大事なカップケーキを地面に叩き落とした冷酷非道な弟さんですよね？」

「そ、そんな……そんなつもりじゃ……」

ノンブレスで言い切った私の言葉に、アルフ殿下は見るからに愕然とした。

「あ、兄上……申し訳ありません……」

まったくもって役に立ちそうにない彼にやれやれと肩を竦めつつ、私はもう一度石垣に空いた穴を覗き込もうとする。そのとき、キラッと何かが光るのを目にした。

「――っ⁉」

本能的に危険を察知した私は、いまだ呆然と立ち尽くすアルフ殿下を引っ張ってその場に伏せさせる。

「ぶぎゃっ⁉」

受身も取れないまま地面に顔面をぶつけてしまったようだが、不可抗力だ。

「ぐっ、く……なな、何をするっ⁉」

「――しっ、アルフ様。誰かに命を狙われる覚えは？」

「あるもんか！　……た、たぶん」

「んもー、はっきりしないですねー。標的はアルフ様なのか、それとも私なのか……とにかく、人が多いところに――」

私がそう言って、お茶会の場に戻るルートを頭の中に思い描いた刹那のことだった。

ヒュッと風を切るような音とともに、キラリと光るものがこちら目がけて飛んでくる。反射的に身を捩ってその軌道から逃れれば、カツンと音を立てて何かが石垣の隙間に突き刺さった。

「――ナイフ⁉」

例えるなら、忍者なんかが使う苦無《くない》みたいな形状をした投擲に特化したものだ。それが、ヒュッ、

ヒュッ、と続けざまに飛んでくる音を耳にした私は、とっさにアルフ殿下の後ろ襟を掴んで大きく横に飛んだ。ぐえっ、とガチョウみたいな声を上げた彼が、その拍子に石垣に手を突く。

とたん、想定外のことが起きた。ガコッと大きな音を立てて石垣に新たな穴が空いたのだ。

「なっ……なんだっ⁉」

「わわっ、隠し扉っ⁉」

支えをなくしたアルフ殿下の体は、穴の中へ吸い込まれる。――その後ろ襟を掴んだ私ごと。

「わ、わあああっ⁉」

「うわーん、とばっちりー‼」

穴は、私とアルフ殿下を完全に飲み込むと、ひとりでにぴたりと閉まった。

石垣にカモフラージュした隠し扉の外側に、カンカンッとさらにナイフが突き刺さる音が響く。

それに続いて、ちっと誰かの舌打ちと、バサバサッという鳥の羽音が聞こえた気がした。

「わあああっ……‼」

穴は、奥に向かって急勾配の下り坂になっていた。

私の体はゴロゴロゴロゴロ転がり落ち、平坦な場所に到達してようやく止まる。

「いたた……こ、ここは……？」

しばらくは状況が飲み込めず、呆然とその場に座り込んだまま周囲を見回していた。

辺りは墨で塗り潰したみたいな真っ暗闇。体感的には随分地下深くまで落ちてしまったような気がして、さしもの私も少しだけ不安になる。

「えええ……何なんだろう、この穴……やだなぁ」

「……おい」

「ウサギが掘った穴……じゃないよね？　この広さだから、モグラでもなさそうだし」

「——おい！」

穴の横幅は、私が目一杯両手を広げて、かろうじて左右の壁に指先が触れるくらいの広さがあった。次いで、縦幅も計ろうと頭上に手を伸ばしてみるが、どうやら座ったままでは天井に届かないようだ。そのため、私は地面に手を突いて立ち上がろうとしたのだが……

「うぐっ、そこ鳩尾！　……って、この無礼者！　いつまで私の上に乗っかっているつもりだ!!」

突然、地面が喚き出した。

「その声はアルフ様？　いやだ、私の下で何やってるんですか？」

「何やってるんですか、じゃなーい！　よくも、この私をクッション代わりにしてくれたなっ!!」

「あらー、やたらと温かい地面で気持ち悪いと思ったら、アルフ様の人肌でしたか」

「気持ち悪いとは何事かっ!!」

私の素直な感想が癪に触ったらしい。アルフ殿下は私を撥ね飛ばす勢いで立ち上がった。ところが、その拍子にゴチンと天井に頭をぶつけて、即刻地面に逆戻りしてしまう。

「ふぐぐっ……」

「あらら……天井は意外に低いんでしょうか？」

アルフ殿下という尊い犠牲を無駄にしないためにも、私のほうは慎重に立ち上がる。

幸いなことに、私の背丈ならまっすぐに立っても頭がぶつからないだけの高さがあった。

穴のサイズ的に、やはりウサギの巣穴などではなく、人工的に掘られたものだろう。私はそんなことを考えながら、足下に踞《うずくま》ってウンウン呻いているアルフ殿下の頭を手探りで撫でた。

「アルフ様、大丈夫ですか？　頭割れてないです？」

「わっ……きっ、気安く触るなっ！」

「あっ、タンコブ！　すごくでっかいタンコブができてる!!」

「なでなでするなっ！　嬉しそうにするなあっ!!」

アルフ殿下は子犬みたいにキャンキャン吠えると、頭をブンブンして私の手を振り払う。

そのうちに、私はだんだんと暗闇に目が慣れてきた。穴はずっと奥深くまで続いているようだ。

「かすかにだけど風が入ってきてる……ってことは、この先のどこかで外に繋がってるんだ」

次に、自分たちが転がり落ちてきた坂を振り返って眉を寄せる。坂はやはり勾配が激しく、土が剥き出しになっていて少し力を加えただけでぼろぼろと崩れてしまう。

坂を上るのは不可能と判断した私は、頭を押さえながら立ち上がったアルフ殿下に向き直った。

「アルフ様は、この穴の構造をご存じとかではないですか？」

「……ない」

「そうですか。私はひとまず道なりに進もうと思いますが、アルフ様はどうなさいますか？」

「進むって、この真っ暗闇をか!?」

アルフ殿下はまだ目が慣れていないのだろう。私の正確な位置が掴めていないらしく、うろうろと視線を彷徨わせている。このままでは、またどこかに頭なり何なりをぶつけてタンコブを増やしそうだと思った私は、スカートの右ポケットからマッチを取り出して火を点ける。

アルフ殿下はビクリと一瞬身を竦めたが、明るくなってほっとしたのだろう。

「マッチって、意外に明るいんだな……」

そう呟いて、マッチ棒の先を見つめる眼差しは幼子のように無垢だった。

私は、ゆらゆらと揺らめく炎が映り込んだ彼の瞳をまっすぐに見つめて問う。

「それで——私を人気のない場所に連れていって、どうなさるおつもりだったんですか？」

「えっ……」

先ほど、アルフ殿下は誰かが何かしらの用事で呼んでいるなんて曖昧なことを言って、私をお茶会の場から連れ出そうとした。

結局は、先生特製米粉カップケーキを追いかけてアルフ殿下に付いてきてしまったのだが、そのとたんにナイフが飛んできたのだ。状況的に見て、二つの出来事が無関係とは考えにくい。

「誘い出した私を、自分の息のかかった人間にナイフで暗殺させようとした、とかですか？」

私がそう問えば、アルフ殿下は真っ青な顔をして、ブンブンと大きく首を横に振った。

「暗殺なんて考えるものかっ！　いくら気に入らない相手だとしても、命を奪う権利なんて誰にもないはずだっ！　私はただ、兄上を誑かすお前の正体を暴こうと……人目に付かない場所でなら、きっと本性を現すだろうと言われて！」

「誰に？　誰に、そう言われたんですか？」

「誰にって——えっ……ええっと、それは……あれ？」

「……もしかして、わからないんですか？」

暗殺に関してはきっぱりと否定したアルフ殿下だったが、私を人目に付かない場所に連れ出すよう唆した人物のことになると、とたんに歯切れが悪くなった。

「私は……誰に、お前を連れ出すように言われたんだろう。なあ、誰だ？」

「いや、知りませんよ。こっちが聞きたいです」

私はじっと目を凝らし、マッチの炎に照らされたアルフ殿下の表情を観察する。

彼が嘘をついている様子はなかった。何者かが、たとえば催眠術で操るみたいにして、彼を使って私を人気のない場所に誘き出そうとしたとする。そこにナイフが立て続けに飛んできたとなれば、犯人の狙いはおのずと知れるだろう。私は愕然とした思いで呟く。

「……私だ。私が狙われたんだ」

先生ことクロード殿下の暗殺指令が偽物だったことが判明し、私を陥れるのが目的だった可能性も出てきた。生まれ変わっても我が道を行く先生を側で支えようと決めたとき、来世に期待を丸投げするくらいには、今世の安泰は諦めていたのだ。それでも、私みたいな末端構成員がピンポイントで誰かに命を狙われるようなことはない、と心のどこかで高を括っていたのかもしれない。

「あのナイフは、私を狙っていたんだ……」

ギラリと光ったナイフの切っ先がまざまざと脳裏に浮かび、それが自分に向けられていたのだと知って背筋が寒くなった。

一方、マッチの炎を挟んで向かいにいるアルフ殿下の顔色も明らかに優れなかった。

「私は、得体の知れない何者かに手駒のように動かされていたのか……」

ひどくショックを受けている様子に、なんだか無性に可哀想に思えてきて、私は一声かけてやろうと口を開きかけた。そのとき、穴の奥からふっと風が吹いてきて、唐突にマッチの炎が消える。

と、同時に、ぐうううう〜っと、大きな音が暗闇に響き渡った。

アルフ殿下がビクッと飛び上がる気配がする。

「な、なな、何だ⁉　今のは、何の音だっ⁉」

「ただのお腹の音ですよ。そんなにびっくりしなくてもいいじゃないですか」

「腹の音だと⁉　いや、大鯰《おおなまず》の鳴き声だろう⁉　大地震が来るんじゃないのかっ⁉」

「どっかで聞いたことのある話ですねー。でもそれ、迷信ですから」

私はなおもぐうぐうと鳴り続ける自分のお腹を宥めつつ、新しいマッチに火を点けた。

それから、左のポケットにいいものを入れていたことを思い出し、片手を突っ込む。

取り出したのはクッキーだ。一口サイズのものが十個、柔らかい布で丁寧に包まれている。

私はそれを一つ口に含んでから……

「う、うう、うううーん……お一つ、どうぞ」

悩みに悩んだ末、一つをアルフ殿下に差し出した。

彼は一瞬目を丸くしたものの、すぐに眉間に皺を寄せてツンとそっぽを向いてしまう。

「結構だ。お前からの施しなど受けない」

「あー、そうですか。それは残念。これ、クロード様が作ったクッキーなんですけど？」

「あ、あああ、兄上の、クッキー⁉」

「せっかくの機会だからお裾分けしようと思いましたのに。いらないとおっしゃるなら仕方がないですね。全部一人で食べちゃおーっと」

言うなり、ぱくんとクッキーを頬張った私を見て、アルフ殿下はぐぎぎと歯を食いしばる。しまいには涙目になりはじめた彼を見かねて、結局はクッキーを分けてあげることになった。


「おいしいですか？」

「……おいしい」

外の音が完全に遮断された地の底で、サクサクサク、とクッキーを咀嚼する音が響く。

クッキーにはオレンジピールが練り込まれ、柑橘系のさわやかな香りとほのかな苦味を感じた。

マッチの明かりを頼りに、小さなクッキーを大事そうに味わうアルフ殿下はどうにも憎めない。

「このクッキーを兄上が……。兄上は、お菓子を作るのがお上手なんだな」

「お菓子だけじゃなくて、料理もお得意ですよ。ご存じなかったんですか？」

「知らなかった、何も。兄上は、私に詮索されることをひどく嫌っていらっしゃるから……」

「はあ、そうでしたねぇ……」

アルフ殿下はしょんぼりと俯く。ところがすぐに顔を上げ、私に恨みがましげな目を向けた。

「兄上は、どうしてお前なんかを側に置くのだろう」

「お前なんか、とは随分な言われようですね。アルフ様に私の何がわかるっていうんですか？」

「そ、それは……」

「苛立ちに任せて不用意に人を貶めるなんて、お馬鹿さんのすることですよ」

挑発的な物言いにそれ以上の調子で返せば、アルフ殿下の威勢はたちまちへなへなと萎れた。打たれ弱いにもほどがある。

同い年のはずなのに、なんだか幼い弟の相手をしているような気分になった私は、一個だけのつもりが結局五個——つまり半分ものクッキーを彼に分け与えてしまっていた。

サクサクと音を響かせて、お互いに無言のまま最後の一枚を味わう。

やがて二本目のマッチが燃え尽き、辺りは再び真っ暗闇に包まれた。

私は三本目のマッチを擦ろうとして、ふと手を止める。代わりに口を開いた。

「アルフ様は、私生児であるクロード様が国王になることに不満はないのですか？」

「あるわけないだろう。父親が誰であろうと、兄上は兄上だ。私の、たった一人の兄上だ」

「自分のほうが国王にふさわしい、とは思わない？」

「思わない。思ったこともない。そもそも私は国王の器ではないと自覚している。だが、兄上は賢くて冷静で強い方だ。私はただ、国王となった兄上のために働きたい……それだけなんだ」

お互いの顔も見えない暗闇の中で、アルフ殿下がとつとつと胸の内を吐き出す。

実のところ、私はこのハプニングを利用しようと考えていた。アルフ殿下がもし、先生の今後にとって邪魔でしかない存在なら、この暗闇に彼一人を置き去りにすることもできる。

スカートの下に忍ばせたナイフを使うことだって厭わないつもりだったのだ。けれど……

「兄上を尊敬している。あの方の弟に生まれたことも、誇らしく思う。それだけは――断言する」

まっすぐな言葉に嘘偽りはないと判断した私は、ジュッと三本目のマッチを擦って火を灯した。

とたんに眩《まばゆ》いくらいに純真な眼差しとかち合って、思わず目を細める。

アルフ殿下のこの好意を、先生がもうちょっとくらい素直に受け取れるようになれば、きっと今世は幾分生き易くなるに違いない。先生も、そして私も。

「そうとなったら、何としても生きたまま地上に連れて帰らないといけないですね！」

「う、うん……？」

俄然やる気になった私は、左手の指先を擦り合わせてクッキーの粉を落とす。

そして、指先についたクッキーの粉を名残惜しげに見つめていたアルフ殿下の右手を掴んだ。

「なっ……いきなり何だっ⁉」

「何って、マッチの明かりだけじゃ心許ないから手を繋いであげたんじゃないですか」

「み、みみ、未婚の男女がみだりに触れ合うなど、はしたないっ！　お前は、兄上の婚約者という自覚があるのかっ‼」

「手を繋ぐくらいで何ですか。いつの時代の貞操観念ですか。大丈夫ですよ、お兄様も幼児と手を繋いだくらいで不貞を疑うような心の狭い方ではないです……たぶん」

私は最初に判断した通り、穴の奥に向かって歩き出す。

「たぶんって何だ！　幼児って誰のことだ！」

「はいはい、お喋りしててもいいですけど、さくさく歩いてくださいね」

アルフ殿下もギャーギャーうるさく文句を言う割に、私の手を振り払おうとしなかった。

穴は、所々で横道に繋がっていた。中には扉が付いたものもあったがどれも古く、またその先が行き止まりではない確証もないため、ひたすらまっすぐ道なりに進むことにする。

マッチが四本目に突入する頃になると、喚き疲れたのかすっかり大人しくなっていたアルフ殿下が、ポツリと小さな声で言った。

「私はお前を排除しようとしていたんだぞ。それなのに、なぜこんな助けるみたいな真似を……」

「クロード様にとって、あなたが必要だと思ったからですよ」

「兄上にとって、私が必要？　本当に……本当にそうだろうか……」

「あらら、意外。もしかして、自信がないんですか？」

このときのアルフ殿下は、私の挑発に乗ってこなかった。それどころか、手を引かれるままに気持ち悪いくらいしおらしく付いてくる。

やがて五本目のマッチを点けた頃、彼の独白が始まった。

「ずっと幼い頃……迷子になった私を、兄上が城に連れて帰ってくださったことがあったんだ」

好奇心旺盛な子供だったアルフ殿下は、こっそり護衛の目を盗んで城下町まで行ったことがあるらしい。そのまま迷子になってしまった彼を見つけたのが、先生ことクロード殿下だった。

「その頃の私は、兄上と自分の父親が違うなどと知りもしなかったし、それを悪く言う者がいるなんて考えたこともなかった。兄上は……たぶん、ご存じだったのだと思う。私や父に対して、すでにいさま、お兄様はいつでも……」

どうやら庶子であることを理由に、当時まだ健在だった前国王——つまり祖父と折り合いが悪く、王宮に居づらさを感じていたのだろう。先生は頻繁に城下町に足を運んでいたようだ。

「それでもあのとき……兄上もこうして私の手を引いてくださった。泣きべそをかく私の頬を、呆れた顔をしながらも拭ってくださって……それが、幼心に嬉しくて嬉しくて……」

今でも忘れられないんだ、と噛み締めるように言うアルフ殿下の目は潤んでいるように見えた。

けれどもすぐに、両目が伏せられる。こんな足下の覚束ない状態で目を瞑るなんて不用意だと思ったが、私は何も言わず彼の手を引き続けた。

「それなのに、正式な夫婦の子であるという理由だけで、私を国王に押し上げようとする者は後を絶たない。私の存在そのものが、兄上を煩わせ傷付けようとする。それが……つらくてたまらない」

彼は絞り出すような声でそう告げると、ぎゅっと私の手を握る。痛いくらいの力に驚いて振り返れば、マッチの炎に照らされた緑色の瞳が縋るように私を見つめていた。

「お前は……どうか兄上を裏切らないでくれ」

「そんなことしませんよ」

迷わず即答した私に、アルフ殿下は初めてほのかな笑みを浮かべる。第一印象ではあまり似ていない兄弟だと思ったが、このときの彼の笑顔は今世の先生のそれとそっくりに見えた。

ぐううう～……。

何のための穴なのかはわからないが、整備が行き届いていないらしく所々で壁が崩れている。

ぐうう～きゅるるる……。

ひたすら続く闇に、さしもの私も辟易しはじめた。そんな中、アルフ殿下がおずおずと口を開く。

「さっきから、その……腹が随分と賑やかだが、大丈夫なのか？」

「大丈夫か大丈夫じゃないかで言うと、全然大丈夫じゃないですね。お腹空いて死にそう……。米粉カップケーキも食べられないで、このまま死んだら未練がありすぎて化けて出そうです」

「死なないでほしい、切実に。あと、カップケーキは……その、ダメにして、ごめん、なさい」

「……許しましょう」

やっと素直に謝ったアルフ殿下と繋いだ手をブンブンと振って、私は気持ちを一新させる。

「このままだと気が滅入りそうなんで、脱出したら食べたいものを言い合いっこしましょ？」

「それだと、余計に腹が減るのでは……」

「確かに空腹感は増しますけど、食べたいものを食べるまで死ねないって前向きになれます」

「そんなものか……」

私の提案に神妙な顔をして頷いたアルフ殿下は、ハンバーグ！　と男子小学生並みの第一希望を叫んだ私に、少しだけ恥ずかしそうに続いた。

「ミ、ミモザ、サラダ……」

「骨付きカルビ！」

「シュパーゲル……」

「リブステーキッ!!」

「ビーツのスープ」

「ローストビィィィフッ!!」

暗い穴の中に、互いの声だけが響く。私とアルフ殿下は顔を見合わせ、同時に眉を寄せた。

「お前が食べたいものって、肉ばかりじゃないか！」

「アルフ様こそ野菜ばっかり！　草食動物ですか⁉」

ぎゃーぎゃーと喚き合う声の間に、ぐうぐうと私のお腹の音が合いの手みたいに入る。

マッチは残り三本となった。しかし、出口はまだ見えない。

壁にまた一つ木の扉を見つけたが、向こう側から施錠されているのか、それとも穴が崩れて土でも詰まっているのか、とにかく押しても引いても開く気配がなかった。

お腹は空いたし歩きにくいし疲れたし、大事なことだからもう一度言うがお腹が空いた。

今更だが、石垣に空いた穴から地下へと転がり落ちた際に、私もアルフ殿下も全身土まみれになっている。右の膝小僧がヒリヒリするのは、どこかで擦り剥きでもしたのだろうか。

なんだか永遠にこの闇から抜け出せないような気がしてきて、私はひどく心細くなった。

先生、と呟いたのは無意識だ。だから同じとき、兄上、とアルフ殿下の口が動いたのも偶然だが、互いの手を掴む力が増したのは必然だった。

迷子の子供みたいに、私たちはぎゅっと手を握り合う。その直後のことである。

バンッ！　と大きな音とともに、突然背後から光が差し込んできた。

驚いて後ろを振り返れば、今さっきどうやっても開かなかったはずの扉が開いていた。

そして、私とアルフ殿下が眩しさに顔を顰めつつ光の中に見つけたのは……

「――二人とも、見つけたぞっ!!」

「せ、先生っ!!」

「あ、兄上っ!!」

現れたのは、先生だった。

背後から光に照らされたその姿は神々しく、思わず手を合わせてしまいたくなる。

先生はぽかんとして立ち尽くす私たちを眺めて、ほっと一つ安堵のため息をついた。

「よかった……無事みたいだね」

先生がそう呟いて、ほのかな笑みを浮かべる。その慈愛に満ちた表情は、固まっていた私とアルフ殿下を融解するのに十分な温かさを持っていた。

「うわーん、せんせー!!」

「あ、あにうえー!!」

繋いでいた手をぱっと離した私とアルフ殿下は、我先にと先生に駆け寄り飛び付く。

先に飛び付いた私は難なく受け止めた先生だったが、アルフ殿下が続いたことにぎょっとする。

「うっ……おい、待て。何でアルフまで？　お、重っ……この！　図体ばかりでかくなって!!」

今世の先生とアルフ殿下では、後者のほうが少しばかり背が高い。

野菜好きらしい彼が、何を食べてそんなに大きくなったのかは知らないが、とにかく私とアルフ殿下を二人とも抱き留めるのに、先生は体格的に少々無理があった。当然私たちを支え切れず、先生は後ろにひっくり返りそうになるも、ふいに扉の向こうから伸びてきた手がその背中を支える。

「クロード様、私を振り切るのはご勘弁ください。護衛役が形なしでございますよ」

苦笑いを浮かべてそう言ったのは、新たに近衛師団長となったモアイさんことモア・イーサン。

片手には明るい光を放つランタンが提げられ、肩には黒と灰色のツートンカラーのカラス——私の姉役を自負するハトさんの、銀色の足環が付いた足が乗っていた。

一方、兄以外眼中にないらしいアルフ殿下は、先生に縋り付いてひたすらめそめそする。

「ううっ、兄上っ……もう、永遠にお会いできないのかと……」

「何を大げさなことを。だいたいここは、有事に備えて昔の王族が作った脱出用の隠し通路だぞ。なぜ、その存在を知っているはずのお前が、知らないはずのロッタに手を引かれて先導されているのかな。普通は逆だろう？」

「か、隠し通路……？　聞いたことがあるような……ないような……」

「まったく、お前は相変わらず抜けているな」

心底呆れたという顔をしながらも、先生は珍しく恩情を見せた。

ぎゅうぎゅうとしがみつく私のついでみたいに、アルフ殿下が縋り付くのを許したのだ。

お茶会の場に私の姿がないことに気付いた先生は、アルフ殿下に伴われていったという給仕係の目撃情報をもとに、モアイさんと二人で捜索を始めたそうだ。そこへハトさんが飛んできて、隠し通路の入り口となった石垣まで彼らを案内してくれたという。

「この隠し通路の構造自体は把握していたからね。経過した時間から、君たちの大体の現在地を予測して、それに一番近い横道を割り出して迎えに来たんだよ」

ぐううううう～っと、一際大きく私のお腹が鳴った。いつも空腹を満たしてくれる先生の声を聞いたからだろう。我ながら、まるでパブロフの犬のようだ。

「ぐすぐす……さっき誰かの襲撃に遭ったんです。ナイフが落ちてませんでしたかおなかすいた」

「ナイフは発見されていないよ。すでに犯人によって回収されたのかもしれないね」

「ぐすっ……この穴に落ちる直前にハトさんの羽音を聞いたんですけど、犯人と接触していませんかねおなかすいた」

「彼女の爪に、誰かから毟り取ったであろう黒くて長い髪が何本も絡んでいたから、犯人のものかもね。あと、お腹が空いたのはわかったから。また語尾みたいになってるからね？」

先生は上着のポケットからナッツを取り出して、私の口に放り込んだ。常に食べ物を持ち歩いている王太子殿下……ちょっと笑える。

一方、そんな私たちの会話にはっとした顔になったのはアルフ殿下だった。

「黒……長い髪……女――そう、女だ！　思い出した！　私を唆したのは長い黒髪の女だった‼」

「……どういうことだ？」

眉を顰《ひそ》める先生に、アルフ殿下は包み隠さず事実を告げた。

私という得体の知れない女が、敬愛する兄を誑かしたのではないかと不安に駆られていたこと。

その思いを何者かに利用され、私を人気のない場所まで連れていく役を負ってしまったこと。

そして、私を狙ったと思われるナイフが飛んできたこと。

「誓って、彼女に危害を加えるつもりはありませんでした。けれど、結果的に危険に晒してしまったのは紛れもない事実。——誠に、申し訳ありませんでした」

アルフ殿下は真摯に謝罪の言葉を述べてから、いまだ先生にしがみつく私にまで旋毛が見えるくらい、ぐっと深く俯いて続ける。

「すべては私の咎です。かくなるうえは、どのような処罰でも受ける覚悟でおります」

「へえ……どのような処罰でも、ねえ……」

そんなアルフ殿下を、先生は氷のような目で見つめていた。そのあまりの冷たさに、ここぞばかりにとんでもない厳罰を下しはしまいかと私は不安に駆られる。短い間とはいえ、真っ暗闇で手を繋いで励まし合った仲だ。私としては、アルフ殿下に対して少なからず情が移っていた。

それに、度を超えた私的制裁は周囲の反感を買うばかりか、アルフ殿下を担ぎ上げたがっている連中を刺激しかねない。今後のためにも、ここでアルフ殿下を排斥するのは得策ではないだろう。

そう考えた私は先生に思いとどまってもらおうと、しがみつく両腕に力を込めた。

「先生……」

すると、先生はちらりとこちらを一瞥してから、私の背中を宥めるみたいにポンポンと叩く。

かと思ったら、私を片腕に抱き直してアルフ殿下の正面に立ち——

「回りくどいのは嫌いなんでね。これで、チャラにしてやる」

彼の銀色の頭に、いきなりゲンコツを振り下ろしたのである。

「――キャン！」

ゴンッと鈍い音がして、子犬みたいにアルフ殿下が鳴いた。

そのまま足下に崩れ落ちた彼を、私はたまらずプギャーする。

「ぶふっ！　そこ、さっき天井で打ってタンコブができてたところっ！　ぶふふふっ……!!」

「人のことを笑っている場合か……なっ」

ところが、まさかもまさか。どういうわけか、私までキャンと鳴かされる羽目になった。

完全に油断していたところに、先生からデコピンを食らったのである。

「――いたぁ！　先生、ひどいいいいっ!!」

その仕打ちに私が涙目で睨めば、先生はふんと鼻を鳴らした。

「そもそもどうして、自分に対して明らかに好意的じゃなかったアルフに付いていってしまうのかな？　君には危機管理能力というものが備わっていないのだろうか？」

「だって！　米粉カップケーキが！　ころりん！　すっとんとんだったからっ!!」

「うん、やっぱり食べ物が関係していたんだね。そうだろうと思った。知ってた。……ところで、非常用に持たせていたクッキーは？」

「この穴に落ちて即行、アルフ殿下と仲よく半分こしました。おいしかったー」

さっき食べたクッキーのサクサクの食感、練り込まれたオレンジピールのさわやかな香りとほのかな苦味を思い出し、私の頬はふにゃふにゃになる。

と同時に、またもやぐううううっと盛大に響いた音に、先生の深い深いため息が続いた。

「はー……まあ、とにかく。無事でよかった。幸い、まだ騒ぎにはなっていない。さっさとここを出て着替えて、茶会に戻ろう」

先生は左手で私の肩を抱いてそう言うと、右手をすっとアルフ殿下に差し出す。

その手をきょとんとして見つめる弟に、先生は呆れた顔をしながらも幾分優しげな声で言った。

「お前ももうすぐ成人を迎えるのだろう？　いつまでも、私が手を引いてやるわけにはいかない。

──今日だけだぞ」

「あ、兄上っ……」

アルフ殿下は慌てて先生の手を取る。

そして、二度と離したくないとでもいうようにぎゅっと握り締めた。

第三章　ロッタにしかできないこと

「私生児を国王に戴かねばならんとは嘆かわしい。由緒正しきヴェーデン王国の名折れだな」

「陛下も罪なことをなさる。いっそお産みにならなければ、こんな憂いもなかったものを」

王宮の隅にある白樫の木の下で若い男が二人、先生ことクロード殿下を貶める会話をしていた。

これは、決して珍しいことではない。こと貴族の間には、女王陛下の私生児である先生が次期国王となることに不満を抱いている者が少なくなかった。

白樫の木の下で話し込んでいる二人の男は、宰相を務める王配殿下の下で働く文官だ。

他人を貶めるのに夢中の彼らの顔は、とてもじゃないが育ちがいいように見えないものの、身なりからしてそれなりの家の出なのだろう。確か昨日、書類の不備を先生から指摘され、無能だの穀潰しだの散々に扱き下ろされていたから余計に憎しみが募っているのかもしれない。

「――いっそ、死んでくれればいいものを」

男の一人が、そう呪詛を吐く。

私はぎゅっと眉根を寄せつつも、隣で駆け出そうとしたアルフ殿下に足を引っかけて止めた。

つんのめりつつも何とか持ち堪えた彼が、ギッと鋭く私を睨む。

「なぜ止める！　兄上に対する暴言の数々、とてもじゃないが許してはおけないっ!!」

「別に許さなくていいですけど、今ここでアルフ様が出ていって不敬罪であいつらをしょっぴくとして、結局どれくらいの罰を与えられます？　たぶん、数日の謹慎くらいが関の山でしょ？」

「そ、それはそうだが！　しかし！　謹慎の不名誉は、連中の経歴にとっては痛手に……」

「それで先生が逆恨みされて、これ以上ヘイトが集まっても困るんですよ」

先生の悪口を言う者たちに行き当たったのも偶然なら、その直前にばったりアルフ殿下と会ったのも偶然だった。

私が今世の先生と再会し、ヴェーデン王国の王宮に住まうようになって一月。アルフ殿下と二人で隠し通路を散策してからは十日が経った。

王配殿下に師事するアルフ殿下は、今ちょうど休憩時間らしい。

「せっかく気晴らしに外に出たというのに、お前と鉢合わせしてしまうし、不愉快極まりない連中の会話を聞いてしまうし……まったく、ついてない」

「そう、おっしゃらずに。はい、お一つどうぞ。クロード様と食べなさいって、総料理長さんがたくさんお菓子を持たせてくれたので、お裾分けです」

一方の私は、午後のお茶用の茶葉を選びに総料理長を訪ねた帰りだった。会うたびに抱えきれないほどの食べ物をくれる彼は、孫にたらふく食べさせるのが生き甲斐の田舎のおじいちゃんみたい。

相変わらず女王陛下や王配殿下、そしてアルフ殿下とも一緒に食卓を囲むことのない先生だが、総料理長や侍女頭とはますます関わりを深めていた。それもこれも、私の忙しないお腹を満たしたり、王太子の婚約者としての体裁を整えたりするためである。

「いや、あの連中の暴言を不問にするなんて、我慢ならない！　やはり、一言物申してくる！」

大好きな兄上を貶められて、アルフ殿下はとにかく憤懣《ふんまん》やるかたないといった様子だ。

再び、肩を怒らせて飛び出していこうとする彼に、私は両手に抱えていたお菓子の山を押し付ける。そして、訝しい顔をする彼の耳にこそりと囁いた。

「アルフ様、あちらの木の上にご注目ください。何が見えますか?」

「何がって……もしかして、蜂の巣のことか?」

「そうです。あれをですねー……こうしてー……ああしてー……こうじゃ!」

「あっ、おい! そんなことをしたらっ……」

私はYの形をした木の枝に伸縮性のある紐を張った武器を取り出すと、手頃な小石を拾ってセットする。いわゆるパチンコ——スリングショットなんて格好いい別名もあるがパチンコで十分だ。

狙うは、白樫の木にぶら下がっている大きな蜂の巣。

はたして、ビュンと風を切って飛んだ小石は、木の枝と蜂の巣の結合部分を見事に撃ち抜いた。

「うわっ……」

アルフ殿下が小さく声を上げる中、蜂の巣はそのまままっすぐに落下し、いまだ先生の悪口に夢中な男たちの頭を直撃する。次の瞬間、ブウンという不気味な羽音とともに、巣の穴という穴からおびただしい数の蜂が飛び出してきて、白樫の木の袂は一瞬黒いモヤに包まれたみたいになった。

ギャーッと悲鳴を上げて、男たちが逃げ出す。しかし気の立った蜂は、猛然とそれを追いかけていった。得物を仕舞った私は、呆気にとられた様子のアルフ殿下の腕からお菓子を取り返す。

「アルフ様。こういうときは何と言うべきか、ご存じですか?」

「い、いや……何と言えばいい？」

「ざまぁ、です」

「ざ、ざまぁ……？」

箱入り王子様は、聞き慣れない言葉にきょとんとした顔をした。

一方、私は先ほどの連中を懲らしめられたことで、溜飲が下がる。

「といっても、心臓にボーボーに毛が生えている先生は、あんな有象無象の言うことなんて微塵も気にしないでしょうけど」

そう言って肩を竦めていると、アルフ殿下がふいに首を傾げた。

「気になったんだが……お前が兄上のことを〝先生〟と呼ぶのはなぜだ？」

「……呼んでました？　今？　先生って？」

「呼んでいた。それに、隠し通路に兄上が迎えに来てくださったときも呼んでいた」

「そうですかー……呼んでましたかー……」

自分では気を付けていたつもりだが、アルフ殿下の前ではどうにも素が出てしまうようだ。

それはきっと、彼が裏表のない人間だからだろう。しかしながら、私と先生の関係を一から説明するのはめちゃくちゃ面倒くさいし、そもそも前世なんてものを信じてもらえるかもわからない。

そういうわけで、私はにっこりと微笑んで当たり障りのない答えを口にする。

「クロード様のことを先生みたいに尊敬しているから、たぶん無意識に呼んじゃったんですね」

「なるほどな！　気持ちはわかるぞ！　兄上は立派な方だからなっ!!」

バカワイイという言葉は、アルフ殿下のためにあるのかもしれない。

「――アルフと随分親しくしているみたいだね」

山盛りのお菓子を抱えた私を執務室に招き入れた先生は、休憩と称してお茶を淹れつつそんなことを口にした。フライングでイチジクとクリームチーズのパイを頬張っていた私は、モグモグと口を動かしながら大きく瞳を瞬かせる。

「私に対するアルフ様の態度が多少軟化しただけで、さほど変わっていないと思いますけど？」

「それにしては、随分距離が近かったように思うけど？　二人で何を内緒話していたのかな？」

ここに来る前にアルフ殿下とバッタリ会って、先生の悪口を言う不届き者たちにざまぁしているのが、この執務室の窓から見えていたらしい。紅茶をカップに注いだ先生は、そのまま私の真向かいに腰を下ろすと、テーブルの上に身を乗り出して顔を近づけてきた。

コツンと額同士がくっつき、至近距離から瞳を覗き込まれる。先生の青い瞳の中に私の赤い瞳が映り込み、まるで青空の中に夕日があるみたいで不思議な感じがした。

「先生、もしかして……私がアルフ様と一緒にいたのを見て、妬いているんですか？」

「……そうだと言ったら、どうする？」

先生は両目を細めて、質問に質問で返してくる。

私はそんな彼の両手をぎゅっと握り締め、俄然声を弾ませた。

「どうするって――そんなの、応援するに決まってるじゃないですか！」

「えっ……」

「もー、先生ったら、さっさと素直になっちゃえばいいんですよ！　アルフ様のほうはあんなに兄上好き好きってアピールしてるんですから、先生もちゃんと好きだよーって返してあげないと！」

「いや、そうじゃ……そうじゃなくて。バイトちゃんに妬いているわけじゃなくてね……？」

すっかり頭を抱えてしまった先生の背中を、私は励ますようにポンポンする。

「先生、恥ずかしいならお手紙をしたためてはいかがですか？　私がこっそりアルフ様の部屋に置いてきてあげますよ？」

「いや、アルフの部屋に――他の男の部屋になんか、行かせるはずがないだろう⁉」

そんなやりとりがあった日の夜のことである。私は珍しく、夢を見た。

いや、夢自体は珍しくない。ただそれが、前世の、しかも最期の瞬間の夢だったのだ。

見覚えがありすぎる十二坪の事務所。訪ねてきた男は、応対に出た私の胸を問答無用で撃った。

先生がいる部屋の奥へ向かおうとする男の足に縋り、振り解かれ、固い床に額を打ち付け……やがて、私は絶命する。その間際、温かくて大きな掌が、私の頭を労るように撫でてくれた気がした
――と、ここまでは記憶の通り。

しかし、夢の中の私はこのとき、現実ではできなかったことをする。

冷たい床から顔を上げ、頭を撫でてくれる手の主を見上げたのだ。

そのとたん、私ははっと息を呑む。それこそ心臓が止まってしまいそうなくらいびっくりした。

「――ボ、ボス？」

床に膝を突き、血まみれになった私を憂いを帯びた顔で見下ろしていたのは、マーロウ一家のボス、レクター・マーロウだったのだ。

「なな、なんで？　どうしてこの場面に、ボスがっ……⁉」

そう叫んだときには、周囲の光景は前世の事務所から真っ白くて何もない空間に変わっていた。

血にまみれていたはずの私の体も綺麗になっていて、もちろん痛みもなくなっている。

私はのろのろと上体を起こすと、傍らに膝を突いたボスをまじまじと見つめた。

「……因果なものだ」

「えっと……？」

「いや……お前が存外血腥《ちなまぐさ》い夢を見ているものだから少々驚いた。痛いところはないか？」

「大丈夫ですよ。だって夢ですもん……って、ボス？　これが私の夢ってわかってるんですか⁉」

単なる夢の中の登場人物かと思ったら、意外や意外。ボスはとんでもないことを言い出した。

「先日、お前もアンの家で見たと思うが、魔女の花――あれが咲いてな」

「はあ、咲いたんですか。ついに……」

「その根を乾燥させて煎じたものを口にした結果、私は今ここにいる」

「ええええっ⁉　精神を肉体から引き離すことができるとか何とか言ってた、あれですか⁉」

森の魔女ことアンが、本人曰く千年も転生を繰り返しながら育ててきた魔女の花。

おそらくは向精神薬的な作用を及ぼす強力な毒を有している、というのが先生の見解だった。そんな、はっきり言って劇薬にも等しいものを、ボスは口にしたというのだ。

「実験台になったってことですか？　ボス自ら⁉」

「感傷的な話には興味はないが、あれの作用自体は面白そうだと思ってな。半信半疑だったが……まさか、人の精神の中に入り込めるとは驚きだ」

「いやいやいや！　プライバシーの侵害も甚だしいですよ！　ボスのえっっっち‼」

「そうは言うがな。お前の頭の中は食い物のことだらけで、色っぽさなど皆無ではないか」

ボスの言う通り、白いばかりと思っていた空間の所々に食べ物の映像が浮かんでいた。

私がこの日に口にした先生作の三食と、総料理長や侍女頭がくれたお菓子の数々だ。

そんな私の赤裸々な食生活を、ボスは呆れた顔をして眺めている。

「少なくとも、お前を空腹にさせないという約束は守られているようだな」

「はい、おかげさまで。ハトさんもやたらといいご飯をもらって羽ツヤ最高になってますよ」

「それは結構なことだ。では引き続き、ヴェーデン王国にはお前たちの腹を満たしてもらうとして──クロード殿下に関係して、お前の耳に入れておきたいことがあってな」

「はあ、人の夢に押しかけてまでですかー？」

口を尖らせる私に構わずボスが語りはじめたのは、それこそ彼がさっき口にした通り、なんとも因果な話だった。

マーロウ一家の先代のボスは、悪の権化のような人間だった。

義理も人情もない。彼の前では、弱い者は暴力と搾取に堪えるしかなかったのだ。

不本意ながら私も五年前まではそいつをボスとして戴いていたので、その悪逆非道っぷりを目にする機会は数え切れないほどあった。おかげでメンタルは鍛えられたが、だからといって先代のボスに感謝する気なんて起きるはずもない。

その息子であるレクター・マーロウがまともに育ったのは、ひとえに母親のおかげらしい。

「母は没落貴族の娘でな。借金の形に売られながらも矜持を失わなかった強い人だ」

そんな母親を尊敬するほど父に失望していった幼いレクター少年は、あるとき、人生の指標となる人物と出会う。

「それが、ヴェーデン王国から追放されたばかりのネロ・ドルトス——元近衛師団長であり、クロード殿下の実父だった」

ネロ・ドルトスは大陸中に名を轟かせる高名な剣士で、傭兵としても引く手数多だったらしいが、愛する人も我が子も、そして平民出にとっては二度とないキャリアも失った当時の彼は失意のどん底にいた。

「酒に溺れては喧嘩に明け暮れ、ならず者が集まるマーロウ一家に流れ着いたときには、すっかり凋落して見る影もなかった」

それでも、レクター少年の純真で理知的な瞳に映った自分の姿に恥じ入って、すぐさま酒を断つ決意をしたというのだから、性根までは堕ち切っていなかったのだろう。

もしかしたら、その手に抱くことも叶わなかった我が子を彼に重ねたのかもしれない。

それからみるみる往時を取り戻したネロにより、マーロウ一家の中でも変化が起こった。それまで虐げられるばかりだった弱い立場の者たちが、彼を頼って身を寄せるようになったのだ。

「さすがは、平民の出でありながら近衛師団長に大抜擢されただけある。その統率力に惚れ込んで、幹部の中にもネロに傾倒する者が出始めるのにさほど時間はかからなかった」

そうなると、面白くないのが先代のボスである。このままではボスの座を奪われるのではと危機感を募らせた結果、ついにネロを罠にかけ殺してしまう。今から二十年前のことだ。

「ネロに心酔していた私を人質にして呼び出し、その目の前でのことだ」

ボスの口から語られる先代のボスのクズっぷりに、私は今更ながら戦慄する。

「あのとき――私は、必ずやこの手で父を殺すと誓った」

ボスは、今まで見たこともないくらい昏い目をしてそう言った。

しかし、すぐにいつもの理性的な眼差しに戻ると、私に向かって柔らかい声で続ける。

「私に、ロッタを育てるよう勧めたのがネロだ。いつか人の上に立つのなら、か弱き命に寄り添う経験も必要だと言ってな。思えば、あれが彼の遺言となった」

実の親に捨てられた私はネロの進言によって生かされ、二十年もの時を経て、彼が一生会うことも叶わなかった実の子である先生ことクロード殿下のもとに辿り着いた。先生とは前世を共有しているばかりか、今世においてもなんとも不思議な縁で結ばれているようだ。

「先日対面したとき、どうしてクロード様にお父さんと面識があることを話さなかったんですか？」

「殿下は、明らかにネロに――実父に対していい感情を持っていなかったからな。下手に話題にすべきではないと思ったんだ」

そこまで告げると、ふいにボスが立ち上がった。

私の食欲まみれの世界をバックに、本題に入ろう、と相変わらず涼しい顔をして告げる。

「クロード殿下抜きで、お前と会いたがっている方がいる。これから、アンの家まで来なさい」

「こ、これから⁉」

ボスは言いたいことだけ言うと、こちらの返事も聞かずに消えてしまった。

一人きりになってしまった私はポカンとしていたが、ふいに、ぐうううっとお腹が鳴る。

夢の中なのに胃の辺りが切なくなって、これはきっと現実でもお腹が空いているに違いないと思った刹那、私の意識は一気に覚醒する。

「ううーん……おなか、すいた……」

瞼を開けたとき、現実の世界は夢の中とは対照的に真っ黒だった。

闇に目を凝らして時計を見れば、時刻は午前二時を少し回った頃。

「丑三つ時になんか呼び出して、オバケにでも遭遇したらどうしてくれるんですか……」

ぶちぶち文句を垂れつつも、私はベッドを抜け出し身支度を整える。

ボスの命令は絶対だ。来いと言われれば、それがたとえ真夜中であろうと行かねばならない。

一月前の再会以来、私は王宮の三階にある先生の私室に居候してきた。

ただし、私と先生は便宜上の婚約者に過ぎないため、ベッドを共有したのは最初の夜だけ。

翌日には私用のベッドが運び込まれて、元からあった先生のものと並べられた。

そういうわけで、今も隣のベッドでは、すうすうと先生が寝息を立てている。

近衛師団長候補を偵察する目的で一昼夜留守にした際、置き手紙だけで済ませたことを彼からしこたま叱られたのも記憶に新しい。

「でも、せっかくぐっすり眠っているのを起こすのは忍びないし……それに夢の中のボスは、先生抜きで私に会いたがっている人がいるって言ってたし……」

悩みに悩んだ末、先生が目覚めるまでに戻ってくることを決意し、私は一人こっそり部屋を抜け出したのだった。


闇に紛れて夜の城下町をひた走る。

「――ハトさん、ごきげんよう」

バサッと聞こえた羽音に頭上を仰げば、いつの間にかハトさんの姿があった。

前世では不吉なものの象徴とされることが多かったカラスも、今世の私にとっては家族も同然。

前世を思い出したところで、先生が関わらなければ私はやっぱりただのロッタ――マーロウ一家のロッタだ。悪の権化のような男が君臨し、理不尽と暴力が支配する世界で育った。

のほほんと生きていた前世では考えられないことだが、今世は日陰の身に慣れていて、どちらかというと闇の世界のほうが息がしやすい。

人気のない大通りを突っ切って辿り着いた森の奥。数日前にも訪れた森の魔女の家は、真夜中だというのに玄関に明かりを灯して私の到着を待っていた。

先に玄関に降り立ったハトさんが、その固い嘴でキツツキみたいにコンコンと扉を叩く。

扉を開いたのは、家主のアンではなくボスだ。家の中からはパンの焼けるいい匂いがした。

——ゴクリ。

開いた扉に駆け寄りつつ、私は思わず唾を呑み込む。同時にお腹が鳴って、空腹で目を覚ましたことを思い出した。

「——ボス、おなかすいたっ！」

「そう言うだろうと思ったさ」

幼い頃からご飯を食べさせてくれていたボスがいて、その背後からおいしそうな匂いが漂ってくるのだ。反射的に空腹を訴える私を、いったい誰が責められようか。

ボスもそんな私に慣れっこのはずだが——なぜだかこのとき、苦しさを誤魔化すような笑みを浮かべて私の頭を撫でた。

「今すぐお前の腹を満たしてやりたいのは山々なんだがな。先に、挨拶だけは済ませなさい」

「挨拶って、私に会いたいとおっしゃる方とですか？　それって結局、どなた——」

最後まで言い終わるのを待たず、ボスが扉の前から体をずらす。

とたん、私はひっと悲鳴を上げそうになった。

ボスの向こうに、思いもかけない人の姿を見つけてしまったからだ。

パカッと口を開いたまま硬直する私に、その人は苦笑いを浮かべて言った。

「ごきげんよう、ロッタ。こんな時間に呼び出してすまないね」

「こ、ここ、こここんばんは——女王陛下」

魔女の家で私を待っていたのは、金色の髪と青い瞳の美しい人。ヴェーデン王国の現君主であり、今世の先生を産んだ女性——エレノア・ヴェーデン女王陛下だった。

女王陛下は簡素な衣装の上に真っ黒いローブを羽織って、質素な木の椅子に腰を下ろしていた。息子である先生ことクロード殿下に似ている部分といえば、青い瞳に限るだろう。

それが、扉の前で呆然と立ち尽くす私を映している。

——ゴクリ。

さっきとは違う意味で唾を呑み込む。節操のないことで知られる私のお腹も、このときばかりはさすがに空気を読んだように大人しくなった。

「ボ、ボボボ、ボス……⁉」

「落ち着きなさい。陛下にはお前の立場についてすでにご説明申し上げた。身分を偽っていたことで、お前やクロード殿下にお咎めが行くことはない」

「そ、そうですか……でもあの、これって結局どういう状況なんですか？」

「どうもこうも。新しい近衛師団長が大した慧眼の持ち主だったということだ。彼が抜擢されるのに、お前も一役買ったらしいではないか？」

ボスの言葉に、へ？　と間抜けな返事をして顔を上げた私は、女王陛下が腰を下ろした椅子の傍らに、見覚えのある人物が立っていることに気付いてぎょっとした。

「モ、モアイさんっ⁉」

「モア・イーサンです。ロッタ様」

つい先日新しい近衛師団長に就任したばかりのモアイさんは、指を突き付けて叫んだ私の無作法も苦笑いで許してくれた。

私がマーロウ一家と繋がっていることに気付いたのは彼らしい。

私の変装を即座に見抜いたこともあり、先生が説明した〝とある国の止ん事なき人物の隠し子〟という肩書きも、彼はそもそも信じていなかったのだろう。

「僭越ながら、ロッタ様の日頃のお姿を観察し、そのとっさの身のこなし方や目線のやり方から、相当の訓練を積んでおられるとお見受けしました」

「彼は、一般師団の出身らしいな。王宮勤めの連中とは違い、裏社会にも顔が利く。飲み屋を隠れ蓑にした、うちと馴染みの情報屋にも伝があったそうだ」

新たな近衛師団長の選定に伴い、私は変装したうえでモアイさんの人となりを探った。そのため、同じく候補に名が挙がっていた副団長ダン・グレゴリーにも接触したはずだと考えたモアイさんは、彼が不自然に酔い潰れた夜の出来事から件の情報屋に辿り着いたらしい。

「情報屋はロッタ様のことを何も口にしませんでしたが、彼がマーロウ一家と懇意にしていることは存じ上げておりましたので」

そして、私とマーロウ一家の繋がりを決定的にしたのが、カラスのハトさんの右足に嵌められている足環だった。

「先日、ロッタ様とアルフ様の危機をあのカラスが知らせてくれた折り、足環の内側に小さくマーロウ一家の刻印がされているのを確認しました」

「はわわわ……」

まさか素性を探られているなんて思ってもいなかった私は真っ青になる。

すると、モアイさんは少しだけ慌てた様子で、誤解のないよう願いたいのですが、と続けた。

「私は何も、ロッタ様を排除しようと動いていたわけではありません。現在のマーロウ一家は秩序ある組織です。無闇に一国の王太子を狙うようなことはないと考え、ロッタ様がクロード様を害する心配はいたしてはおりませんでした」

「あっ、はい……」

先生と出会ったきっかけが、偽指令に踊らされてはりきって彼を暗殺しようとしたことだった身としては少々気まずい。とはいえ、私が先生の脇腹を猛毒付きのナイフで刺した事実は、どうやらまだ知られてはいないらしい。

モアイさんは私に敵意を向けるどころか、楽しそうに言った。

「ロッタ様がクロード様のために行動するお姿を幾度か拝見しました。なかなかどうして、クロード様を貶める者への報復には容赦がない。馬糞を踏ませたり、バナナの皮で滑らせたり——そうそう、今日のはまた一際強烈でしたね？」

とたんに、ボスが呆れ顔を私に向ける。

「お前、何をした？」

「コソコソ悪口を言うしか能のない陰険な人たちの頭の上に、ちょうど誂えたみたいに蜂の巣があったんですよ。だから茂みに隠れて、こう、バン！　と」

「……ロッタ」

「でもね、ボス。アシナガバチですよ？　あの人たちには、スズメバチじゃなかっただけありがたいと思ってもらわないと！」

そのときだった。あっはっはっ、と朗らかな女性の笑い声が上がる。

現在、森の魔女の家にいる女は私を含めて三人。笑ったのは私ではないし、奥の厨房から焼きたてのカンパーニュ——これがおいしそうな匂いの元だ——を抱えて出てきたアンでもない。

つまり、笑い声の主は残す一人——女王陛下だったのだ。

「アルフが昼間、気の立ったハチが飛んでいるから注意するよう王宮中に触れ回っていたのは、そのせいだったのね」

「わわわっ、アルフ様に後始末させてしまいましたか？　それは申し訳ないことを……アルフ様には今度アメちゃんでもあげときます」

「ふふ、よいよい。幸い、頭に巣の直撃を食らった二名以外に被害は出ていないわ」

「そうでしたかー。それではめでたく、ざまぁ、ですね！」

女王陛下はどうにもたまらないという様子でクスクス笑い続けている。

彼女とはまだ片手で足りるほどしか顔を合わせていないが、こんな風に砕けた姿を目にするのは初めてのことだ。私は思わずまじまじとそれに見入りつつ、隣に立つボスに囁いた。

「初めてお会いしたときと随分印象が違います。いかにも気高い女王様って感じで、クロード様にくっついてきた得体の知れない私を怪しんでいらっしゃったのに……」

「新しい近衛師団長と同様、陛下にも人を見る目がおありだ。お前自身は警戒に値しないと早々にお気付きになったのだろう」

ただし、私のバックにいるマーロウ一家は見て見ぬふりができる相手ではない。

いくらモアイさんに私を排除する意思がないとはいえ、私がマーロウ一家の人間であると判明したことについて女王陛下に報告するのは、彼の立場としては当然だろう。

それによって女王陛下が不穏分子と判断したのなら、いくらモアイさんが庇い立てようとも私は王宮から摘まみ出されるか、地下牢に放り込まれるか——とにかく、先生の側にはいられなくなっていたに違いない。ところが、女王陛下は私を排除するどころか、なぜだか先生抜きで会いたいなんてボスを通じて言ってきたのだ。

その意図がわからないし、落ち合う場所がアンの家である理由もわからない。

私はおそるおそる、ボスと、女王陛下と、モアイさんと、アンと、アンの抱えているカンパーニュ……を見ようとしてボスに頭を押さえられ、ちょっとだけ涙目になって問うた。

「あの、私はこれからどうすればいいんでしょうか……?」

答えてくれたのは、アンの手からカンパーニュを受け取ってテーブルに置いた女王陛下。

「こんな時間に呼び出したお詫びに、私の秘蔵の燻製肉とワインをご馳走するわ。アンの焼いたパンと一緒に食べながら話をするというのはどうかしら?」

——異議なし!!

ぐううっと鳴いて、いの一番に返事をしたのは、やっぱり私のお腹の虫だった。

世間は広いようで狭い。そんなことわざを、私はまさにこのとき体感していた。

「えーと、えーと、つまりですね……女王陛下はもともとアンとお知り合いで、その伝からこの家でボスと会うことになって、私はそこに呼ばれた……ってことで、あってますか?」

確かめるように問う私に、ボスと女王陛下は涼しい顔で頷いた。

上座に女王陛下が一人で座り、その向かいに私とボスが並ぶ形でリビングのテーブルを囲んでいる。モアイさんは護衛らしく、女王陛下の後ろに立った。

一方、会合の場として自宅を提供しているアンは我関せずな様子で、真夜中にもかかわらず鼻歌交じりに窓辺の鉢植えに水をやっている。

鉢で満開になっているのは、千年に一度だけ咲くという魔女の花だ。

その根を煎じて飲んだらしいボスが、先ほど実際私の夢の中に侵入してきたのだから、人の精神に干渉する強い力があるという話は眉唾物ではなかったのだろう。

花弁を口に含めばあらゆる未練を断ち切ることができるとも言われているが、見た目は何の変哲もない花である。薄青色をした五枚の花弁の真ん中に黄色い副花冠を持つその姿は、皮肉なことにまったく正反対の意味を持つ花——私の前世の記憶にある勿忘草にそっくりだ。

そんな魔女の花に気を取られつつも、私はモグモグと口を動かしていた。

「それにしても、本当においしそうに食べること。クロードがせっせとこの子の口に食べ物を運びたくなる気持ちがわかったわ」

「食い意地の張った娘で、お恥ずかしい限りです」

テーブルには、アンのカンパーニュや女王陛下持参の燻製肉が並び、私がそれを遠慮なくモリモリ食べる姿を肴に、女王陛下とボスはワインをちびちびやっている。

女王陛下がアンと懇意になったのは、ネロ・ドルトスがヴェーデン王国を追放された直後のこと。お忍びで森の魔女の家を訪ねたことがきっかけだという。

父親から厳しく堕胎を迫られていた十八歳の女の子が、毒も薬も作る魔女の家の扉をたった一人で叩いた理由は、とてもじゃないが聞けなかった。

「そのとき、アンはお茶とお菓子を用意して、私の話をゆっくり聞いてくれてね……おかげで、私はクロードを産む決意を固められたわ」

だが、父王からはどうあっても許しが下りる気配がない。かくなるうえは、王位継承権を捨てて祖国を出奔するか――そんなことを考えはじめたとき、ふいに救いの手が差し伸べられた。

「パウルと、彼の兄であるボスウェル公爵が周りを説得してくれたの。彼らのおかげで、私はクロードを産むことができたのよ」

「しかし、王配殿下は確か、もともと陛下の許嫁でいらっしゃったはず。陛下がネロと通じたことで、王配殿下もボスウェル公爵家も盛大に面目を潰された形になったでしょうに」

ボスの明け透けな言葉に、女王陛下は苦笑いを浮かべつつ昔を懐かしむような顔をした。

「私とパウルはもともと幼馴染みだったのよ。婚約は父たち――前ヴェーデン国王と前ボスウェル公爵が決めたことで、当初はお互い恋愛感情なんてなかったわ」

実際、女王陛下が近衛師団長のネロと通じたことに憤ったのは王配殿下本人ではなくその父親で、ネロを処刑しろと騒ぐ彼を宥めて追放だけに留めたのが、現ボスウェル公爵である王配殿下の兄だったという。

「前国王が陛下を堕胎させようと躍起になったのは、庶子を国王とすることを問題視したというよりも、結局は名門ボスウェル公爵家の面目を保つためだったのでしょう」

「ええ、パウルたちが当時のボスウェル公爵であった父親を説得してくれたおかげで、私の父もしぶしぶながらクロードを産むことを認めてくれたの」

つまり、王配殿下と現ボスウェル公爵は、先生の命の恩人ということになる。

ボスと女王陛下の会話に、私はゴクリと音を鳴らし、燻製肉の塊と一緒に唾を呑み込んだ。

「パウルと義兄上に、私は恩も引け目もある。クロードはボスウェル公爵家が重用されるのをよく思っていないようだけれど、私としては父たちに迎合せず味方でいてくれた彼らを信頼しているの」

「だから……だから五年前、クロード様の暗殺未遂事件があったときも、パウル様やボスウェル公爵閣下を捜査の対象になさらなかったんですね。クロード様は、ご自身の出生にお二人が尽力なさったことをご存じなんですか?」

私の問いに、女王陛下はもちろんと頷いたが、すぐに沈痛な面持ちになって首を横に振った。

「だが、クロードは納得しなかった。人の考えなど時間の経過とともにいくらでも変化するものだと言って……」

「僭越ながら申し上げれば、クロード殿下のご意見にも一理ございます。二十五年前は幼馴染みであらせられる陛下とその御子に同情的であったとしても、ご自身の血を引くアルフ殿下の誕生によって、王配殿下ならびに公爵閣下の考えが変わったとしても不思議ではございませんからね」

僭越ながらと断りながらも、どこか居丈高にボスが言う。

ボスは、ネロ・ドルトスを慕い敬愛していた。だから、さっさと彼を過去のことにして別の家庭を築いた女王陛下に対し、少なからず思うところがあるのかもしれない。

かつての恋人の最期について、女王陛下は彼から聞いているのだろうか。

とにかく、一番不安で心細いときに味方をしてくれた王配殿下やボスウェル公爵を、盲目的に信じてしまう女王陛下の気持ちはわかる。

(でも……そしたら先生の気持ちには、いったい誰が寄り添ってあげられるんだろう……)

なんだか胸の奥がもやもやして、私は食事の手を止めた。燻製肉に付いていた粒胡椒が奥歯で潰れて、ピリリと口の中に刺激が走る。

「……それで、結局私はどうしてこの場に呼ばれたんでしょうか?」

そう問いを口にしたとたん、三対の瞳が私に集まった。ボスと女王陛下とモアイさんの瞳だ。

たじたじとした私は、その三対の中で絶対的な味方であるボスを縋るように見た。

ボスはワインのグラスをテーブルに置くと、私の唇の端に付いていたらしいパンの粉を親指で払いながら言う。

「お前が身分を偽って王宮に滞在していたこと、そして今後もそれを継続することを黙認していただく代わりに、女王陛下より新たなご依頼を賜った」

「えっ、女王陛下直々に？　わ、私に務まるんでしょうか？」

思わず口を衝いて出た不安に、すぐさま答えたのはボスではなく女王陛下だった。

「ロッタにしか、できないことなの」

「私にしか……ですか？」

首を傾げる私に、女王陛下もワイングラスをテーブルに置いて続ける。

「ロッタを側に置くようになって、クロードは変わったわ。もちろん、いいほうにね。侍女頭や総料理長といった古馴染みの年長者を素直に頼るようになり、ロッタと一緒に食事をとりはじめてからは顔色もぐっとよくなった。アルフの話では、クロードが料理を作るらしいじゃない？」

「あ、はい。それはもう全力でご馳走になってます」

「ふふ、最近ではアルフまで時々相伴に与っているとか。モアに聞いたが、ロッタが先にアルフと仲よくなってくれたおかげで、クロードとの距離も縮まったのだそうね？」

「アルフ様は裏表のない方ですから。クロード様も一度懐に入れてしまったものだから、もう邪険にし切れないみたいです」

一瞬モアって誰のことかと思ったが、モアイさんの正式名称だった。先生がアルフ殿下への態度を軟化させたのは事実で、女王陛下とモアイさんの目には私が二人の仲を取り持ったように映っているらしい。女王陛下の依頼というのは、それを見込んでのことだった。

「私は近々、玉座をクロードに譲るつもりでいる。国王となった暁には、宰相を務めるパウルと協力してこの国を動かしていかねばならないわ。けれど先ほど言った通り、パウルを信じずにはいられない私の言葉では、彼が味方であるとクロードを納得させられないの」

「つまり……私に、クロード様とパウル様の仲を取り持てとおっしゃるのですか？」

確認するみたいに問いながら、私はそれはちょっと嫌だなと思った。

王配殿下を信じたい女王陛下の気持ちはわかるが、疑いたくなる先生の気持ちもわかるからだ。

そして、二人を天秤に掛けたとしたら、私は前世の誼《よしみ》もあって迷わず先生を選ぶ。

ボスに呼び出されて女王陛下から直々に依頼をされた時点で、マーロウ一家のロッタに拒否権はない。しかし、前世を共有し、今世もまた危なっかしい先生の側にいると——あの人の味方でいると決めたのだ。

「いやだ……いやです、できません——申し訳ありません！」

私はフルフルと首を横に振ってそう言った。

またもや三対の視線が自分に突き刺さるのを感じ、居た堪れない心地になる。今すぐにでも逃げ出してしまいたくなったが、私はどうにかこうにかこの場に踏ん張って、声を振り絞った。

「クロード様の気持ちを蔑ろにしてまで、パウル様と仲よくしろだなんて……絶対に、絶対に言いたくないです！　私は——誰よりもクロード様の味方でいたいんですっ!!」

椅子から立ち上がって、向かいに座った女王陛下に対して深々と頭を下げる。ボスに叱られるのは覚悟のうえだったが、彼の顔も女王陛下の顔も見るのが怖くて、テーブルに額が付きそうなくらいになった——そのときだった。

ガンッ！　と大きな音を立てて、魔女の家の玄関扉が開いたのだ。

上座にいた女王陛下と、即座に彼女を庇うように前に飛び出したモアイさんが、呆気にとられた顔になる。私も慌てて扉のほうを振り返り――思いも寄らない人物を見つけて叫んだ。

「せ……クロード様っ⁉」

「話は聞かせてもらったよ」

簡素な服の上に黒いマントを羽織った先生が、カツカツと靴音を響かせて中に入ってくる。

どうやら馬で駆けつけたらしく、開けっ放した扉の向こうには二頭の馬の手綱を持った副団長ダン・グレゴリーが控えているのが見えた。先生は呆然とする私を腕の中に抱え込んでから、改めてその場に集まった一同を見回し、くっと口の端を吊り上げる。

「まったく……いたいけなロッタを夜遊びに誘うとは」

私の髪を撫でながらボスを睨《ね》め上げ、

「なんて不埒な大人たちなんだろう」

モアイさんを見据えて目を細めた。そして……

「――恥を知れ」

よりにもよって、女王陛下に向かってそう冷ややかに吐き捨てる。

「せ、せんせい……」

思わず縋るように呼んだ私を、彼は女王陛下を睨み据えながら抱き締めた。

そのとたんだった。ふふっ、と小さく笑い声が上がる。

一番近くで先生と私を見ていたボスだ。

「殿下は今一つご辛抱が足らなくていらっしゃるようだ。突入するのは、ロッタの拒絶に対する陛下の返答を聞いてからにすべきだったでしょう」

「……私がいると、すでに気付いていたと？」

「よく、気配を隠しておいででしたよ。扉から離れていたとはいえ、手練の近衛師団長殿に悟らせなかったのですから」

「なるほど。つまりあなたは、私に陛下の返答を聞かせたかったわけですね？」

先生が聞き耳を立てていたことも、もちろんボスがそれに気付いていたことも知らなかった私は、ポカンと口を開けて二人の顔を見比べるばかりだった。

そんな私の頭上で、またしても先生とボスの空々しい笑みが交差する。

一触即発といった雰囲気に、ゴクリと唾を呑み込んだときだった。

「あらあら、クロード様まで。ちょうど、ブリオッシュが焼けましたよ」

そう言って、甘い匂いとともに台所からアンが現れる。

となると、真っ先に返事をしてしまうのが、私のお腹だった。ぐううううっ、と一際大きく鳴り響いた音により、魔女の家のリビングに張り詰めていたシリアスな空気はたちまち飛散する。

代わって気まずい空気が流れたものの、それを一気に払拭したのは快活な女性の笑い声だった。

「――っ、ははっ、あはははははっ！」

「……はは、ロッタ様には敵いませんね」

私のお腹の音に大ウケしたのは、女王陛下だった。つられたみたいに、彼女を背に庇っていたモアイさんも苦笑いを浮かべる。先生とボスもやれやれと言いたげな顔をしつつ、お互いに視線を逸らした。きゅう、とお腹の虫が、切ない声でもう一鳴き。

女王陛下は我が子を慈しむような柔らかな笑みを浮かべると、それに似合いの優しい声でもって、ロッタ、と私を呼んだ。

「ロッタも、無条件にパウルを信用する必要はないわ」

「え……？」

先生は無言のまま、真意を探るような目でじっと女王陛下を見つめている。

彼女はそれを避けることも怯むこともなく続けた。

「あなたには、クロードの味方という立場からパウルを見極めてほしい。その結果、ロッタが彼を信用に足ると判断したならば――いずれきっと、クロードも心を開いてくれるときが来るでしょう」

「私が、王配殿下を見極める……ですか？」

女王陛下が王配殿下と結婚をしたのは、先生を出産した後だという。王配殿下は公私ともに献身的に女王陛下を支え、やがて二人の間に友愛以上の感情が芽生えた証拠がアルフ殿下だ。

そのアルフ殿下を、前世を思い出し、百戦錬磨の弁護士らしく冷静な目を取り戻した先生は受け入れはじめている。女王陛下の言うように王配殿下に真実下心がないならば、私がわざわざ見極めずとも、いずれ先生自ら彼を認めるときが来るだろう。

私にできるのは、ただ何が起こっても先生の味方でいること――それだけだ。

「わたし、私は……」

女王陛下が柔らかな表情をして私の答えを待っていた。

ボスに視線を移せば、小さく頷き返される。思うようにせよということだろう。

最後に先生を見上げれば、彼の青い瞳がそれこそ穴が開きそうなくらい、じっと、じっと、私を見つめていた。

心は決まった。私は、唯一先生にそっくりな女王陛下の青い瞳を見つめ返して口を開く。

「私は、クロード様がヴェーデン国王となることを阻むもの、全部と戦う――そう、決めているんです。だから、もしも、万が一、パウル様がクロード様の敵であると判断した場合は……」

「そのときは、私もともに責を負おう。パウルと二人、王国の果てに追いやられようとも構わない」

女王陛下の最後の言葉は、私ではなく、私を抱き寄せた先生に向けられたものだろう。

先生は異議を唱えることはなかった。代わりに、私をぎゅっときつく抱き竦める。

ふっ、とボスが吐息のような笑いを漏らした。そうして、アンが用意してくれた新たなグラスを先生の手に押し付けると、問答無用でワインを注ぎ入れて言った。

「交渉成立――ということで、よろしいですね？」

ボスと女王陛下が再びグラスを持ち上げ、テーブルを挟んで乾杯する。

「こんな時間にワインを飲む趣味はないんだけどな」

先生はそう呟きつつも、しぶしぶ彼らに倣ってグラスを掲げた。

私もようやくほっと安堵のため息をつき、先生の腕の中からそろりと、アンのブリオッシュに手を伸ばそうとしたのだが……

「クロード殿下がいらっしゃったならばちょうどいい。陛下の御用とは別件で、一つ共有しておきたい情報がございます。ロッタを殿下のもとに遣わせた者――それに、心当たりができました」

ボスの口から飛び出した言葉に、私の手は空を切った。


東の空がわずかに白みはじめた。迫り来る朝に追い立てられるように、王城への道をひた走る。一歩先の地面には、カラスのハトさんの影が落ちていた。

人気のない大通りを風のように駆け抜けながら、私はさっき聞いたボスの言葉を思い出す。

『アルフ殿下を唆したという長い黒髪の女――おそらくそれは、ザラのことだろう』

「ザラが……すべての元凶……？」

そう呟いた私のお腹を、ぎゅっと締め付けるのは先生の腕だ。

私は今、先生に背後から抱きかかえられる形で馬に跨り、人気のない大通りを走っていた。

同じく馬に乗ったダン・グレゴリーも、ぴったりと後ろに付いてくる。私が深夜に城を抜け出したことに気付き、先生はダンに事情を知られるのも構わず後を追ってきたようだ。

そんな先生は結局、一杯だけワインを呷ると、それ以上女王陛下と会話をすることもなく私を連れて魔女の家を後にした。

「バイトちゃん、ザラ・マーロウについて、知っていることを全部教えなさい」

「えっと、ザラはボスの腹違いの妹で、私より三つ四つ年上だったと思います。先代のボスに溺愛されているのをいいことに、それこそ女王様みたいにやりたい放題でした」

「それが、レクター・マーロウが先代を殺して成り上がったことで、状況が変わったと？」

「はい。それまで散々虐げてきた者たちに身包み剥がれて、娼館に売り飛ばされたって話です」

ボスの目を盗んで度々ひどい目に遭わされていた私は、あいにく彼女の境遇にはちっとも同情していない。ハトさんなんて、危うく風切羽を毟られそうになったことまであったのだ。

「レクター・マーロウは身内に甘いって聞いていたけれど……腹違いとはいえ実の妹には適用されなかったのかな？」

「ボスとそのお母さんがザラの母親に引くほど苛められたらしいんです。だから、ボスはザラ自体も蛇蝎のごとく嫌ってます。ただ、ザラのほうはボスを兄として以上に慕っていたみたいで……」

「それで、彼に目をかけられていたバイトちゃんに嫉妬して、憎悪を募らせたってこと？」

「私とハトさんと、ですね。ザラの母親がボスとそのお母さんを苛めたのも、結局は先代のボスの寵愛を奪われて嫉妬したからなんですって。因果なものですねぇ」

私は、ザラの数々の凶行を思い出して身震いする。

「そんな女が、金持ちの愛人の座に収まり――今、このヴェーデン王国にいるというのか……」

私の頭の後ろで、先生が重々しいため息をつく。先日のお茶会において、アルフ殿下が長い黒髪の女に唆されて私を人気のない場所に連れ出し、そこをナイフで狙われたという話を小耳に挟んだらしいボスは、すぐにザラを思い浮かべたという。なにしろ、長い黒髪は彼女の自慢であり、先代のボスが気に入って手入れに金をかけさせていたのはマーロウ一家では有名なことだった。

「ザラは、父親を殺して自分から何不自由ない暮らしを奪った兄を恨んでいるし、愛しているし、その延長でバイトちゃんに憎しみを抱いている、と」

「そして、ボスが先代を殺そうと決意したきっかけであるネロ・ドルトス――先生の今世のお父さんのことも、めちゃくちゃ憎んでいます」

先生はボスから語られるまでもなく、実の父ネロ・ドルトスの最期を知っていたようだ。あいにく、先生は彼に対しては何の感慨も抱いていないようだが――ザラは違っていた。

「ネロ・ドルトスがもう亡くなっているから、その息子である先生に復讐するだなんて……」

「まったくもって、いい迷惑だよ」

そんなザラが今、このヴェーデン王国にいる。

しかも、彼女を愛人にした金持ちというのがモーガン家の当主――ボスウェル公爵夫人の妹の夫で、私が先日近衛師団長候補から蹴落とした、フィリップ・モーガンの父親だというのだ。

「ザラのそもそもの目的が、パトロンであるモーガン家の勢力を拡大することで、そのために跡取り息子のフィリップを出世させようと考えたとすれば、点と点を線で繋ぐことができるね」

「カイン・アンダーソンとミッテリ公爵令嬢を唆して先生を暗殺させ、その後彼らの罪を公にして、フィリップのために近衛師団長の席を空けさせようとしたってことでしょうか」

「憎きネロ・ドルトスの息子である俺に復讐ができるし、モーガン家の親戚であるボスウェル公爵家の血を引くアルフが国王となって、一石二鳥ってね」

「私を暗殺役に選んだのは、ボスに目をかけられているのが今でも気に食わないから？」

あるいは、私が成人を前にして功を焦っているのを察し、騙しやすいと踏んだからか。

ザラ本人から供述を取ったわけではない現状では推測に過ぎないが、彼女が私の動向を探っていたという事実だけは裏が取れているらしい。私が以前ダン・グレゴリーに酒を飲ませまくった、城下町の片隅にあるあの寂れた飲み屋の店主情報である。

「暗殺が成功して先生が死のうとも、失敗して私が囚われようとも、ザラはどちらでもよかったのかもしれませんね」

「俺が暗殺された場合は王太子を守れなかったとして、失敗した場合でも不審者をみすみす侵入させたとして、カインは責任を問われて近衛師団長をクビになっただろうからね」

ところが、先生は死なず、私も囚われることがなかった。近衛師団長の席は空いたものの、肝心のフィリップはスキャンダルを起こし、近衛師団長候補どころか近衛師団自体を辞める羽目に。結果、モーガン家はボスウェル公爵家から見放される寸前の、たいそう苦しい立場となっている。

私がアルフ殿下とともにナイフで狙われたのは、その後だ。

「つまり、フィリップの失脚にバイトちゃんが関わったことがザラにばれていて、その恨みから直接的に命を狙われはじめた、と考えるのが妥当だろうね」

それなのに……と、ここでふいに、先生の声色が変わった。

「どうしてバイトちゃんは、俺に黙って、真夜中に、一人で、出かけたりするんだろうね？」

いつもの余裕綽々とした彼は鳴りを潜め、込み上げる激情をいかにも堪えるように地を這う。

私はたまらず、彼の顎の下で首を竦めた。

「前に、一昼夜帰らなかったときにも忠告したはずだよね？　ザラ・マーロウの関与はまだ判明していなかったにしても、何者かに嵌められそうになったのはわかっていたよね？　ナイフが飛んできて危ない目に遭ったことも、まさか忘れたわけじゃないよね？」

「うわ、めちゃくちゃ畳みかけてくる……いえ、あの、それはもう重々承知のうえで……」

「重々承知していたら、真夜中に一人こっそり出歩いたりしないんだよ！　いくらなんでも、不用心が過ぎるだろうがっ!!」

「ぴえっ……」

初めて耳にするような先生の荒々しい声に、私はビクリと竦み上がる。

馬も、落ち着きなく耳をピクピクさせていた。

「せ、先生ぃ……ぐええっ！　そんなに、怒らないで……」

先生の腕にお腹をぎゅうぎゅうと締め付けられ、私は悲鳴を上げる。

「そもそもさ、バイトちゃんは自分の立場がわかっているのかな？　君は俺の、ヴェーデン王国王太子の婚約者で、目下それを周囲に認めさせなければならない状況なんだよ？　それなのに真夜中に部屋を抜け出して、誰かに見咎められでもしたらどう言い訳するつもりだったのかなぁ？」

「誰かに見咎められるような、そんなヘマはしませ……」

「ああ、そう。大した自信じゃないか。この俺にも、最後まで気付かせないまま行って帰ってこられたらよかったのにね。それができなかったということは、君の自信は所詮は過信だったたってことだよ。どう？　ほら？　言い返せるものなら言い返してごらんよ！」

「う、ううう……先生、おとなげねーですよぉ」

噛み付くように後頭部に怒気をぶつけられて居た堪れないし、お腹に回った腕は相変わらずぎゅうぎゅうと締め付けてくる。

馬上では逃げ場もなく、私はとっさに助け船を期待して頭上を飛ぶハトさんを見上げ……

「これは、俺とバイトちゃんの問題だ。お姉さんを介入させるつもりなんて、微塵もないからね」

「あわわ……」

先生の冷たい視線とかち合って震え上がった。先生はその目を細め、何やら苦しげに言う。

「目が覚めて、隣のベッドに君がいないと気付いたとき……俺がどんな気持ちになったかわかる？」

「えっと、それはですね。驚かせて申し訳ないと言いますか……」

「俺の気持ちなんてわからないんだろうな。いや、わかったとしても、君はどうせレクター・マーロウを優先するんだろうね。俺の気持ちなんて、お構いなしにさ！」

「そ、そそ、そんなこと、ないですよ……たぶん」

先生が突然、めんどくさい彼女みたいになってきた。

仕事と私、どっちが大事なの⁉　――いや、ボスと俺、どっちが大事なの⁉　的な。

ただし、万が一にもそんな感想を口にしてしまえば、余計に機嫌を損ねるのは目に見えている。

どうしたものか、と頭を抱えそうになったときだった。

先生がふいに馬を止めたかと思ったら、私の後頭部に顔を埋めて消え入りそうな声で言うのだ。

「俺の側にいるって……そう決めたって、言ったじゃないか。黙って、いなくならないでよ……」

た。


「せ、先生……⁉」

先生の声が泣いているように聞こえ、居ても立ってもいられなくなった。

私は慌てて馬の上で横向きに座り直し、彼の背中に両腕を回す。

前世の記憶を共有しているとはいえ、かつての私たちは雇い主とバイトという関係でしかなかった。

今は婚約者という立場にあるが、マーロウ一家を味方に引き入れたい先生と、毒付きナイフで刺してしまったという負い目のある私との間で利害が一致しているからに過ぎない。

だから本当は、こんな風に馬上で抱き締め合うような仲ではないのだが。

「先生、黙って出かけてごめんなさい。心配かけて、ごめんなさい。次からは、絶対に先生に断ってからにしますから……」

私は先生の広い背中を必死に撫でながら、贖罪の気持ちを込めてそう告げる。

彼を悲しませるのは、まったくもって本意ではないからだ。

ところが先生から返ってきたのは、信じられない、という言葉だった。

「二度あることは三度あるって言うだろう。俺が隣のベッドでぐうすか寝ているのをいいことに、どうせまたこっそり抜け出すに決まってるんだ」

「うぬぬ……前科があるので言い返しにくい……けど！　これからは本当に黙って出かけないって約束しますよ！」

「そんなの、信じられないって言ってるんだよ」

「ああもう、ほんとに、めんどくさい彼女みたい。いったいどうしたら、信じてもらえますか？」

取り付く島もない相手に、私は必死に食い下がる。

すると先生は、私の頭に顔を突っ伏したまま、くぐもった声で呟いた。

「……これから俺の言う条件を素直に呑んでくれるなら、信じてみてもいいけど」

「あー、はい！　呑みます呑みます、どんな条件だってごっくんしますからっ」

だから泣かないで、と私は続けようとしたのだが……

「――よし、言質を取った」

ぱっと顔を上げた先生が、弾んだ声でそう宣った。

「じゃあ今夜から、バイトちゃんは俺の抱き枕ね」

「……へ？　抱き枕？」

「さすがに腕に抱いていれば、こっそり抜け出されることもないだろうし」

「ええ……？」

先生の瞼には、結局のところ濡れた形跡なんてちっともなかったのだ。ポカンとする私の頭に頬を擦り寄せつつ、さっきの剣幕が嘘みたいな上機嫌な様子で、先生は後ろを振り返って言った。

「ダン、聞いていたか？　城に戻ったら、私の部屋からロッタのベッドを放り出してほしい。お願いできるかな？」

「お任せください。すべては、クロード様のお望みのままに」

すっかり先生に心酔しているダンは、完全無欠のイエスマンに進化してしまっていた。

彼は先生の言う通り、私のベッドを問答無用で運び出してしまうのだろう。

そうして、それを目撃するであろう侍女や侍従たちはきっとこう思う。

「ベッドが一つしか必要なくなった――つまり、俺たちが結婚式を挙げるのも待てずに同衾《どうきん》を始めたって、また噂になりそうだね」

「――は!?」

呆然とした私を横向きに乗せたまま、馬が走り出す。ダンもまた、後ろにぴたりと付いてきた。

朝日が顔を出したのは、私たちが王城に戻って間もなくのことだった。

＊＊＊＊＊

「――先生、ごはん」

「うん、俺はご飯じゃないんだけどね。バイトちゃんのその言い草、世の奥様方が旦那にイラッとくるNGワードの一つだから気を付けて」

「先生、私にイラッとしちゃうんですか？」

「いや、しないけどね」

私が夢の中に乱入したボスから呼び出しを受け、魔女の家で女王陛下と真夜中の対面を果たしたのはつい数時間前のこと。

朝日が昇り切る前に部屋に戻った先生は、馬上での宣言通り、副団長ダンに私のベッドを撤去させた。その事実に脱力し、先生のベッドにぐったり寝転がっていた私を、何事かと集まってきた侍女や侍従たちがチラ見して顔を赤らめていた気がする。

なんだか誤解を招いたみたいだが、もはや訂正する気力もなかった。

案の定、私たちが同衾しているという噂が立ったうえ、毎晩相当お盛んらしい、とかいう下世話な注釈が付いてゲンナリするのは、また別の話。

「おなかすいた……」

私の完璧な体内時計――特に、時間にうるさい腹の虫が朝飯を食わせろと騒ぎはじめる。

ぐうぐううるさい私のお腹を撫でながら、先生が呆れたように言った。

「俺が突入するまで、いろいろ食べていたのを知っているんだけど？」

「あれは夜食で、今私のお腹が求めているのは朝食です」

それを聞いた先生は、いつものように私室の簡易キッチンに立つのではなく、私の手を引いて廊下に出る。そうしてやってきたのは思いも寄らない場所だった。

「おはようございます、陛下。よい朝ですね」

「……おはよう、クロード。本当によい朝ね」

王族の私室がある棟の一階テラス――女王一家が毎日朝食を取るテーブルだ。

満面の笑みで朝の挨拶をした先生に対し、応えた女王陛下の美貌は引き攣っているように見えた。

とにかく、いきなり現れた先生と私に、すでに席に着いていた女王陛下と王配殿下は驚きを隠せない様子である。

そんな中、我に返るのが早かったのはアルフ殿下だった。彼は、ちぎれんばかりに尻尾を振る犬みたいな顔をして駆け寄ってくると、先生と私のために椅子を引いてくれる。

「兄上！　どうぞ！　こちらに！」

「ああ、ありがとう」

「あ、あのっ！　私も、お隣に座ってもよろしいですかっ？」

「どうぞ。好きにお座りよ」

許しを得たアルフ殿下は、いそいそと先生の右隣の席に着く。ちなみに、私は相変わらず先生の左隣が定位置だった。

先生ことクロード殿下がこうして家族の食卓に現れるのは、実に五年ぶり。件の、暗殺未遂事件以来だという。先触れもなかったというのに、先生と私の前にはすぐさまカトラリーが並んだ。それを用意した侍女頭はなんだか嬉しそうで、焼きたてのパンを自ら担いで駆け付けた総料理長なんて目尻に涙まで浮かべていた。

女王一家の朝食は、テーブルいっぱいに様々な料理が並んだビュッフェスタイルで、食事の最中は給仕を置かずに自分たちで好きなものを取り分けるらしい。

とはいえ、先生は何もそんな家族の団欒を求めてやってきたのではない。

彼は、にっこりと微笑んで口を開いた。

「おや、陛下。目の下に隈が。昨夜は夜更かしでもなさったのでしょうか？」

「い、いや……」

紅茶のカップをソーサーに戻そうとしていた女王陛下の手が揺れて、カチャンと小さく音を立てる。何も知らない王配殿下とアルフ殿下は不思議そうな顔をした。

それもそのはず。実際は、女王陛下の目の下に隈なんて見当たらなかったからだ。

「私のロッタも、昨夜は無作法者に夢の中を荒らされたとかで眠れなかったそうなのですよ」

「そ、そう……」

「先日、アルフとともに何者かの襲撃に遭ったばかりで心労も絶えないというのに、なんとも惨いことをする輩がいるものです。ねえ、陛下。そう思いませんか？」

「う……そ、そうね……」

先生はこれみよがしに私の肩を抱き寄せると、しどろもどろになった女王陛下を冷ややかに見据えた。彼は、女王陛下が自分に内緒で私を呼び出したことももちろん気に入らないが、私が狙われていると知りながら夜中に一人で行動させたことにたいそう腹を立てていた。

同じ理由で、近衛師団長モアイさんにも、ボスにも——なにより、不用心がすぎる私に対しても。

「可哀想なロッタ。ほら、たくさん食べて元気をお出し」

「……いただきます」

「おや、いつもみたいにがっつかないんだね。緊張しているのかな？　よしよし、じゃあ、私が食べさせてあげようね」

「い、いえ！　おかまいなく！　自分で食べ……むぐっ⁉」

先生は笑顔を浮かべつつ、それはもう、はちゃめちゃに怒っている。

その証拠に、私の口に強引に突っ込まれたのはパクチーだった。コリアンダーでも香菜でもコエンドロでも呼び方は何でもいいが、とにかく私にとっては前世でも今世でも嫌いな食材ワースト一位、いや殿堂入り。理由を問われれば、カメムシ臭いからとしか言いようがない。

先生だってそれを知っているはずなのに、私が一度口に入れたものは吐き出さない主義なのを逆手に取って、随分とひどい仕打ちをするものだ。

私は悔し紛れに、机の下でこっそり彼の向こう脛を蹴った。

「そんなクセの強い野菜が好きなのか？　変わってるな？」

なんて言うアルフ殿下の向こう脛も、足が届くものなら蹴ってやりたかった。

私は涙目になりながら、ひたすらパクチーをシャクシャクする。

と、ここで、思わぬ人から救いの手が差し伸べられた。

「ほら、こちらもお食べ。今朝産まれたばかりの卵で作ってもらったオムレツだよ」

向かいの席――女王陛下の隣からそう言って、こんもりとお皿に盛られていたオムレツを取り分けてくれたのは、王配殿下だった。

どうにかこうにかパクチーは飲み込んだものの、口の中に残った味と香りに辟易していた私の目には救いの神のように映り、思わず両手を合わせたくなる。実際、王配殿下の後ろから朝日が差し、まるで後光を背負っているようで、よけいにありがたい存在に見えた。なむー。

「私はこれに目がなくてね。君も気に入ってくれると嬉しいよ」

「ありがとうございます！　いただきまあすっ！」

私は両手で恭しくお皿を受け取ると、隣に座った先生からの冷たい視線もどこ吹く風、いそいそとフォークを握る。目にも鮮やかな黄色い表面は、ツヤツヤとしていて弾力があった。プスリとフォークを突き刺せば、中からトロリと半熟の卵があふれてくる。

口に含んだ瞬間、それは舌の上で蕩け、卵本来の甘味とわずかな塩味、そして芳醇なバターの香りが一気に口の中に広がった。さすが、王配殿下が勧めるだけある。

先生の味方という立ち位置から王配殿下を見極めてほしい、と昨夜女王陛下に頼まれたが、今なら私は手放しで彼を合格判定してしまいそうだった。

「ほら、せ……クロード様も！　ふわふわでトロトロで卵の味が濃くっておいしいですよ！」

「んぐっ」

私は感動のあまり、先生が怒っていたことも忘れて、その口にもオムレツを突っ込む。

「ね？　おいしいですよね？　ねっ？」

「……まあ、新鮮な卵だし？　総料理長が作ったものだからおいしいのは当然だけど？」

先生は眉間に皺を寄せたものの、育ちがいいので口に含んだものは吐き出さなかった。

おいしいと言いつつどこか悔しそうなのは、料理男子として総料理長にライバル心を燃やしているからだろうか。アルフ殿下は、兄が口にしたオムレツに興味津々だ。

さっきまで顔を引き攣らせていた女王陛下も、苦笑いを浮かべて再び紅茶のカップを手に取った。すると、私が自分と先生の口にせっせとフォークを運んでいると、お皿はあっという間に空になる。すると、王配殿下がすかさずオムレツを追加してくれた。それを繰り返すこと、十回。

「いや、わんこそばじゃないんだから」

「わんこ？　犬がどうしたんだい、クロード」

にこにこして首を傾げる王配殿下に、先生はなんだか少しばつが悪そうな顔をした。

「君たちは仲睦まじいのだね」

仲よくオムレツをシェアする私と先生を眺め、王配殿下がしみじみと呟く。

まったく同じ台詞を、彼は以前、モアイさんのために開かれたお茶会の場でも口にした。

けれど、困惑を滲ませていたあのときとは違い、王配殿下の声は柔らかく、そして私たちを祝福してくれているように聞こえた。そう思ったのは私だけではなかったようだ。

先生自身も王配殿下が差し出す皿からオムレツを掬い、それを私の口に突っ込んだ。

「おいひい……でも私、先生が作ってくれる卵焼きが世界で一番好きです」

「ふ……それはどうも」

第四章　先生の可愛いわんにゃんたち

「ザラ・マーロウは、城下町の一角に家を与えられていることが判明したよ。ここ数カ月、モーガン家の当主に連れられて何度か城にも足を運んでいるらしい」

自室で身支度を整えながら先生が口にしたのは、モアイさんこと近衛師団長モア・イーサンによる内偵調査の結果である。

ザラの所在が確認されたにもかかわらず、女王陛下は彼女を拘束することはなかった。一連の事件がザラの独断によるものか、それともモーガン家の意向によるものかが判然としないためだ。

「もしもモーガン家が黒幕だった場合、それと親戚関係にあるボスウェル公爵家、ひいてはパウルが関わっている可能性もゼロではなくなってくる」

「女王陛下としては、五年前の先生の暗殺未遂事件と同様、パウル様やボスウェル公爵は無関係だと思いたいんでしょうね」

しかし、それによって先生ことクロード殿下が心を閉ざしてしまったことは、女王陛下にとっては堪えがたいことだった。同じ過ちを繰り返さないため、私に王配殿下を見極めさせたいのだろう。

「ボスウェル公爵のことは、狸に似ているってこと以外は知らないのでなんとも言えませんけど、パウル様に裏はないと思うんですけどねー」

先に支度を終えた私がベッドに座って足をブラブラさせながらそう呟いたとたん、背中を向けていた先生は首だけ振り返って片眉を上げた。その青い瞳が私を見つめてすっと細まる。

「その根拠は？　って、前もしたよね、こういう会話。何だったかな……ああ、バイトちゃんの勘だっけ？」

「それと、パウル様が前世の父に似ていて、悪人にはなれない類いの人間だと思うからですよ」

先生は白いシャツの上に金色のベストを着け、姿見の前で黒い蝶ネクタイを結んでいるところだった。下には、黒い細身のズボンと同色のブーツを履いている。

私の言葉に、彼はふんと鼻で笑った。

「悪人になれない類いの人間、ねぇ。でも前世では、〝あんないい人が〟って周りから言われるような奴が、とんでもない凶悪事件を起こすこともあったよね？　悪人になるかどうかは生まれ持った性質だけではなく、外的要因が大きく関わってくる。ようは、きっかけ次第で誰だって簡単にダークサイドに堕ちてしまうということさ」

先生は姿見に向き直り、表地が赤で裏地が黒のジャケットを羽織る。

そうして、玉房結びのチャイナボタンを留めながら、鏡越しに私を見つめて続けた。

「もしかしたらパウルも、最初は純粋な善意と同情で女王の腹にいる俺を助けたのかもしれない。けれど、アルフが生まれたことで状況は一変した。俺さえいなくなれば、自動的に我が子に玉座が回ってくるんだ。そうなることを望んだって仕方がないよね？」

「でも、それならもっと早く――それこそ、アルフ様が生まれてすぐに、先生を始末しようと動くんじゃないでしょうか？　こんなに捻くれまくって知恵を付けた大人になってから狙うより、よっぽどやりやすかったでしょうに」

「捻くれまくってて悪かったね。まあ、バイトちゃんが言うように根っからの悪人じゃなかったからこそ、なかなか踏ん切りがつかなくてここまでズルズルときちゃったのかもね。けれど、いよいよ女王の引退が近づいてきたものだから、俺を殺そうと躍起になり出したんじゃない？」

「でも、実際パウル様から殺意を感じたことなんてあります？　今世の生い立ちのせいで私、そういうのに敏感なんですよね。それに、先生を見るときとアルフ様を見るときで、パウル様の眼差しに温度差があるようには……」

とたん、ピシリッ！　と鋭い音がして、私は思わず口を噤む。

支度が終わったらしい先生が、今度は体ごと振り返って眉間に皺を寄せた。

「随分と、パウルの肩を持つじゃないか、バイトちゃん？」

「先生こそ、頑なすぎるんじゃないですかー？」

白い手袋を着けた先生の手には、棒状の柄に細長い革紐が付いた鞭が握られていた。さっきのピシリという音は、それで床を打った音だ。

最後にシルクハットを頭に載せると、まるでサーカスの調教師のような格好になった。

対して、私はというと……

「ああ言えばこう言う……まったく、にゃんにゃんうるさい猫ちゃんだね」

「にゃんにゃんなんて言ってないですし。そもそも、猫ちゃんなのは先生のせいですしっ」

「はいはい、にゃんにゃんにゃん。可愛いねぇ」

「だから、にゃんにゃんなんて言ってないですってば！」

頭には、黒い三角の耳が付いたカチューシャ。パニエでふんわりさせた膝下丈のブラックドレスの後ろからは、黒い尻尾が垂れ下がっている。タイツも靴も、長手袋も真っ黒で、極めつけは真ん中に金の鈴が付いた黒いリボンのチョーカー。

完全に黒猫のコスプレですありがとうございます！

それを私に着るよう強制した先生は、調教師に扮して鞭を片手にニヤニヤしている。イケメンじゃなかったら完全にアウトだった。

先生ことクロード殿下が五年ぶりに家族と朝食を囲んだ日から数えて十日目。

今宵は皆既月食である。空には、今世の私の目玉みたいな赤銅色の月が浮かんでいた。

「部分月食なら、前世でも一緒に見ましたよね、先生」

「そうだね。でも皆既月食は初めてかな」

天文学が進んでいない時代、月が食われていくように見える部分月食もくすんだ赤色に見える皆既月食も、不吉なものだと考えられていたのは前世も今世も同じだ。古い国家であるヴェーデン王国でも、月食の夜は悪魔や魔物の行列——前世日本でいうところの百鬼夜行みたいなのにうっかり巻き込まれてしまうのを恐れ、人間だとばれないように仮装をして過ごす風習があった。

とはいえ、現在では単なる仮装大会に成り果て、人々は思い思いの格好をしていつもとは違う夜を楽しむ。王城でも今宵、仮装舞踏会が催されることになっていた。

「これって、先生にとっては公務になるんですか？」

「いや、参加は任意だよ。〝私〟も、五年前の暗殺未遂事件の後は参加していなかったし。ただまあ、ほとんどの王侯貴族は顔を出すみたいだけどね」

そんな仮装舞踏会に、先生ことクロード殿下が出席を決めたのには、大いなる目的があった。

ヴェーデン王国の要人が一堂に会し、かつ通常の舞踏会ほど堅苦しくない場に私を伴い、王太子妃として周囲に認めさせるというボスとの約束を果たすためだ。

「前世では、ハロウィンの日にコスプレしてばか騒ぎする連中のことがまったく理解できなかったけど……うん、なかなかどうして。悪くないね」

ブーツの踵をカツカツ鳴らして近づいてきた先生は、ベッドの縁に座っていた私をよいしょと抱き上げ、ふふふと笑う。

「なんて不穏な笑い……」

「心外だな。お猫様の前では笑顔にならずにはいられないのが、人類というものだろう？」

こんな風に一見上機嫌な先生だが、私がボスに呼び出されてこっそり夜中にアンの家まで会いに行ったことを、十日経った今もまだ根に持っている。まさしく、猫のごとき執念深さだ。

すっかり信用をなくしてしまった私は、帰りの馬上で宣言された通り、夜毎抱き枕代わりにぎゅうぎゅうされていた。最初のうちは、セクハラだとかパーソナルスペースがどうとか懸命に抗議していたのだが、口八丁な先生相手では言い包められ言い負かされるのがオチである。

もはや諦めの境地に達してされるがままなのをいいことに、先生は今もまた、抱っこした私の背中を本当の猫にするみたいにゆったりと撫でた。

「あー……可愛いねぇ、俺の猫ちゃん。ねえ、にゃんって鳴いてごらんよ」

「絶対いやです。猫ちゃんなのは格好だけですからね。人権は返してくださいよ」

「そんな可愛い猫ちゃんには、今夜は特別にお友達を用意したよ。そろそろ仕度が済んで飛んでくる頃じゃないかな」

「全然話を聞いてくれない……って、お友達？　お友達って、何ですか？」

満面の笑みを浮かべた先生に、私は訝しい顔をする。

そんな中、バン！　と大きな音を立てて扉が開き、何者かが飛び込んできた。

扉の前にはモアイさんが陣取っていたはずだ。そのため、飛び込んできたのはモアイさんが無害と判断して通した者か、あるいは彼の屍を越えてきた猛者かのどちらかだろう。

「な、何者……⁉」

とにかく驚いた私は、とっさに先生の腕から飛び下りる。

そうして、スカートの下に忍ばせたナイフの柄に触れながら彼を庇うように立った、のだが……

「あにうえええええっ‼」

「ほら、来た」

突進するような勢いで駆け寄ってきたのは、お馴染み、今世の先生の弟であるアルフ殿下だった。

彼もこの後の仮装舞踏会に参加するのだろうが、いつもの箱入り王子様とは一味違っていた。

「ア、アルフ殿下⁉　そのお姿は……‼」

なにしろ、キャメル色のジャケット以外は、シャツもベストもズボンも、靴まで真っ白なのだ。

襟元にはネクタイの代わりに赤い革の首輪が嵌められている。

それだけなら、そういうファッションなのかと思わなくもないが……

「わ、わんこ……わんこだ……！」

ジャケットの後ろからフサフサの茶色い尻尾が垂れ下がり、銀色の頭に茶色い三角の耳が生えているではないか。それを目の当たりにした私は、思わず叫んでいた。

「――完全に柴わんこですありがとうございますっ‼」

「あはは、こっちもなかなか可愛いじゃないか？」

先生は両手を打ち鳴らして、さも面白そうに言う。

当のアルフ殿下はというと、私と先生の目の前に立ち尽くしてプルプルと震えていた。

「いやいやいや！　せ、先生！　さすがに、生粋の王子様に犬の格好をさせるのは……」

私はゲラゲラ笑う先生を諌めようとしたが、アルフ殿下がバッと顔を上げるほうが早かった。

「あ、兄上に衣装を見立てていただけるなんて――感激ですっ‼」

「……えっ」

アルフ殿下は頬を薔薇色に染め、緑色の瞳を宝石みたいにキラキラ輝かせて、全身から喜びを迸《ほとばし》らせる。ジャケットの後ろから垂れ下がっているのがもしも本当の尻尾なら、それこそちぎれて飛んでいってしまうくらいに、ブンブン振られていることだろう。

「もしかして、満更じゃない感じなんです⁉」

「なるほど、これがバカワイイってやつかぁ」

かくして、調教師と黒猫と柴犬という、統一性があるのかないのかわからないような三人組ができ上がる。顔の上半分を覆う白いヴェネチアンマスクを着けた先生が、ピシリと一つ鞭をしならせてから楽しそうに言った。

「さあ、そろそろ時間だ。おいで――私の可愛いわんにゃんたち」

「はいっ、兄上！」

「えー……」

時刻は午後六時。仮装舞踏会の開始時刻と相成った。


仮装舞踏会の会場となった王城の大広間には、床一面に赤いベルベッドの絨毯が敷き詰められていた。シャンパンゴールドの壁にはオリエンタルな雰囲気の草花や鳥たちが緻密に描かれており、高い天井からぶら下がるシャンデリアの光を反射してめまぐるしく表情を変化させる。

壁いっぱいの格子窓の向こうには、いやに大きな赤銅色の月が覗いていた。

それをバックに、思い思いの格好をした人々がくるくると踊る。

女王陛下も今宵は男装の麗人。ダンスのお相手は煌びやかに着飾った、彼女と同年代と思しき貴婦人だった。ほとんどの者が仮面で素顔を隠しているために、お互いの素性もわからぬまま、まるで一夜の恋を楽しむように男女が手を取り合う。

しかし今宵は、誰も彼もがいまいち自分たちだけの世界に浸り切れず、時折パートナー以外にちらちらと視線を奪われていた。その焦点にいる自覚のある私は、ため息をつきつつ口を開く。

「先生は踊りに行かなくていいんですかー？」

「むしろ、どうして行かなくちゃいけないのかな？」

仮面を着けていても正体がバレバレな先生ことクロード殿下は、大広間の上座に置かれた豪奢なソファで寛ぎながら、目下膝に抱いた黒猫コスプレ女――つまり、私の餌付けに忙しい。

立食スタイルの今宵は、手の込んだ料理こそ少ない代わりに種類が豊富で目移りしそうだった。

「それにしても、このクリームチーズと鱒のテリーヌは絶品ですね。シェフを呼んでください」

「はいはい、シェフは俺ですけど？」

「えっ、先生が作ったんですか？　わざわざ？」

「うん、今バイトちゃんの目の前にあるものは、全部俺が作った」

先生は何でもないことのようにそう言うと、私の黒い猫耳が立った頭に頬を寄せつつご満悦の様子でワイングラスを傾けている。

一月半ほど前に行われた御前試合の際も、特等席に座った先生は私を膝に乗せてせっせと餌を運び、それはもう周囲をざわつかせたものだ。

それにも増して、今夜の人々の視線には困惑が色濃く混じっている。

原因は、私と先生のやりとりだけではなく、その足下にもあった。

「アルフ様も行かなくていいんですか？　絶世の美女と運命の出会いがあるかもしれませんよ？」

「せっかく兄上のお側にいられるというのに、どうしてわざわざ離れる必要がある？」

「――ああ、アルフ。そこの鴨肉のピンチョスを取ってくれないか。この子の好物でね」

「はい、兄上！　喜んでっ‼」

御前試合の際には私と先生のやりとりに両目を零れんばかりに見開いていたアルフ殿下も、今宵は注目を浴びる側となっていた。ソファの足下――そこに敷いたふかふかのクッションの上にちんまりと座っては、時々気まぐれに頭を撫でてくる兄の手に破顔する。

顎で使われようともどこ吹く風。むしろ、先生に用事を言いつけられるのさえ嬉しくて仕方がないといった見事な忠犬っぷりに、周囲の人々は困惑を隠せない様子だった。

離れたところでどこぞの貴婦人と踊っていた男装の麗人も、額に片手を当てている。

「あーあ……息子さんたちの痴態に、あちらで陛下も頭を抱えていらっしゃいますよ？」

「それはおかしいね。私たち兄弟がこんなに仲よくしているのに、何を憂うことがあるんだろう？　ねえ、アルフ？」

「はい、兄上っ‼」

庶子でありながら王太子となったクロード殿下と、嫡出子にもかかわらず玉座に就けないアルフ殿下。無責任な世間は往々にして、兄弟が対立関係にあると決めつけたがった。

けれども実際は、アルフ殿下はどれだけ邪険にされようとも一途に兄のことを慕っており、前世を思い出したことで思考が大人びた先生も弟に対する態度を軟化させはじめている。さらには……

「おい、自分ばかり食べてないで、お前も兄上に食べさせて差し上げろ。私が取り分けるから」

「あー、はい……かしこまりました」

「あはは、本当に可愛いわんにゃんたちだね」

私という存在が兄の側にあることを、アルフ殿下が当たり前のように認めてしまっているこの状況。ヴェーデン王国の社交界にとって、大きな認識の転換を迫られる事態にあった。

そんな中、ふいに聞き覚えのある声が降ってくる。

「——おや、随分毛並みがよさそうな猫がいるな」

ちょうど、アルフ殿下がお皿に載せてくれたカナッペを先生の口に突っ込んでいた私は、顔を上げたとたん、あっと声を上げそうになった。

「えっ？　ボ……」

「レクター・グレコと申します。はじめまして、黒猫のお嬢さん。クロード殿下、この度はお招きに与り光栄に存じます」

「こちらこそ、お応えいただきありがとうございます。今宵は存分に楽しんでいってください」

「は、はじ……はじめまして……グレコ卿」

にこやかに先生と挨拶を交わすのは、亜麻色の髪を後ろに撫で付けた紳士だった。

黒い燕尾服に白い蝶ネクタイという夜用の正式礼装を纏い、黒いヴェネチアンマスクで顔の上半分を覆っている。マスクから見える瞳は、サファイアみたいな青だった。

私は声に出さずに、ボス……と呟く。目の前に現れたのは、大陸中にその名を轟かす反社会的勢力マーロウ一家のボス、レクター・マーロウだったのだ。ちなみに、グレコというのはボスの母親の姓で、すでに没落して忘れ去られた貴族の名前である。

ボスは先生との挨拶もそこそこに、私をまじまじと眺めて口の端を持ち上げた。

「見れば見るほど、私が飼っている子にそっくりだ。大食らいのお転婆で、小さい頃から手がかかりましてね」

「まあ、手がかかる子ほど可愛いと申しますから？」

「どうしてもと請われて、現在はとあるお方に貸し出し中なのですが、どうにも心配で……。早く私の手元に戻ってきてもらいたいものです」

「あはは、卿にはお気の毒ですが、もうその子は戻ってこないと思いますよ。きっと、今の飼い主のもとが居心地いいのでしょう」

にこやかに会話をする先生とボスの間で、バチバチと火花が散ったように見えたのは気のせいだと思いたい。何も知らないはずのアルフ殿下でさえ、二人の顔を見比べて目を白黒させていた。

「先生？　先生が、ボスをこの仮装舞踏会に招待したんですか⁉」

「そうだよ。この場を借りて社交界に広く君という存在を知らしめたうえ、宴もたけなわとなったところで婚約を発表する算段だからね。せっかくだから、彼に立ち会ってもらおうと思って」

「その算段、私はまったく聞いてないんですけど？　当事者なのに⁉」

「問題ないよ。バイトちゃんは俺の膝の上で腹を満たしてにこにこしていればいいだけだから」

と、ここでもう一人。思いがけない人物が登場する。

「まあまあ、レクターさん。踊ってくださるかしら？」

「……喜んで」

空々しい笑みを交わす先生とボスの間に平気な顔をして割り込んできたのは、白髪を綺麗に結い上げた老婦人——森の魔女ことアンだった。黒いフォーマルドレスに身を包み、黒いヴェネチアンマスクを着けたその格好は、まるでボスと対のよう。

ボスは小さく一つため息をついてから、アンの手を取って上座を離れた。

その背中を見送りながら、私は小声で先生に問う。

「先生、アンも招待していたんですか？」

「彼女の雇い主としては、福利厚生の一環でね。それに、アンが相手だと君のボスも調子が狂うようだし？」

「あ、兄上……今の方々はいったい……？」

ボスともアンとも面識がなく、彼らを巡る私たちの会話も理解できないアルフ殿下は、訝しい顔をして首を傾げる。

とはいえ、先生が宥めるみたいに頭をポンポンと撫でると、いとも簡単に誤魔化されてくれた。

そうこうしているうちに、私たちの前にまた新たな人物が現れる。

「おやまあ、クロード様。今宵は、随分と可愛い子たちをお連れではありませんか」

そう、にこやかに声をかけてきたのは狸……ではなく、恰幅のいい紳士だった。

とたんに、先生が仮面の下ですっと目を細める。

「伯父上……」

アルフ殿下にそう呼ばれた相手は、現ボスウェル公爵——王配殿下の兄だ。

「先生、あれ……やっぱり信楽狸のコスプレですかね？」

「ちょっ……やめてよ、バイトちゃん！　モアイさんのときといい、もうそれにしか見えなくなっちゃうからね!?」

あいにくボスウェル公爵は信楽狸を模しているわけではなく、仮装は色鮮やかな鳥の羽根で飾った仮面だけだったようだ。ずんぐりむっくりの体はただの自前である。

そんなボスウェル公爵は、足下に座っていたアルフ殿下の頭を慣れた手付きでわしゃわしゃと撫でた。成人間近の男、しかも曲がりなりにも王子相手にその扱いはいかがなものか。

アルフ殿下も、先生に撫でられて嬉しそうにしていたのが嘘みたいにスン……となったが、さりとて伯父の手を振り払うのは気が引けるらしい。

などと、すっかり他人事のように傍観していた私だが、ふとボスウェル公爵と目が合った。

「おやおや……」

アルフ殿下とも王配殿下とも同じ緑色の瞳が、私を映して柔らかく弧を描く。かと思ったら、アルフ殿下の銀髪を散々ぐしゃぐしゃにした手がこちらにも伸びてくるではないか。

私が思わず後ろに身を引くのと、先生の手がボスウェル公爵のそれを掴んだのは同時だった。

「ご遠慮ください、卿。この子を、ご自分の甥御と同じように扱われては困ります」

「おお、これは失敬！　あんまり愛らしい猫さんだったものですから、つい」

口調こそ丁寧ながらも剣呑な目付きの先生に、ボスウェル公爵が怯む様子はない。

しかも、さすがは年の功。一枚も二枚も上手である。

ボスウェル公爵はすかさず先生の手を握り返し、満面の笑みを浮かべて言った。

「ところで、クロード様。せっかくですから、家内に一曲付き合ってやっていただけませんか？」

仮装舞踏会は基本、無礼講。仮装をして素性を隠す手前、相手との身分差を気にせずダンスを申し込めるのが魅力の一つである。差し出された手を取ればパートナー成立。逆に、一度手を取っておきながら断るのは最大のタブー、無作法者のすることだった。

先生はダンスの誘いを受けてボスウェル公爵の手を掴んだわけではないので、ここで断ったとしても何ら問題はない。しかしながら、ボスウェル公爵との会話の内容まで聞こえていない連中の目に、彼の手を振り払う先生の姿はどう映るだろうか。想像するのは難しくなかった。

「……まごうことなき、狸だな」

憎々しげにそう呟きつつも、先生はボスウェル公爵の手を振り払わなかった。

今宵の仮装舞踏会を利用して、私を王太子妃として周知させたい彼は、この場は穏便に済ませるのが得策だと考えたのだろう。

「久方ぶりにクロード様が参加なさると聞いて、家内も特別めかし込んで参りましたのでね」

「……それは、光栄ですね。喜んで」

不承不承ながらも先生が頷いたのを受けて、私はぴょんと彼の膝から飛び降りる。

そんな私の頭を真顔で撫で回した先生は、最後に一つため息をついてから小さな子に言い聞かせるみたいに告げた。

「料理を物色して回ってもいいけど、誰かに差し出されたものは絶対に口にしてはいけないよ。あと、俺の目の届くところにいなさいね」

「はい」

「それから、ダンスに誘われても迂闊に手を取らないこと」

「はーい」

かくして、私は上座を下りて大広間を歩きはじめたのだった。


「申し訳ありません……主人以外の方と踊ることを、固く禁じられておりますので」

私が、心底申し訳なさそうな顔を作ってこう言うのは、もう何度目になるだろう。

先生をボスウェル公爵に拐《さら》われた後、私は大広間のテーブルというテーブルを物色して回った。

そんな私には、ここぞとばかりにダンスの誘いが殺到することになる。

とはいえ、私の言う〝主人〟が王太子殿下であるとわかりきっているため、無理やり手を取ろうとするような猛者はさすがに現れなかった。

一方、途中までは番犬よろしく後を付いてきたアルフ殿下は、うっかりどこぞの貴婦人の手を取ってしまい、今は茶色い尻尾をプラプラさせながらダンスの真っ最中である。

煌びやかで奇抜な衣装を纏う人々の間に紛れることによって、あちこちから絡み付く視線を振り切ることに成功した私は、やがてバルコニーの際まで辿り着く。さっきまでいた上座とは対称の位置にあり、大広間を一望できる場所でもあった。

「あっ、柴わんこ……また別の狩人に捕まっちゃってる」

アルフ殿下が、さっきの貴婦人とは別の妙齢の女性と踊っていた。

まったくもって楽しくなさそうな顔をしてはいるものの、さすがは生粋の王子様。女性をエスコートする姿は、たとえ犬耳と尻尾が付いていても十分様になっている。

遠くのほうでは、ボスとアンがまだくるくると踊っていた。

私は、かき集めてきた選りすぐりの料理に舌鼓を打ちつつ、大広間の賑わいを眺める。

「ええっと、先生は……」

先生は上座に近い一角で、何やら年齢層の高い集団に囲まれていた。

男装の女王陛下と踊っていたのが、どうやらボスウェル公爵夫人らしい。ボスウェル公爵夫人は先生の手を握り締め、また別の同年代に見える男女を熱心に紹介しているみたいだった。

「あれは……確か、モーガン夫妻」

彼らの長男フィリップが、風紀を乱したとして近衛師団をクビになったのはまだ記憶に新しい。さぞかし社交界での肩身が狭くなったであろうモーガン夫妻は、跡取りだったフィリップを勘当してまで名誉挽回に必死だった。ボスウェル公爵夫人はよほど妹が可愛いのか、そんな妹夫妻を次期国王に取り入らせようと懸命の様子。

先生は、うっすらと口元に笑みを浮かべてそれを聞いているようだったが……

「仮面の奥の、あの冷たい目を見れば、無駄な足掻きってことはわかりそうなものだけど……」

「カア」

ふいに、耳馴染んだ合いの手が入ってバルコニーを振り返る。

開放された掃き出し窓の向こう。バルコニーの手すりの上に、見慣れたツートンカラーのカラスが止まっていた。マーロウ一家の伝言係にして私の姉役、カラスのハトさんだ。

「ハトさん、ごきげんよう」

周囲の目を気にしつつバルコニーに出た私は、齧りかけの骨付き肉を彼女に進呈した。

そうして、ハトさんと一緒に改めて先生を囲む一団を眺める。

そこには、先生の他にもモーガン夫妻に冷ややかな目を向けている人がいた。女王陛下である。

「陛下も、一連の事件を起こしたと思われるザラがモーガン家当主の愛人だってご存じだもんね」

モーガン夫妻だけではなく、夫人の姉であるボスウェル公爵夫人、さらにはボスウェル公爵本人まで事件に関わっている可能性は否定できない。そうして、もう一人。

「いったい、あの人はどこに行ってしまったんだろう……」

私は大広間にくまなく視線を巡らせてその人物を探す。

事件に関わっているか否か、ひいては先生ことクロード殿下の敵なのか味方なのか。それを見極めるよう、私が女王陛下より直々に仰せつかった相手――パウル・ヴェーデン王配殿下。

今宵は、彼の姿をまだ一度も見ていなかった。仮装舞踏会が公務ではないとはいえ、女王陛下が参加しているのに王配殿下が伴わないとは考えにくい。

「いないなー」

ハトさんが残した骨をしゃぶりつつ、私がそう呟いたときだった。

ドレスの後ろから垂れ下がった猫尻尾を、ふいにツンと引っ張られる。

振り返った私は――はっとした。猫尻尾の先を咥えたハトさんの視線の先で、銀髪の壮年の男性と長い黒髪の若い女性が向かい合っているのに気付いてしまったからだ。

「――パウル様と……ザラ」

王配パウル・ヴェーデンと、すべての元凶ザラ・マーロウ。

一番見たくなかったツーショットがそこにあった。

私はとっさにしゃがんで身を隠し、手すりの隙間から目を凝らす。

王配殿下とザラは、王宮の隅にある白樫の木の下にいた。いつぞや若い男二人が先生を貶める会話をしていた場所であり、かつては蜂の巣がぶら下がっていたあの白樫の木である。

少し前までならば死角になっていた場所だが、先日他にも蜂の巣がないか点検するついでに周囲の木が剪定されたことで見晴らしがよくなっていた。

「どうして……どうして、パウル様がザラと一緒にいるの……？」

大広間のバルコニーからは随分と距離があるため、残念ながら二人がどんな会話をしているのかまではわからない。けれども、たまたま出会ってハジメマシテの挨拶を交わしているだけ、という雰囲気にはどうにも見えなかった。

ザラが王配殿下の腕に手を添え、そっと内緒話をするみたいに耳元に口を寄せたからだ。

「えええ……まさか？　まさかまさか、パウル様がグルだったの!?」

ザラは、カイン・アンダーソンを近衛師団長から引き摺り下ろしてモーガン家の跡取りフィリップを後釜に据えると同時に、自身が没落するきっかけとなったネロ・ドルトス――その息子である先生ことクロード殿下への復讐を果たすことができる。

一方の王配殿下は、兄ボスウェル公爵の甥フィリップが重用されることにより王宮内での勢力が拡大し、なにより先生を亡き者にすることで実子であるアルフ殿下に玉座が回ってくる。

「利害は完全に一致する。二人がグルだったとしても、全然不思議じゃない。でも、だけど……」

女王陛下は私に対し、先生の味方という立ち位置から王配殿下を見極めてほしいと言ったが、彼女自身はきっと、五年前の暗殺未遂事件と同様に夫を疑ってもいないだろう。

「アルフ様だって、あんなに一途にお兄さんを慕って……玉座に就いた先生を支えたいって宣言していたのに……」

それなのに、実の父が自分を国王にするために兄を殺そうとしていたと知ったら、どれほど傷付くことか。なにより、先生がこのことを知ってしまったら……

「それ見たことかって言われそう。ただでさえ捻くれまくっているのに、もう誰も信じられなくなってしまったら、どうしよう……」

今すぐ白樫の木の下へ飛び出していって、王配殿下とザラの密会現場を押さえるべきなのか。

それとも、薄ら笑いを浮かべている先生をここまで引っ張ってくるべきなのか。

あるいは、ひとまずこっそり女王陛下に耳打ちしたほうがいいのか。

もしくは、ボスに指示を仰ぐのが得策か。

「ど、どうしよう……ハトさん、私、どうしたらいい？」

「カアー」

手すりの際にしゃがみ込んで頭を抱える私に、ハトさんが心配そうに寄ってくる。

「パウル様は、絶対に悪人になりえない類いの人間だと思ってたのに……前世のお父さんみたいな人だって、信じてたのに……」

自分の見る目のなさを突きつけられたようで、私はこのとき、ひどくショックを受けていた。

女王陛下も、アルフ殿下も、そしてきっと先生も悲しませることになるであろう事実を知ってしまったことに、パニックにもなっていたのだ。そのため不覚にも、バルコニーに自分以外の者が出てきたことに、声をかけられるまで気付くことができなかったのである。

「——そこのあなた。ちょっとよろしいかしら？」

突然飛んできた尊大な声は、若い女性のものだった。しかも、聞き馴染みがない。

全然よろしくないですし、めちゃくちゃお取り込み中です——そう言いたくなるのをぐっと堪え、私は声の主を振り仰ぐ。はたして、そこにいたのは煌びやかに着飾った妙齢の女性だった。

しかも、三人。大広間へ戻る道を塞ぐように立ち並んでいる。

それぞれが鳥の羽根やら大輪の花やらで派手派手しく顔周りを飾っているうえに、背後から大広間の明かりに照らされ逆光になっているものだから、シルエットがえらいこっちゃになっていた。

「ごきげんよう」

私は愛想笑いを浮かべて挨拶をしながらハトさんをスカートの陰に隠し、三人組を観察する。

やはり面識のない相手だったが、彼女たちが私に声をかけてきた理由は簡単に想像できた。

先生とミッテリ公爵令嬢との婚約が解消されたことは、当然ながら知れ渡っている。

そのため、王太子妃——未来の王妃の座が空いたと浮かれた女性も少なくはないはずだ。

（それなのに、ぽっと出の私がいきなりその椅子に座ってしまうなんてこと、認めたくないよね）

だから、ちょうどいい具合に先生の側を離れ、人気のないバルコニーに一人きりでいた私を、仲良し三人組で苛めてやろうと思った――イマココ、ってなわけだ。

「まあ、いやだ。そんな品のない格好で、殿下たちのお側に侍らないでいただきたいわ」

「黒猫なんて不吉ですこと。ヴェーデン王国に災いでも呼び込むおつもりなのかしら」

「あら、あなたの瞳……まるで、今宵の月のように禍々しい色をしているのね」

くすくすと蔑んだ笑いを向けてくる彼女たちを、私も鼻で笑ってやりたい気分になった。

だって、生温いのだ。どうせ寄ってたかって苛めるのなら、もっとこう、こちらがグサッとくるような嫌みでも吐いてみせればいいものを。私は、手すりの隙間を擦り抜けたハトさんが暗闇に紛れるのを確認してから、ゆっくりとその場で立ち上がる。

そうして、三人組のお粗末な罵倒スキルを憂えつつ、目一杯悲しそうな顔を作って言った。

「品のない格好だなんて、あんまりなことをおっしゃらないで。せっかく、クロード様が用意してくださった衣装ですのに」

「えっ？　で、殿下が……？」

「それに、クロード様は黒猫がお好きなんですよ。そんなこともご存じないのでしょうか？」

「そんなことも、ですって⁉」

「自分で瞳の色を選べるわけではありませんもの。幸いクロード様は、人の生まれ持った色や形を貶めるような心の貧しい方ではございません」

「あ、あなた！　わたくしの心が貧しいとでもおっしゃりたいのっ⁉」

クロード様はクロード様が、と先生を引き合いに出してのあからさまな挑発に、女子三人組は呆れるくらい簡単に乗ってくる。

「こ、このっ……馬鹿にしないでちょうだいっ‼」

そのうち最も沸点の低かった一人が、手に持っていたグラスの中身を私に引っかけようとした。

（――キタコレ！）

おそらく、避けるのはわけがなかった。けれどもそうしなかったのは、ワインを浴びたことを口実に大広間から抜け出して、王配殿下とザラの密会現場を目撃して混乱した気持ちを整理したかったから。ワインが目に入るのを防ぐため、私はその瞬間、ぎゅっと両目を瞑った。

ところがである。

「……あれ？」

一向に、ワインが飛んでくる気配がない。不思議に思った私は、おそるおそる目を開ける。

するとすぐ目の前に、赤いジャケットを羽織った背中があった。

「……せ、先生？」

私を庇って立っていたのは、ついさっきまで離れた場所でボスウェル公爵夫人の相手をしていたはずの先生だった。

大広間は、いつの間にかしんと静まり返っていた。

今宵の仮装舞踏会で一番視線を集めていたのは、先生ことクロード殿下だ。誰しもが、視線の端でその動向を観察していた。次期国王であり、五年ぶりの参加となれば当然だろう。

そんな注目の的が、妙齢の女性にワインをぶっかけられた。

しかも、私という別の女を背中に庇って、である。

「あ、ああ……あの、殿下……」

私に絡んでいた女子三人組——特に、ワインをぶっかけた子なんて、今にも倒れそうなほど真っ青になっている。王族、しかも次期国王に、とんでもない無礼を働いてしまったのだ。

いくら仮装舞踏会が無礼講だといっても限度というものがある。

あまりにもスキャンダラスな状況に、好奇の目があちこちから突き刺さった。

居心地の悪さに辟易しながら、私は先生の背中に隠されたのをいいことに、そっと後ろを振り返る。白樫の木の下には、もう王配殿下の姿もザラの姿も見当たらなかった。

「人の身体に対して不法な攻撃を与えることは、相手が怪我を負おうが負うまいが暴行にあたる」

白いヴェネチアンマスクを外しながら、先生が静かな声でそう告げる。前世における刑法では、暴行を加えた者が人を傷害するに至らなかった場合を暴行罪と定義していた。人に水をかける行為もこれに相当する。

ちなみに、暴行を加えた者が人を傷害するに至った場合は傷害罪となる。

前世の法律がそっくりそのまま今世に適用されるわけではないだろうが、少なくとも先生はたいそうご立腹の様子だった。

「ワインをかけたくらいで罪に問われることはないと高を括っているのだろうが、しかしこれは立派な暴行罪だ。何か、申し開きでもあるのなら言ってごらんよ」

「そ、そんな……私は、殿下にかけるつもりなんて……」

「へえ？　私じゃなくてこの子だったら、暴行しても許されるとでも？　あいにく私は、自分よりも彼女が害されるほうが許しがたいんだけどね？」

「ひっ……も、もうしわけ、申し訳ありませんっ!!」

相手が女性だろうと年下だろうと、先生は相変わらず容赦がなかった。

女子三人組は生まれたての子犬みたいに身を寄せ合ってプルプルと震えている。さっき私の前でとった高圧的な態度が嘘のようだ。

兄上っ！　と叫んだアルフ殿下が、人混みを掻き分けて走ってくるのが見えた。別の方角から真っ青な顔をしてバタバタと駆けてくる壮年の男性は、女子三人組の誰かの保護者だろうか。

しかし、先生は後者には一瞥さえくれてやることもなく、ワインで濡れたジャケットを脱いで前者——柴わんこな弟に預けると、私の肩を抱いて言った。

「ああ、こんなに怯えて可哀想に。怖い目に遭ったね。私が側を離れてしまったばかりに、すまない」

「……クロード様」

全然怯えてもないし怖くもなかったけれど、話を合わせるしかない私は先生の肩口に顔を埋め、縋るみたいに彼のベストの胸元に手を添える。そんな私のこめかみに、先生はこれみよがしにちゅっと音を立てて口付けると、白々しく続けた。

「しかし、駆け付けるのが間に合って本当によかった。なんと言っても君は、未来のヴェーデン国王を産む唯一無二の人だからね」

ひゅっ、と大広間全体が息を呑む。先生は構わず続けた。

「心労が祟って体を壊してはいけない。今宵はもう、このままお暇しよう――お許しいただけますよね、陛下?」

「え?　ええ……」

いきなり話を振られた女王陛下が、戸惑いつつも頷く。再び、大広間中が呼吸を忘れた。

女王陛下自身は、私と先生が退室することに頷いただけのつもりかもしれない。

だが、人々はその前の先生の言葉――私が未来のヴェーデン国王を産む唯一無二であることを含めて肯定したように捉えたようだ。

「さあ、行こう。私の可愛いロッタ。君と私の未来を邪魔するものは、もう誰もいないよ」

水を打ったように静まり返った大広間を、先生にエスコートされて突っ切る。

まるでモーゼの奇跡みたいに人の海が割れ、扉までまっすぐに道ができた。

そうして、おびただしい数の視線に見送られて私たちが廊下に出た直後――わっ、と扉の向こうがにわかに騒然となった。

「あーもー、バイトちゃん――最高」

大広間を離れて人の目がなくなったとたん、先生は上機嫌に私の耳元に囁いた。

「ナイスタイミングで絡まれてくれたよね。おかげで助かった」

「はあ、不本意ながら、お役に立ててよかったです……」

何ということはない。女子三人組に囲まれた私のもとに駆け付けることを、先生はボスウェル公爵夫人の相手から逃れる口実にしたのだ。

上手い具合にワインをぶっかけられたおかげで、そもそもあまり乗り気じゃなかった仮装舞踏会から抜け出すこともできた。私を〝未来のヴェーデン国王を産む唯一無二の人〟と知らしめ、それを女王陛下が肯定したように錯覚させることで、私を王太子妃として周囲に認めさせるというボスとの約束もある程度は果たされたはずだ。

そのおかげですこぶる機嫌のいい先生に対し、さっきバルコニーから目撃した王配殿下とザラの密会の事実を告げて水を差すのはおおいに憚られた。

仮装舞踏会が開かれている大広間と王族の私室が集まる棟は、少しばかり距離がある。

二つの棟を繋ぐ一階の渡り廊下を、近衛師団長のモアイさんことモア・イーサンが先導する。

私と先生がザラに狙われていると判明し、誰と繋がっているのか探るために彼女を泳がせている状況のため、モアイさんか副団長のダン・グレゴリーが常時警護に付いていた。

先生はそんなモアイさんに聞こえないように、それにしても、と小声で続ける。

「ああやって飲み物をかけられたこと、前世でもあったよね。ワインじゃなくてお茶だったけど」

「ありましたよねー。しかも、私が淹れた熱々のやつ……あれ、結構トラウマですよ」

遣り手の弁護士だった前世の先生は、依頼主に感謝されるのと同じくらい——あるいはそれ以上に、裁判相手の恨みを買っていた。そのほとんどが逆恨みだったとはいえ、頭に血が上った状態で事務所に押しかけてきた連中は話が通じない。

ついでに、先生に口で敵うわけがないため、最終的にはカッとなって椅子を蹴り倒したり机を殴りつけたり、たまには包丁を持ち出したりということがあったのだ。

そんな中、アルバイトの私が出したお茶をいきなり先生に浴びせかけたのは、確か離婚裁判の末に子供の親権を奪われた女性だったはず。ちなみに、彼女の不倫が離婚の原因だった。

当時のことを思い出したらしい先生が、肩を竦めながら続ける。

「俺が火傷でもしてはいけないと言って、バイトちゃんはあれから一貫して客にジュースを出すようになったんだよね」

「ぬるいお茶はどうにも失礼ですし、年中冷茶を出すのもどうかと思ったので。だったら、冷たくして飲むのが基本のジュースが無難でしょう？」

「肩を怒らせて乗り込んできたのに、可愛い女子大生に紙パックのジュースをはいどうぞって渡された連中の、あのなんとも言えない顔……まあ、見物だったな」

「最終的には、割と喜んでくださいましたよね。子供の頃はよく飲んだなーとか、懐かしんで」

私が出していたのは、近所のスーパーで三パックセットで売っていた、果汁百パーセントのフルーツジュースだった。百二十五ミリリットルと少なめの飲み切りサイズで、味は完熟リンゴやらミカンミックスやら何種類もあったはず。パッケージには、おそらく日本国民全員馴染みがある、強くて優しい皆のヒーローが描かれていた。

ようは幼児用の紙パックジュースなのだが、客の毒気を抜くにはなかなか役に立ったのである。

先生は弁護士として、依頼者のためにいつでも全力を尽くしていた。法に抵触するような手を使ったことは一度もないが、勝つためには相手を完膚なきまで叩き潰すのも厭わない。

たとえば、離婚裁判においては結婚生活を破綻させた責任がどちらにあるのか、また親権に関しては子供の将来のことや財産など、依頼者に有利になるよう裁判員に強く確実に訴えかける必要があった。そのためには、相手がいかに不誠実な行為を繰り返していたのか、その間幼い子供がどれほど蔑ろにされていたのか、さらには見栄っ張りで浪費癖がひどいことなど、容赦なく弾劾と暴露が行われる。かつて先生に熱々のお茶を浴びせかけた女も、そうして晒され追い詰められたことを恨んでいた。

「まったくもって、うちの事務所にはいろんなヤツが来たけれど……バイトちゃんはなんだかんだ言いながら、どんな相手でも態度を変えなかったよね？」

「だって私は裁判に関わっていないですから、誰にどんな事情があるのかもわからないですもん。無難にお茶出しマシーンに徹していただけですよ」

「バイトちゃんにそのつもりがなかったとしても、君の丁寧な応対で自尊心が満たされたことで冷静さを取り戻した人も少なくはなかった。……まあ、それがきっかけであんなことになるなんて、思ってもみなかったけど……」

「え？」

ふいに、先生の顔に影が射す。

私は途切れた言葉の先を尋ねようと口を開きかけたものの、それは叶わなかった。

ヒュッと空気を裂くような音とともに、いきなりナイフが飛んできたからだ。

「クロード様！　ロッタ様！　お下がりくださいっ‼」

すかさず剣を抜いたモアイさんが、ナイフを打ち落としつつ叫ぶ。

投げナイフ自体の殺傷能力は低いが、暗殺者が使うそれには十中八九毒が塗られているため掠っただけでもアウトだ。ナイフは、二投三投と続いた。

「先生！　私の後ろにいてくださいっ‼」

私もスカートの下に隠し持っていたナイフを抜いて、先生の前に飛び出そうとする。前世ならいざ知らず、今世では私のほうが明らかに場数を踏んでいるため、当然のように体が動いたのだ。

ところがである。

「やめろ――やめてくれっ‼」

そんな悲痛な声とともに、強い力で二の腕を掴まれる。

そのまま後ろに引っ張られた私は、目の前に立ち塞がった背中を見上げて両目を瞬かせた。

「せ、先生……？」

「俺を、庇ったりしないで！　もう二度と――俺の目の前で死なないでくれっ‼」

前世でも聞いたことのないほど切羽詰まった先生の声に、私はナイフを握り締めたままポカンとする。そうこうしているうちに、暗闇の中でバサバサッと羽音が響いた。

ぎゃっ、という悲鳴が上がり、少し離れた茂みから人影がまろび出てくる。

羽音の主は、さっき大広間のバルコニーで別れたカラスのハトさん。

そして、悲鳴を上げたのは……

「――ザラ」

思わず零れた私の声が聞こえたのだろう。振り乱した長い黒髪の隙間から、血走った目がギョロリとこちらを向く。

ボスと同じ色の瞳なのに、私を映す温度はあまりにもかけ離れていた。

「――ロッタ！　この役立たずがっ‼」

「……っ！」

すさまじい勢いで飛んできた罵倒に、私は一瞬体を縮こめる。

ザラがマーロウ一家で幅を利かせていた頃は、日常的に聞いていた金切り声だ。

実は、まあまあなトラウマだったりする。

「ほんと、使えない子ねっ！　お前が王太子の暗殺に成功していれば、何もかもうまくいったはずなのにっ‼」

私を睨んで吐き捨てるようにそう言ったザラは、さらにナイフを取り出して投げつけてくる。

その鬼気迫る形相に怯みそうになったものの、モアイさんが再びナイフを剣で打ち落としてくれた。すかさずハトさんも、鋭い爪と嘴でもってザラに襲いかかる。

「きゃあ！　やめっ、やめろっ、この馬鹿鳥っ！　ローストチキンにするわよっ‼」

「ガアー!!」

風切羽を毟られそうになったことを全然許していないハトさんが、容赦のない攻撃を繰り出す。

その隙に、モアイさんがザラを地面へうつ伏せに押さえつけ、後ろ手に縛り上げた。

ザラの企みにどこまでの人間が関わっているのか、蜥蜴《とかげ》の尻尾切りにさせないため全容が見えるまで泳がせていたものの、こうなっては致し方ない。カイン・アンダーソンと同じ、王太子に対する暗殺未遂の現行犯だ。

「このっ……くそっ、離せっ、はな――あうっ!!」

往生際悪くぎゃあぎゃあと喚き散らす彼女の眉間に、ハトさんの嘴が強烈な一撃を打ち込んだ。

さしものザラも、地面に突っ伏して動かなくなる。

ひとまずは一件落着。私の前に立ち塞がる先生の背中も、わずかに緊張が解けた――と思ったのも束の間のことだった。

「――クロード!!」

鋭く、今世の先生の名を呼ぶ声が聞こえ、ザラが現れた茂みの辺りから何者かが飛び出してくる。

銀色の髪と緑色の瞳の壮年の男性――王配殿下だった。

私はついさっき、彼がザラとこっそり会っている現場を目撃したばかりだ。

ザラとグルである可能性が高まった人間を先生に近づけるわけにはいかない。

「先生、下がってください！　パウル様はっ……」

私はナイフを逆手に持ち直し、先生の脇を擦り抜けて、王配殿下にその切っ先を向けようとした。

ところがである。

「――えっ？」

恐ろしいことが起きた。

先生の背中によって私からは死角になっていた場所から、剣を振り上げた人影が現れたのだ。

しかもそれは、カイン・アンダーソン――先生ことクロード殿下暗殺未遂事件の首謀者として拘束され、地下牢に繋がれているはずの男だった。

なぜカインがここに？　いったい誰が、彼に剣を与えたのか？

次々と湧き上がる疑問に構っている暇はなかった。

「せ、先生！　危ない……!!」

カインの持った剣が、先生目がけて振り下ろされる。しかしこのとき、私はすでに前方から駆けてくる王配殿下に狙いを定めて地面を蹴っていた。たとえ、今すぐ方向転換したとしても――

（間に合わない――先生が斬られるっ!!）

そう絶望しかけたときだった。

「――ぐっ!!」

事態は思いがけない展開を見せる。王配殿下が先生を抱き込み、身を挺して庇ったのだ。

先生を正面から袈裟懸けに斬ろうとしたカインの剣は、王配殿下の右肩の骨に引っかかって一瞬動かなくなる。

はっと我に返った私は慌てて身を翻し、柄を握るカインの手をナイフで切り付けた。

「ええいっ‼」

「うわっ‼」

カランと音を立てて、カインの剣が地面に落ちる。カインは右手を押さえてその場に踞り、私は足下に転がった剣を遠くへ蹴った。

一方の先生は、自分に覆い被さる王配殿下の体を抱き留め、呆然と呟く。

「どうして……どうして、あなたが私を庇うんだ……」

「はは、どうしても、何も……親が子を守るのは、当然のことだよ……」

だらりと垂れ下がった王配殿下の右腕から、ポタポタと血が伝い落ちる。地面には瞬く間に赤い水溜まりができた。

「パウル様、気をしっかりっ‼　先生も！　大丈夫ですかっ⁉」

慌てて駆け寄った私は長手袋を包帯代わりに、地面に座らせた王配殿下の肩を縛って止血する。

上手い具合に刃が骨に当たって止まったおかげで、腕を切り落とされずに済んだのは幸いだった。

痛みと出血によって王配殿下の顔色はよくないが、少なくとも致命傷ではないだろう。

のしっとザラの頭を踏みつけたハトさんに彼女を任せ、モアイさんがカインを拘束しようと立ち上がる。とたんにハトさんの足の下から、いつの間にか復活していたザラが叫んだ。

「ばっかじゃないの！　なんで庇うのよ！　そいつが死んだら、あんたの息子が国王になれるっていうのにっ‼」

「クロードも、私の大事な息子だよ」

王配殿下は笑みさえ浮かべ、迷いのない口調で続ける。

「誰がなんと言おうと——たとえ、クロード自身が認めずとも、私は彼の父親だ。陛下と結婚したとき、私はこの子の父親になると決めたんだよ」

先生がひゅっと息を呑む。

この状況では、さしもの先生も王配殿下が嘘や戯れ言を言っているとは思えなかったのだろう。

王配殿下は、ザラにというよりはむしろ先生に向かって、噛んで含めるように続けた。

「次のヴェーデン国王はクロードだよ。クロード以外なんてありえないし、許さない。私もアルフも、クロードを支えるためにここにあるんだからね」

いつぞや、お互いの顔も見えない隠し通路の暗闇の中で、とつとつと胸の内を吐き出したアルフ殿下と同じ。疑うべくもない。その言葉が、王配殿下の本心だった。

さっき白樫の木の下でザラと何を話していたのかは確かめなくてはならないが、この人が先生を害するはずはない、と私は今度こそ胸を張って言えるような気がした。

当の先生は、まだどこか呆然とした面持ちをしている。

それでもきっと王配殿下の言動は、頑なだった彼の心にも大きく響いたに違いない。先生と王配殿下——家族との関係が一気に好転しそうな予感に、私はほっと安堵のため息を吐き出す。

ところが、事はこれで終わりではなかった。

「——お前の……全部、お前のせいだ……」

ふいに、和みかけた空気を打ち壊すようなおどろおどろしい声が響く。

その場にいた全員が、はっとして声の出所に目を遣った。

犯人は、右手の甲から血を流して地面に踞っていたカイン。

ゆっくりと持ち上がった彼の顔は幽鬼のように青白く、目だけがギョロギョロと忙しなく動いていた。はっきり言って気味が悪い。

今更ながら、一月以上地下牢に繋がれていた彼はやせ細り、随分とヒゲも伸びていた。着っぱなしのシャツとズボンは薄汚れ、王族の近くに仕えていた華々しい騎士らしさは見る影もない。

我ながら、よくぞ一目見てカインだとわかったものだと思った。

カインは血の付いた右手を薄汚れたズボンで拭う——かと思ったら、なんと次の瞬間には小型のナイフを握っていた。どうやら、ベルトの後ろに差し込んでいたらしい。

奇しくもそれは、私が最初に先生を刺したものとそっくりだった。

「くそ……くそっ、くそうっ……」

悪態をつきながらギョロギョロと動いていたカインの目が、突然ぴたりと止まる。先生——ではなく、私を捉えて。

「ひえっ……」

身の危険を感じ、とっさにその場を離れようとしたものの、カインは一気に私のほうへと踏み込んでくる。さらに、思いがけないものが仇となった。

なにしろ、今宵の私は黒猫のコスプレをしている。ドレスの後ろから垂れ下がった猫尻尾をカインに掴まれてしまったのだ。

（せ、先生の性癖のせいでーっ!!）

衣装を選んだ相手に、心の中で悪態をつくくらいは許されるだろう。

カインはナイフを逆手に持ち替え、憎々しげに叫んだ。

「お前のせいで、何もかもだめになったんだっ――!!」

「わあぁん！　逆恨みですよぉっ!!」

これはもう、正真正銘の絶体絶命。大ピンチである。青い顔をしたモアイさんがこちらに向かって駆け出すのが見えたが、直感的に間に合わないだろうと思った。

私という哀れな黒猫ちゃんが暴漢の手に落ちようとした――まさに、そのときである。

「――バイトちゃん!!」

ぱっと目の前が陰り、次の瞬間強い力で抱き竦められた。

と同時に、ぐっ、と耳元で呻き声が上がる。

聞き間違えるはずもない――先生の声だ。

先生に庇われたのだと私が理解したときには、モアイさんがカインの右手を捻り上げていた。

しかし、その手にナイフはなく、地面に落ちるような音もしない。

「せ、先生……？」

おそるおそる、先生の体に手を回す。

とたん、ぬるりと手が滑る感触を覚え、私はひゅっと息を呑んだ。

先生の体にはカインのナイフが突き刺さり、あふれ出た血が白いシャツと私の手を赤く染める。

しかもナイフが突き刺さっていたのは、これまた皮肉なことに、私が最初に先生を刺したのと同じ左の脇腹だった。

「早く、侍医を……‼」

「陛下にもご報告を！　くれぐれも内密に頼むっ‼」

先生は、モアイさんによってすぐさま私室に運ばれた。

騒ぎに気付いて駆け付けた副団長ダン以下近衛兵たちが各所に伝令に走る。

カインに背後から右肩を斬り付けられた王配殿下も重傷だったが、先生の側を離れようとしなかった。その姿は、我が子を思う父親以外の何者でもない。

誰も彼もが右往左往する中、王配殿下と一緒に先生の側に残った私は、この機を逃すべきではないと気付いて問うた。

「パウル様――先ほど、なぜザラと二人で会っていたんですか？」

「……私も問いたい。君は、本当にマーロウ一家の人間なのかい？」

しばし、私たちは無言で見つめ合った。先に目を逸らしたのは王配殿下で、彼はベッドに横たわった先生に視線を戻してとつとつと語り出す。

ザラに対して言った通り、他の男の子供を身籠もった女王陛下と結婚すると決めたとき、王配殿下は生まれてくるその子の父親になると決意した――そうするに至る理由があったのだ。

博愛主義でも綺麗事でも、ましてや偽善でもない。

「私も……もともとは非嫡出子でね。生みの母は、先代のボスウェル公爵の愛人だったんだ」

つまり、兄である現ボスウェル公爵とは腹違い。どうりで、全然似ていないはずだ。

「陛下はご存じだけどね。この事実は公にはされず、私はボスウェル公爵家の正式な次男として育てられたんだ」

前ボスウェル公爵の正妻は、幼い彼をそれはひどく苛めたのだという。

とにかく肩身の狭い幼少時代を過ごしていたパウル少年だが、彼にはいつも庇って助けてくれる存在がいた。それが、腹違いの兄――狸似の現ボスウェル公爵だ。

「血の繋がりは大事かもしれないが、一番ではない。それよりも、私という弟が生まれたことが嬉しい――兄はそう言って私をとても愛してくれたんだ。だから、私も同じだけの愛情をクロードに注いで育てようと決めたんだよ」

王配殿下は潤んだ緑色の瞳に先生を映し、震える声でそう言った。

彼は、心から先生を心配していたのだ。だから、いきなり現れた私という存在を怪しみ、とにかく正体を探ろうと単独で動いていたらしい。

地下牢までわざわざ足を運んでカインの話を聞いたのも王配殿下自身だった。

「カインの話を鵜呑みにするつもりはなかったんだがね。マーロウ一家の名が出たのには、さすがに私も焦ったよ」

お茶会では鎌をかけようとして先生に論破され、一度は引き下がったものの、その後もこっそり私の動向を観察していたという。

「私はこれでも、人を見る目はあると自負しているんだ。たとえマーロウ一家の人間であろうと、ロッタがクロードを大事に思ってくれていることはわかったよ。この子の悪口を言っていた連中を、君が蜂の巣を落として懲らしめたのも見ていた。いやはや、あれには胸のすく思いがしたね」

しかし、王配殿下の心の内など知らないザラは、彼が血の繋がらない息子を疎んじていると思い込んでいたのだろう。

「仮装舞踏会が始まる直前のことだ。大広間に向かう私を待ち伏せしていてね。アルフが次の国王となれる手筈を整えるから、その暁にはモーガン家を重用しろと言ってきたんだ」

それがついさっき、私が大広間のバルコニーから目撃した、白樫の木の下での出来事だった。

奇しくもそのとき、肝心のモーガン夫妻は、先生に向かって必死に自分たちを売り込もうとしていたのだから、なんとも皮肉な話である。

「いったいクロードに何をしかける気なのか確かめねば、と彼女の提案に乗るふりをして詳細を尋ねたんだ。そうしたら、カインを牢から出したと言うじゃないか」

ザラは娼館時代に培った手管で牢番を手懐けたらしいが、長い牢生活で鬱憤がたまっていたカインを焚き付けるのは容易かったに違いない。茂みからナイフを投げたのは、先生をその場に足止めさせ、なおかつ護衛のモアイさんを引き離すため。

そもそもカインに正体を明かしていなかったザラは、すべての罪を彼に着せる算段だった。

そんな彼女にとって、カラスのハトさんの登場は完全に計算外のことだっただろう。

ハトさんに散々攻撃されて、たまらず茂みから飛び出した結果、モアイさんに取り押さえられるに至ったというわけだ。

「クロード……！」

「兄上っ……‼」

ここで、女王陛下とアルフ殿下が息急き切って飛び込んできた。

それでもなお先生は、周囲の喧騒も知らぬまま静かにベッドに横たわっている。

その顔は穏やかで、ただ眠っているだけのようにも見えた。

「先生……先生……っ！」

ついに、取り繕う余裕をなくした私が、先生と彼を呼ぶのを聞いて訝しい顔をする者もいたが、兄上を先生のように尊敬しているからだ、とアルフ殿下が勝手に説明してくれた。

先生の冷たくなった手をぎゅっと握り締め、私は震える声で言う。

「私には庇うなとか言ったくせに、自分が私を庇ってこんなことになるなんて……ずるいですよ」

殺傷能力は低いが、十中八九毒が塗られているため掠っただけでもアウト――それは何も、投げナイフに限ったことではない。

王配殿下を斬りつけた剣はもともとカインの物だったが、先生の左脇腹を突き刺した小型のナイフはザラが用意したものだ。つまり、先生はまたもや毒に冒されてしまったのである。

事件に関し、女王陛下は即座に箝口令《かんこうれい》を敷いた。先生が床に伏していると知れ渡れば、アルフ殿下を国王に担ぎ上げたがっている連中が、ここぞとばかりに動き出す懸念があったからだ。

ザラは、カインとともに近衛師団に拘束され、現在厳しい尋問の最中にあるという。

彼女を囲っていたモーガン家の当主も取り調べられるだろうし、親類ということでボスウェル公爵家にも少なからず嫌疑がかかるだろう。ただし、王配殿下が語るボスウェル公爵の人柄を鑑みれば、彼がザラに加担しているとは思えなかった。

王配殿下とボスウェル公爵――先生が自分を追い落とそうとしているのではないかと疑念を抱いていた人たちに、私は白の判定を下すつもりでいる。

けれど、それを報告しようにも、肝心の先生の耳が私の声にも反応を示さなくなっていた。

「先生、起きてくださいよ。先生なら、毒なんてへっちゃらでしょう？」

私はそう訴えるが、先生の瞼はピクリともしない。

するとここで、場違いなほど明るい声が割り込んでくる。

「あらあらまあ、随分とやっかいなのに当たってしまったわぁ。残念だけど、さすがのクロード様もこれには耐性がないわねぇ」

相変わらずのほほんとした口調で絶望的な言葉を吐いたのは、森の魔女ことアンだった。

ダンが事の次第を知らせに大広間に行った際、ちょうど女王陛下と歓談中だったため、一緒に先生のもとに駆け付けたのである。

「これは、魔女の間では禁忌とされている毒よ。いいえ、毒というより、もはや呪いね」

「の、呪い……？」

毒のプロであるアンが言うには、私も前世では耳にしたことくらいはある、蠱毒《こどく》と同じようなものらしい。蠱毒はもともとは古代中国で用いられた呪術の一種で、壷の中に毒虫を詰め込んで食い合いをさせ、最後に生き残った一匹が最凶の毒になるというものだ。

「呪いの要素が強いから、まず解毒剤が作れないの。しかも、肉体ではなく精神を蝕んで、ゆっくりじんわり死に至らしめる、すこぶる性質の悪いものよ」

「そんな……じゃあ、先生は……」

「クロード様はきっと今、夢を見ているのね。いい夢じゃないでしょう。たとえば、人生で一番つらい思い出を何度も何度も追体験させて精神を消耗させる——そうやって殺すのよ」

「どうにかっ……どうにかできないのっ⁉」

淡々と告げられたアンの言葉に、女王陛下の悲痛な声が被せられる。

今にも崩れ落ちそうな彼女を傍らで支えつつ、アルフ殿下は真っ青な顔をして口を噤んでいた。

王配殿下なんて傷付いた我が身も顧みず、先生の枕元でその名を呼び続けている。

「先生……いや……いやだ……」

私は先生の手をぎゅっと握り締めるも、しかし一向に握り返してくれる気配がない。モアイさんもダンも侍医も成す術もなく立ち尽くし、先生のベッドを囲んでまさしくお通夜状態だった。

そんな中、ふいに冷静な声が響く。

「夢が殿下を殺すというのなら、その夢に入り込んで助けて差し上げればいいのではなかろうか」

他人の夢に入り込むなんて、そんなことができるはずない——訝しむ一同の中、私とモアイさんと女王陛下がはっとした顔をする。アンはパンと両手を打ち鳴らし、弾んだ声で言った。

「さすがは、レクターさん！　そうね、その手があったわ！」

夢に入り込んで先生を助ける――そんな奇想天外な提案をしたのは、マーロウ一家のボスだった。

その肩には、カラスのハトさんが止まっている。

ボスも、アンと一緒に女王陛下と歓談中に知らせを受けて駆け付けていたのだ。

アンが千年もの間、転生を繰り返してまで育ててきたという魔女の花が咲いたのは、つい先日のこと。そして、開花後のその根を煎じて飲めば幽体離脱して他人の夢に入り込める、なんてにわかには信じがたい言い伝えを、実際に私の夢に登場することで証明したのがボスだった。

私は、女王陛下とモアイさんと顔を見合わせた後、意を決してアンに向き直る。

「アン、魔女の花は……」

すると、にっこりと微笑んだ彼女が、フォーマルドレスの上に羽織ったいかにも魔女っぽいローブから巾着袋を取り出して言った。

「新しいものができたときは、クロード様に提出する約束だったでしょう？　ちょうど持ってきていてよかったわぁ」

それで、誰が飲むのかしら？　そう続いたアンの問いに、少なくとも夢に入り込む術があると知っている女王陛下とモアイさんが即座に名乗りを上げようとする。

けれども、真っ先に声を発したのは私だった。

「――私が！　私が、先生を助けに行きます！」

「ロッタ」

すかさず、ボスが渋い顔をして私の名を呼ぶ。

自分は実験台になったくせに、私に怪しい薬を飲ませるのは気が進まないらしい。

けれどもこのときばかりは、いくらボスが相手でも譲れなかった。

「私に、行かせてください。先生と約束したんです。先生を一番近くでお支えするって！　ずっとお側にいるって！　先生がヴェーデン国王となることを阻むもの全部と戦うって‼」

「それは随分と勇ましいことだな。しかし、人の深層心理に入り込むのは心地のいいものではないぞ？　知りたくないことまで知ってしまうだろう」

「それでも！　それでも、私は先生を助けたい！」

「ロッタ……」

ボスの反対を押し切ろうとしたのなんて、これが初めてのことかもしれない。

難しい表情をするボスを見て、やはり自分が、と女王陛下とモアイさんが声を上げたものの……

「でも、気心の知れた人じゃないと、クロード様の意識自体が受け入れてくれないかもしれないわねぇ。だって、親しくない相手に心の奥を覗かれるのなんて、嫌じゃなぁい？」

アンがのんびりと告げた言葉に、二人はぐっと口を噤んだ。女王陛下は先生の実の母親だが長年確執を抱えていたし、モアイさんはまだ近衛師団長となって日が浅い。

となると、先生の信頼を一番に勝ち得ているのは間違いなく私だろう。

「――私が、行きます」

きっぱりとそう宣言したとたん、ボスは諦めたようなため息をついた。

魔女の花の根っこが、それはもう衝撃的なまずさだったことは、声を大にして言いたい。

「うっ……うううっ……⁉」

正しくは〝根を煎じたもの〟だが、とにかく苦くて渋くてすっぱくて、いったい何の罰ゲームだと思うような代物だった。これに比べれば、パクチーなんて可愛いものだ。

ここのところ先生においしいものばかり食べさせてもらって、すっかり舌が肥えていたものだから余計につらい。口に含んだはいいものの、あまりのまずさに喉が飲み込むのを拒否していた。

「うー！　ううー‼」

「だから、やめておけと言っただろう」

顔を皺くちゃにして悶える私に、唯一味を知っているボスが呆れた顔をする。

こんなにひどい味だと、ボスはどうして教えてくれなかったのだろうか。

とはいえ、まずかろうが何だろうが、先生を助けに行くためには飲まねばならなかった。

(早く先生を起こして、おいしいものをたっぷりご馳走してもらわないと割に合わないっ‼)

度胸も根性もあるほうだと思っている。そうでなければ、ボスとハトさんの慈悲があろうともマーロウ一家で生き残ったりできなかった。

飲み込め！　とにかく飲み込め！　いいから飲み込め‼　と、私は自分の喉を叱咤する。

「んー！　んー、んんーっ‼」

「が、頑張れ！　頑張れ……っ‼」

そんな私の手を握り締め、同じように涙目になって一生懸命応援してくれたアルフ殿下には、後でアメちゃんでもあげようと思った。

ゴクリ、と自分の嚥下する音がいやに大きく聞こえ、最悪の味のものを胃に迎え入れる嫌悪感に生理的な涙があふれる。

「まっず……」

飲み込むと同時に、私は昏々と眠り続ける先生の傍らに突っ伏した。

まるであまりのまずさに気絶するみたいに、そのまま意識を失う。

そうして私は、気が付けば見覚えのある扉の前に立っていた。

「ここは……」

真ん中に細長い長方形の磨りガラスが差し込まれたスリットドアだ。

見間違えるはずもない。それは、先生が前世で開いていた弁護士事務所の扉だった。

広さは十二坪。扉を開けば受付用のローカウンターとパーテーションで区切られた会議室があり、事務所の中が丸見えにならないよう観葉植物を置いている。

奥まった場所にコンロが二口付いたキッチンが備え付けられていて、私は情報収集やデータ入力をしながら、自分のために料理を作ってくれる先生の背中をパソコン越しによく眺めたものだ。

ひどく懐かしい気分になった私は、ドアノブを握って意気揚々と扉を開き――

「……っ!!」

後悔することになる。入ってすぐの床に女が倒れているのを見つけてしまったからだ。

しかも、その女の顔には見覚えがあった。それもそのはず。

「……私じゃん」

無様に床に転がっていたのは前世の私で、その胸からは真っ赤な血があふれ出していた。

あまりにも悲惨な光景を目の当たりにし、私は思わず後退る。

前世の私は、いきなり拳銃で胸を撃たれたのだ。冷たい床に倒れ伏した私の側には、片手に拳銃を握り締めた男が背中を向けて立っていた。

すると、銃声を聞きつけたのか、事務所の奥から真っ青な顔をした先生――前世の先生が飛び出してくる。とたんに、先生のほうに歩き出そうとした男の足に、前世の私が最後の力を振り絞ってしがみついた。

バイトちゃん！　と先生の悲痛な声が上がると同時に、男は私の手を振り解いて彼に向かって歩き出す。床に転がった前世の自分の代わりに、私はとっさに男を止めようと手を伸ばしたが――

「えっ？　は、入れない？　入れないの⁉」

確かに扉は開いているというのに、廊下と事務所の間には透明な壁があって、中に入ることができなかった。どうやら、今の私はただの傍観者でしかないようだ。

そうこうしているうちに、先生と男が揉み合いになった。私に駆け寄ろうとする先生を、男が阻んでいるように見える。声も、途切れ途切れに聞こえてきた。

『お前が邪魔するから』

『一緒に連れていく』

『これで永遠に俺のものだ』

興奮ぎみにそう告げる男に対し、先生はらしくなく錯乱した様子で、バイトちゃんバイトちゃんと私を呼び続けている。やがて、拳銃のグリップで頭を殴りつけられた先生は、観葉植物の鉢を薙ぎ倒しながら床に転がり、そのまま動かなくなってしまった。

意外だったのは、男がついぞ先生を拳銃で撃たなかったことだ。

彼は先生にとどめを刺すことも、事務所の中を物色することもなく、くるりとこちらを——正確には、事務所の扉付近に倒れ伏した前世の私を振り返った。

若い男だ。前世の私よりは年上だろうが、先生よりはいくらか年下かもしれない。

なかなか整った顔立ちながら、一目で堅気の人間ではないとわかる鋭い目つきをしていた。

言ってみれば、警察や自衛隊以外で拳銃の入手ルートを持っていそうな団体——それに所属していそうな人相だったのである。このとき、初めて目にした男の顔に、私は強い既視感を覚えた。

「えっ、まさか、私の知り合い？　いやでも、大学関係ではなさそうだけど……」

私はずっと、自分は先生への逆恨みに巻き込まれて見知らぬ相手に殺されたのだと思っていた。

しかし、もしかしたらその認識は間違いだったかもしれないという思いが頭をもたげはじめる。

男はやがて、私の目の前まで戻ってきた。右手には、拳銃を握り締めたままである。

床に倒れ伏した私の顔色は、紙のように真っ白になっていた。逆に、床は赤く染まっていく。

私の記憶が確かならば、このときはもう痛みもわからなくなっていたはずだ。

ただ、寒くて寒くて、そしてひどく心細かったのを覚えている。

ここでふと、私はとんでもないことに気付いた——気付いてしまった。

「――え？」

前世での最期の瞬間、ふと温かくて大きな掌が、私の頭を労るように撫でてくれた気がしたのだ。

私はそれが先生の手だと思い込んでいたが、肝心の彼は今、少し離れた床の上に倒れてぴくりともしない。

彼に代わって、血まみれの私の傍らに膝を突き、

「えっ？　えええええっ⁉」

憂いを帯びた顔で私を見下ろしていたのは、

「う、うそー⁉　うそおぉおお‼」

私を拳銃で撃った男だった。

「やだやだやだ！　私ってば、自分を殺した人の体温にほっとしながら死んだのぉお⁉」

罪もない女子大生を問答無用で銃殺するなんてとんでもない暴挙に及んでおきながら、男は死に行く私の頭をそれはそれは愛おしげに撫でている。

「サ、サイコパスだ……」

私は目の前の光景にドン引きしつつ、知りたくないことまで知ってしまうだろうというボスの言葉が正しかったことを思い知らされた気分だった。

今回先生が冒された毒は、人生で一番つらい思い出を何度も何度も追体験させたりして神経を消耗させて殺すのだとアンは言っていた。つまり、先生にとって人生で一番つらい思い出は、前世の私が死んだこの出来事だということなのか。

事務所の中で繰り広げられている光景が、先生が前世で実際に目にしたものだとすれば、少し離れた場所でぴくりとも動かない彼にはかすかにでも意識があるのだろう。

私がバイトとして優秀だったかどうかはともかくとして、先生には目をかけてもらっていた自覚がある。捻くれ者で皮肉屋で敵を作るのが上手な先生だったが、私にはいつだって優しかった。

そんな彼が、成す術もなく死に行く私を――しかも、殺した張本人に看取られようとしている光景をどんな気持ちで見ていたのか。想像するだけでも胸が苦しくなった。

「結局、私はどうして殺されなくちゃいけなかったんだろう……」

私は透明な壁の外で、呆然とそう呟く。男が先生への逆恨みを募らせて、本人ではなく身内に危害を加えることで精神的苦痛を与えるためかとも思ったが、どうにもしっくりこない。

「もしかして、私が知らない間に何かしちゃったのかなぁ……？」

私は、男に感じた既視感を突き止めることにした。

反社会的勢力に属していそうな雰囲気であることはすでに述べたが、とはいえその風貌はどう見ても末端構成員、つまりはちんぴらである。どんな事情で先生と関わったのかはわからないが、もしかしたら彼自身ではなく、上役が関係する案件で一悶着あったのかもしれない。

私は、前世の自分の頭を撫で続ける男の顔をじっくりと眺めていた。

すると、ふいに彼が顔を上げる。そうして、目と目が合ったような気がした、その瞬間。

「――あっ⁉」

今世で先生と再会したときと、まったく同じことが起きた。

頭の中が彼に関する情報であふれ返り、パズルのピースが一つ一つ嵌まるようにして前世の記憶が完成していく。

まず、男の名前を思い出した。素性を思い出した。彼と初めて会った日のことを思い出した。

そのとき、どんなやりとりがあったのかも思い出した。

そして――

「うそ……うそだ……」

私が今世でロッタとなり、先生がクロード・ヴェーデンとなったように――

「まさか、そんな……」

私を殺したこの男も、今世に生まれ変わって存在している。その事実に気付いてしまったのだ。

先生の夢の中であるというのに、私は一瞬目の前が真っ白になった。

だって――

「この人の生まれ変わりが――ボスだなんて」

目の前の男の容貌は、前世の私や先生と同様に日本人的なもので、今世で馴染んだボスのそれとは到底似つかない。けれども、彼がレクター・マーロウと同じ魂であるという確信が、私の中で揺らぐことは少しもなかった。

「そんな、そんなことって……ボスが……」

——知りたくないことまで知ってしまうだろう。

そう忠告したボスの声が、耳の奥でリフレインする。

気が付けば、私はその場から逃げ出していた。

そのとき、背後でパンッと乾いた音が響く。

振り返った視線の先で、頭から血を流した男が、すでに事切れた私の上に倒れ込んでいるのが見えた。

第五章　真実を知ることがベストとは限らない

事務所が入ったビルの廊下を走っていたはずが、いつの間にか周囲は真っ白くて何もない空間に変わっていた。

いや、何もないと言うと語弊がある。真っ白い空間をスクリーンにして、見たことのない映像が、次々と浮かんでは消えていく。それらが先生の思い出――彼が前世で歩んだ軌跡なのだと気付いたとき、私はやっと走るのをやめた。

「……先生の、ドキュメンタリー映画みたい」

真っ白いスクリーンには、様々な年代の先生が映し出される。

幼稚園児くらいの先生もいれば、学生服を着た先生もいた。可愛い女の子が隣にいるのを見たときは、なぜだかチクリと胸が痛んだ。

おそらく先生の両親であろう男女の映像もあったが、随分と素っ気ない様子だった。

やがて、剣道着姿で竹刀を構える先生が現れて、高校までは剣道部だったという話を思い出す。

高校生の先生が〝主将〟と呼んだ人物が、本当にモアイさん――というか、モアイ像そっくりの彫りの深さだったのには、少しだけ笑ってしまった。

その後はしばらく、勉強に没頭する姿ばかりが目立つようになる。

晴れて司法試験に合格。一年間の司法修習を経て弁護士デビューを果たしてから、個人事務所を開業するまではどこかの弁護士事務所に勤めていたようだ。

私の前にも何人か事務のアルバイトを雇っていたという話だったが、彼ら彼女らの映像はひどく朧げで、誰も長く続かなかったというのが見て取れた。

そして——ついに来ました、私のターン。履歴書を握り締め、緊張の面持ちで事務所の扉を叩いた前世の自分を、先生視点で眺めるのはものすごく新鮮だった。

パーテーションで囲まれた会議室で向かい合い、いざ面接が始まったとたん、ぐうぅっと鳴ったのは前世でも空気を読むことを知らなかった私のお腹。

しかも、聞こえていないふりをするのも難しいほどの豪快な音だった。

『ええっと……お腹が空いてるの？』

『はい……実は、今日が課題の提出日なのを忘れてまして、昼休み返上でレポートを書いていたのでランチを食べ損ねちゃったんです……』

笑いを堪えつつ尋ねる先生に、私はしょんぼりとした顔で事情を打ち明ける。

すると、そんな私がよほど哀れに見えたのか、先生はしばしの逡巡の後、こう言った。

『簡単なものでよかったら作るけど、食べるかい？』

ちゃちゃっと作ってくれたのは、チャーハンだった。

中華屋さんのみたいにパラパラで、香ばしい醤油の匂いに食欲がそそられる逸品である。

今の今まで忘れていたが、私ってば初対面でいきなり先生に胃袋を掴まれてしまっていた。

「そりゃあ、簡単には離れられないわけだ……」

ここからの先生の思い出は、私自身が照れてしまうくらいに、私で埋め尽くされるようになる。

『俺が作った飯をやたらと旨そうに、びっくりするくらいたくさん食う』

『キッチンに立つと熱視線を注いでくるくせに、データ入力はすこぶる正確』

『のほほんとした世間知らずなのに、意外にも度胸がある』

『俺にも客にも媚びずにいつでも自然体。たまにズバッと的を射た発言をするから驚かされる』

どうやら私は知らない間に前世の先生から、少女漫画で言うところの〝おもしれー女〟認定を受けていたらしい。

前世では意識したことがなかったが、先生はよく笑うようになった。私の前では特に。

けれども、一緒に過ごす日々は唐突に終わりを迎える。

私が先ほど傍観するしかなかった、前世の私にとって最期の瞬間がやってきたのだ。

ただし、先生の思い出の中には、この日に至るまでのプロセスが存在していた。

まずはあの男――前世で私を撃ち殺した凶悪犯で、今世では皮肉にも保護者役となっているボス――の正体について。風貌通り、彼はさる反社会的勢力の末端構成員、いわゆるちんぴらだった。

「確か、彼の上役が離婚問題で揉めたときに、先生が奥さんを弁護したんだった。それで、裁判で先生にこてんぱんにされたのを逆恨みして、舎弟を事務所に怒鳴り込ませたのが始まり……」

私が、夫婦間でも強姦罪やセクハラが成立すると知るきっかけとなった事件である。

「だけど、ちんぴら君が来たとき、先生はちょうど留守だったんだ」

応対した私はちんぴら君の剣幕にたじたじとしたものの、そのときの彼は拳銃はもとより凶器らしいものは何も持っていなかったため、ひとまずパーテーションで囲まれた会議室に通した。

それまでも気が立った客の相手をしたことはあったが、さすがにその筋の方と一対一で話すのは初めてのこと。さしもの私も緊張し、とにかく丁重にもてなさねばとお盆の上に並べたのは、勢いのままぶっかけられる心配のない紙パックのジュース、全四種類だった。

『完熟リンゴ味ミカンミックス味リンゴとブドウ味がありますけどどれにしますか⁉　今なら期間限定さっぱりヨーグルト味もありますので是非ともこの機会にいかがでしょうか‼』

会議室に飛び込んでくるなりほぼノンブレスで捲し立てた私に、ちんぴら君は一瞬面食らった顔をする。けれども、そんな突拍子もない行動が功を奏したようだ。

『はは……なんじゃそりゃ』

彼はそれまで吊り上げていた眉を八の字にして、思わずといった風に笑った。恐ろしいことに、私はこのとき、ちんぴら君からも〝おもしれー女〟認定を受けてしまっていたのである。

「結局、ちんぴら君は期間限定さっぱりヨーグルト味、私はミカンミックス味をちゅーちゅーしながら、一緒に先生の帰りを待ったんだよね」

意外にも、会話は弾んだように覚えている。その後、ちんぴら君は帰ってきた先生にこてんぱんに論破されてすごすごと退散したが、私はそれからいろんな場所で彼と出会すようになる。

たとえば、大学の校門の前や友達とよく行くカフェ、お気に入りの定食屋、近所のコンビニ——そして、自宅の前。

「って、これ……前世の私って、もしかしてちんぴら君にストーカーされていたのでは⁉」

のほほんとしていた当時の私はそんなことにはまったく気付いておらず、代わって危機感を募らせていたのは先生だった。先生はちんぴら君のストーカー行為をやめさせようと、私の知らないうちにいろいろ手を回してくれていたらしい。

奇しくも、かつて裁判でやり合ってこてんぱんにした彼の上役の、さらに上役と縁があったのを利用して、私への接触を禁止してくれるよう頼んだのだ。

それから、ちんぴら君はぱったりと私の前に姿を現さなくなった。

けれども、すっかりその存在を忘れた頃、彼は再び先生の事務所の扉を叩いたのである——右手に、拳銃を握って。事務所に来る前にその拳銃で、私への接触を禁じた上役の上役を撃ち殺していたということは、後から判明した。

「いったい……私の何が、ちんぴら君の心に刺さったんだろう……」

上役の上役から目を付けられて、組織の中でも居場所がなくなってしまったのだろうか。思い詰めた彼は、私を殺して自分も死ぬつもりで、あの日先生の事務所にやってきたのだ。

「つまりあれは、ちんぴら君による無理心中……」

私は先生への逆恨みに巻き込まれたのではなく、不本意とはいえ自分の色恋沙汰が原因で殺されたのだった。

「何が、〝俺を恨んでいるか?〟なの……巻き込まれたのは、先生のほうじゃないですか……」

とたんに、私の頭の中は先生に対する申し訳なさでいっぱいになった。

けれども、先生のドキュメンタリー映画は無情にも続いていく。

白昼の惨劇の第一発見者は、ビルの清掃のおばちゃんだった。顔見知りだった私の変わり果てた姿を見て、おばちゃんは泣きじゃくりながら救急車を呼んでくれたのだ。

意識が朦朧としていた先生は救急搬送され、事務所では現場検証が始まる。

以降は、まともに見ていられなかった。一番つらかったのは、私のお葬式のとき——今にも倒れそうな顔色をして参列した先生を、父が殴りつけた光景だ。

あの温厚な父が。穏やかで子煩悩で、ひとり娘の私を目一杯可愛がってくれた父が。

鬼のような形相で先生を殴りつけ、娘を返せ！　と叫んだのだ。

「お父さん……お父さんっ……!!」

私はその場にしゃがみ込んで、初めて、前世を思って泣いた。

「……先生」

前世で私が死んだ後、先生は事務所を畳んだ。

海外に移り住んで弁護士を続けるも、以前のような覇気はない。最終的には碌《ろく》でもない死に方をしたようだが、そこら辺はどうにもあやふやで判然としなかった。

にもかかわらず、私の最期だけがあんなに鮮明なのは、それだけ私の死が彼にとって衝撃だったということだろうか。

先生に振り回されてばかりとか、見捨てられないとか、上から目線なことばかり思っていたが、それが独り善がりだったことを知り、私は居たたまれなくなった。

「先生……先生、ごめんなさい……!!」

目の前で人が死ぬのは、想像以上につらい経験だろう。

それが親しい相手で、無惨な死に方であったらなおさら。

心臓にボーボーに毛が生えた先生も例外ではなかった。

深層心理の中にいるせいで、彼の絶望と悲しみがダイレクトに伝わってくる。

大げさでも自惚れでもなく、前世の先生の人生を狂わせたのは〝私の死〟だった。私を守れなかった、むざむざと死なせてしまったことを、先生は最期の瞬間まで後悔し続けたのだ。

さっき、私が前へ出て庇おうとしたとき、先生があんなに取り乱した理由がわかった気がした。

「先生……先生……」

アンは、未練があるから千年もの間、転生を繰り返して魔女の花を育ててきたと言った。記憶を持ったまま生まれ変わる理由が未練だとしたら、先生にとってのそれは前世の私の死だろう。

「だったら、私は？　私が抱えて転生した未練って、何だろう……」

両親を残して逝くこと。友達ともっと遊びたかったこと。大学を卒業できなかったこと。就職、恋、結婚――きっと、前世の未練なんて挙げ出したら切りがない。

けれども、一番心残りなのは……

「そうだった。先生が、私のいない間にまた無茶しないかって、心配だったんだよね……」

前世において、私は先生の仕事絡みで危ない目に遭うたびに、今度こそアルバイトを辞めてやるんだと思いつつも、結局最後まで辞められなかった。

時給がよくて先生がイケメンで、彼の作る賄いに胃袋を掴まれていたのも事実。

だが、私がアルバイトを辞める踏ん切りがつかなかった最大の要因は、自分が離れたとたんに先生が死んでしまうのではないかという不安を抱いたことだった。

「先生は――私が一緒にいないと、だめな人だから」

私は手の甲で涙を拭い、立ち上がる。前世も今世も、結局は先生を見捨てることなんてできないのだ――だって、出会ってしまったから。

そのせいで、私はなんだか今世もまた安らかな最期を迎えられる気がしなくなった――それでも、先生の側にいたいと思ったのだ。

「願わくはせめて、来世こそは畳の上で死にたい――けど」

そんな私の気も知らず、自分の言葉が否定されるなんて微塵も思っていない、いっそ憎たらしいほど晴れやかな顔をして先生が宣った言葉を思い出す。

『バイトちゃんのことは、前世でも特別に思っていたんだよ。なにしろ、最期まで俺に付き合ってくれたのは、君だけだったからね。ねえ、こうして新たな人生で再会したことに運命を感じないかい？　ちなみに俺は感じる』

「私も、今なら感じますよ、先生。前世ではほんの短い間しか一緒にいられなかったですけど、今世こそは――」

私は再び走り出した。自分が、何のために先生の夢の中にいるのかを思い出したからだ。

「先生！　先生、どこにいるんですかっ!!」

先立って私の夢を訪れたボスは、思い出の中の私とではなく、私自身の意識と会話を交わして目的を告げた。つまり、この夢の中のどこかに存在しているはずの先生自身の意識を見つけ出し、蠱毒の呪いに打ち勝たせなければ、彼を目覚めさせることはできないだろう。

「先生、どこ⁉　返事をしてくださいっ‼」

周囲の白い世界では、相変わらず先生のドキュメンタリー映画が何度も何度も繰り返し上映されている。しかし、私はもう過去になんて気を取られることもなく、ひたすら今を生きる先生を探して駆け回った。

そうして、どれくらい走った頃だろう。

ふいに、ずっと遠くのほうにぽつんと一つ、扉が立っているのに気付いた。

私は吸い寄せられるように、その扉の前まで駆けていく。どれだけ走っても全然息が上がらないのは、生身じゃないからだろうか。

辿り着いたのは、随分と飾り気のない扉だった。

真ん中に細長い長方形の磨りガラスが差し込まれたスリットドア。

「先生の、事務所の扉だ」

さっき意気揚々と開いたとたんに血まみれの自分と対面することになったのだから、見間違えるはずもない。

ところが、ドアノブに手をかけるのを、私は一瞬躊躇した。

再び、自分の死に様を見せ付けられるのが怖かったのだ。

それでも、この扉の向こうに探し求めた先生自身がいるような気がして仕方がない。

「……よし」

逡巡の後、私はさっきみたいにいきなり開けるのではなく、ノックをしてみることにした。

コンコン、と右手でスチールの扉を叩く。夢の中なのに、その感触はいやにリアルだ。

「――はい」

少しして、返事があった。前世の先生の声だ。

はっと息を呑んだ瞬間、私は自分の左手が何かを握り締めていることに気付いた。

「えっ、これ……履歴書……？」

いつの間にか服装も、黒猫のコスプレからシャツワンピースとサンダルという前世の装いに変わっている。それは、さっき先生のドキュメンタリー映画の中で見た、面接当日の装いだった。

カチャリ、と音を立ててドアノブが動く。

ゆっくりと開いた扉の向こうには、先生が――かっちりとしたスーツを身に纏った前世の先生が立っていた。日本人らしい茶色の瞳が私を映して優しく細まる。

「やあ、いらっしゃい」

先生の台詞も表情も、初対面のときのそれだった。私は、さっきは傍観するしかなかった彼の思い出の中に、唐突に組み込まれてしまったのかと思ったが……

「――もう、どこにも行かせないから」

中に入って扉を閉めたとたん、ぎゅっと正面から抱き竦められて、これがただの思い出なんかじゃないことを確信する。

だって、前世の私たちは雇い主とアルバイトという関係でしかなかったのだ。

こんなに思いの丈いっぱいに抱き締められた思い出なんて、あるはずもなかった。

「せ、先生……?」

先生は私を抱き上げると、事務所の奥へと歩いていく。受付用のローカウンターやパーテーションで区切られた会議室の横を通り過ぎ、部屋の中が丸見えにならないよう置かれた観葉植物を避ければ、先生のデスクと私のデスク、奥にコンロが二口付いたキッチンが現れた。

その向こうの窓の外は墨で塗り潰したみたいに真っ黒で、明かりは一つも見えない。

どこからかかすかに、ブンブン、と虫の羽音のようなものだけが聞こえてくる。

先生は自分のデスクの前に腰を下ろすと、私を膝の上でぎゅっと抱き締めた。

決して離すまいとするその腕の中で、私はただただ戸惑うばかりだ。

「――君に、ずっと側にいてもらいたかった」

私の肩口に顔を埋め、先生がぽつりと呟く。それを皮切りに、彼の思いがあふれ出した。

「君がいると心強かった。フォローが上手だし、人好きする子だからね」

「君が就職活動を始める前に、口説くつもりでいたんだよ。このままうちに就職しなよってね」

「君のために、もっと飯を作ってやりたかった。君と、もっと一緒に飯を食いたかったんだ」

先生は痛いくらいの力で私を抱き締めて、絞り出すような声で吐き出し続ける。

私は目を丸くしてそれを聞いていた。

先生にとって前世の未練とは、単純に私を死なせてしまったことへの後悔だと思っていたのだ。

ところが、実際に彼自身の口から紡がれた思いはもっとずっと温かくて、私に対する情にあふれていた。前世の先生との付き合いは、正直一年にも満たない短い時間だったけれど、彼がこんなに自分を必要としてくれていたことを知り胸が熱くなる。

「先生……先生！」

私は、とたんに先生の表情が見たくなって、自分の肩口にくっついた彼の頭を両手で掴んで引き剥がす。そうしてその顔を覗き込んだとたん、私ははっと息を呑んだ。

「せ、先生……？　どうしちゃったんですか……？」

さっき扉を開いて対面したとき、確かに私を映して優しく細まった茶色の瞳に、光がなかった。それどころか、視線が明らかに不自然な様子でうろうろと動き、焦点が定まらないようだ。

「バイトちゃん、どこ……？　俺の目の前にいる？　ねえ、ここにいる⁉」

「い、います！　いますよ！　先生が今抱っこしてるの、私ですよ⁉」

「……っ、聞こえない！　もうずっと蜂の羽音がうるさくて、何も聞こえないんだっ‼」

「――えっ？」

そのとたん、これまでかすかに聞こえていたブンブンという虫の羽音のようなものが、突然大きくなった。

驚いて顔を上げた瞬間、私はひっと喉の奥で悲鳴を上げる。さっきまで墨で塗り潰したみたいに真っ黒だった窓の向こうから、巨大な蜂が一匹、こちらを覗き込んでいたからだ。

ブンブンと、羽音はますます大きくなっていき、私は思わず両手で耳を塞ぐ。

そんな私を、先生は今度は隠すみたいにぎゅっと抱き竦めて叫んだ。

「もう、どこにもいかないで！　ここにいなきゃ、あの蜂に食われてしまう！　バイトちゃん、ずっと俺とここにいなきゃだめだ‼」

どこにもいかないで、ここにいなきゃ——そう、狂ったみたいに繰り返す。

その姿があまりに先生らしくなかったからだろう。私は逆に冷静になった。

「これって……絶対、毒のせいだ」

おそらく、毒虫だらけの壷の中で最後に生き残ったのは蜂だったのだろう。それが、蠱毒となって先生を呪っているのだ。このまま彼の意識を事務所という小さな箱の中に閉じ込めて、じわじわと殺すつもりなのかもしれない。

「——そんなこと、絶対にさせるもんか！」

私は体を捩って先生の腕の中から抜け出すと、彼の頬を両手で挟んだ。

そうして、お互いの鼻先がぶつかるくらいに顔を近づけて、蜂の羽音に負けじと叫ぶ。

「先生、ここはだめです！　過去《ここ》にいちゃ、だめなんです！　こんな場所に、未来なんてないんですからっ‼」

「……バイトちゃん？　バイトちゃんの、声かな？　何？　何て言ってるの……？」

「先生、一緒に帰りましょう？　私と一緒に夢から覚めて、未来に行きましょうよっ‼」

「ああ……だめだ、聞こえない。バイトちゃんの声が聞きたいのに……」

私はギリリと歯噛みした。必死に叫べども、今一歩蠱毒の呪いに勝てないのだ。

そんな私を嘲笑うかのように、蜂の羽音はますます大きくなった。

「どうしよう……どうしたらいいの⁉」

私が頭を抱えかけた——そのときである。

ぐうううううっ……。

相も変わらず空気を読まない私のお腹が、突然大きく鳴いた。

さすがにこのタイミングはない、と我がことながらげんなりと項垂れたのだが……

「……お腹が空いてるの？」

先生の口から、まるで前世での初対面を彷彿とさせるような台詞が飛び出して、私はぱっと顔を上げる。すると、今の今まで光がなくて焦点も合っていなかったはずの彼の瞳が、まっすぐにこちらを見つめていた。

その中には、目をまん丸にした私が映っており、思わずまじまじと眺めてしまう。

茶色のアイリスは徐々に青色へと変化しはじめ——やがて、そこに映り込んだ私の顔も前世のものから今世のロッタへと変わっていった。

「先生……？　私の声、聞こえてます？」

「うん……」

あんなにうるさかった蜂の羽音も、いつの間にか聞こえなくなっていた。

窓の向こうにも、もうその姿はない。

ぐうううっ、ともう一度お腹が鳴ると、先生は苦笑いを浮かべて私を抱き締めた。

「大変だ。君を飢えさせないって約束だったのに、こんな場所にいては飯も作れないよね？」

「そう、そうですよ！　ここにいたら、私、お腹が空きすぎて死んじゃいますからっ！」

「それはいけない。絶対だめだ。俺は、一刻も早く目を覚まさないとね？」

「はいっ！」

ここにはいられない。先生自身がそう思ったからだろう。懐かしい事務所の光景は、水にインクを落としたみたいにゆっくりと滲んで輪郭がなくなり、やがて跡形もなく消え去る。

いつの間にか、何もない真っ白い空間に先生と二人くっついて立っていた。

ふと足下を見れば、小さな蜂が一匹転がっていて、まさしく虫の息といった様子でピクピクと小刻みに震えている。

哀れにも見えるそれを何の躊躇もなく踏み潰し、とどめを刺したのは先生だった。

不思議なことに、彼が足を退けると、蜂の残骸どころかそこにいた形跡さえも綺麗さっぱりなくなっていた。あの蜂が本当に蠱毒だとすれば、先生自身がその呪いを断ち切ったことになる。

「失敗した呪いは術者に返るというが……はてさて、どうなることだろうね？」

「ざまぁ、ですね！」

やがて、遠くのほうでゆっくりと朝日のような光が昇りはじめた。その光を浴びるにつれ、私の体も先生の体も透けていく。きっと、先生の目覚めが近いのだろう。

夢が終われば、そこに侵入している私の意識も弾き出されて元の身体に戻ることになる。

私たちは自然と顔を見合わせ、いかばかりかの離れがたさにどちらともなく身を寄せ合った。

ぐううっ……。

そんな私たちを急かすように、お腹の虫がまた鳴く。

先生は私を抱き締めたまま、くすりと笑って言った。

「目が覚めたら、さっそく飯を作ろう。バイトちゃんは今、何が一番食べたい？」

何が一番食べたいか。食いしん坊にはたいそう難しい質問に、私はしばしの逡巡の後……

「チャーハン……チャーハンが食べたいです。先生が、私に初めて作ってくれたのと同じのが」

先生をぎゅっと抱き締め返して、そう答えたのだった。

＊＊＊＊＊

ジュッ、という小気味よい音とともに香ばしい匂いが立ち上る。

油を熱したフライパンに、リーキの微塵切りを放り込んだからだ。

固めに炊いたご飯をすかさず投入してレードルでほぐしつつ、細かく切った燻製肉も加える。

最後に、あらかじめ半熟にしておいた卵と一緒にパラパラになるまで炒め合わせ、塩こしょうで味付けすれば完成である。

「――バイトちゃん、お皿持っておいで」

「はーい」

私は両手にお皿を持って、フライパンを振る先生のもとへと馳せる。

シノワズリ風のインテリアに、チャーハンの中華な香りが異様にマッチしていた。

先生が蠱毒に冒され生死を彷徨った仮装舞踏会から、今日で一月が経つ。

あの日、先生は目を覚ますなり、夢の中で約束した通り私にチャーハンを作ってくれた。

彼の生還に安堵して泣き崩れる女王陛下も。右肩に巻かれた包帯に血を滲ませつつ女王陛下を支え、よかった、本当によかった！　と涙ぐむ王配殿下も。柴わんこのコスプレのまま、まんま子犬みたいに、あにうえあにうえあにうえあにうえっ！　と纏わり付くアルフ殿下も。ひとまず診察を受けるよう説得するモアイさんやダン、おろおろしっぱなしの侍医も。

先生は一切意に介さず、私の手を引いて私室の一角にあるミニキッチンに向かう。

そうして、壁に掛けていたフライパンを手に取る直前——彼は一瞬だけ、背後を振り返って矢継ぎ早に何事か告げた。その言葉が聞き取れたのは、先生の背中にくっついていた私と、追いかけてきたアルフ殿下だけ。

アルフ殿下は、意味がわからずきょとんとした顔をする。

私もすぐには理解できなかったが、先生の視線を辿ったとたんに合点がいった。

先生は、右往左往する一同とは対照的に静かに佇むボス——レクター・マーロウを見据えており、彼が口にしたのは前世でちんぴら君が私を撃った後に言い放った主張への反論だった。

『お前が邪魔するから』

「あんな独り善がりな想い、邪魔されて当然だろう」

『一緒に連れていく』

「もう二度と、この子は連れていかせないよ」

私のちっぽけな命を握り潰して陶酔するちんぴら君を、盛大に取り乱していたあのときの先生は論破する余裕もなかったが……

『これで永遠に俺のものだ』

「残念でした。永遠なんてものはない。少なくとも今世のこの子は、君のじゃなくて俺のものだ——ざまあみろ」

そう言って鼻で笑う姿は、前世からよく知る彼だった。

自信家で、煽り体質で、敵を作るのが上手で……とにかく、一緒にいるとフォローが大変だってわかっているのに、私は不思議とほっとしたものだ。

あれから一月が経った本日もまた、先生はチャーハンを作っていた。

レードルがフライパンを叩くカンカンという音に、私のお腹がぐうぐうと合いの手を入れる。

すこぶる燃費の悪い私を、目下維持してくれているのは先生だが、少し前までそれはマーロウ一家のボスの役目だった。

そんなボスに対し、私は正直どう接していいのかわからなくなっている。容姿はもとより、立ち振る舞いや雰囲気さえ、前世のちんぴら君を彷彿とさせる要素は皆無だ。にもかかわらず、先生はボスが彼の生まれ変わりだと気付いていたらしい。

「——えっ⁉　初対面の時点で⁉」

「うん、だから言ったでしょ。〝随分と偉くなったものだ〟ってね」

確かに、アンの家の前で初めてボスと顔を合わせたとき、先生がぼそりとそんなことを呟いていたのを思い出した。

「前世ちんぴら止まりが、今世は大陸中に名を馳せるマフィアのボスとはね。大出世じゃないか」

「でも、どうして先生は気付けて、ずっと一緒にいた私は気付けなかったんでしょうか？」

「前世の彼に対する印象の違いのせいかもね。俺は、前世の彼に対して強い危機感を抱いていたけれど、バイトちゃんは何も知らなかっただろう？」

「はい……ストーカーされていたことも、その延長で撃ち殺されることになったなんてのも、全然知りませんでした……」

すべてを知った今、ちんぴら君に対して恨みを覚えないと言えば嘘になる。

理不尽に奪われた未来に、未練だって感じないわけがなかった。

彼の生まれ変わりが目の前にいると思えば、恨み言の一つでも言ってやりたい気分になる。

さりとて、前世を理由にボスと決別するのかと問われれば、私は全力で首を横に振るだろう。

だって今世の彼は、私にとって父であり兄であり、掛け替えのない存在になってしまっているのだから。

「……結局、ボスって前世の記憶があるんでしょうか？」

「さあ、どうだろう。アンの定義に当て嵌めるなら、記憶はないんじゃないかな。だって、前世ではバイトちゃんを道連れにできてさぞ満足しただろうからね」

先生は憎々しげにそう言いながらフライパンを斜めにして、炒め上がったチャーハンをレードルでまとめる。そのおいしそうな香りにぐうぐうお腹を鳴らしつつ、私は首を傾げた。

「アンの定義って、〝記憶を持ったまま転生するのは未練があるから〟ってやつですよね。前世で私と無理心中を果たしたボスには思い残すことはないと？」

「かもねって話だよ。本当のところは本人に確かめるしかないけれど……いかんせん、今世の彼は腹の内を読ませないからねぇ」

先生はやれやれと肩を竦めてから、レードルで掬ったチャーハンを二枚のお皿にカポッカポッとテンポよく盛りつける。

事件以降、ボスとじっくり話をする機会はまだ訪れていなかった。

ハトさんを通じて手紙のやりとりはしているものの、彼が前世について言及したことはない。

藪をつついて蛇が出てくるのは遠慮したいので、私からわざわざ尋ねるつもりもなかった。

事件の後、あの場にいた面々——先生と私、アルフ殿下、女王陛下夫妻、モアイさんとダン、侍医、アン、そしてボスにのみ、私の正体を含めて、先生ことクロード殿下とマーロウ一家および森の魔女アンらの繋がりが共有されることになった。

ほぼすべてが寝耳に水だったアルフ殿下と侍医は、目を白黒させたものだ。

そのときのことを思い出していた私の前に、ふいにチャーハンが載ったお皿が二つ差し出される。

「ほら、できたよ。先にテーブルに持っていきな」

きゅうっと真っ先に返事をした私のお腹にくすりと笑うと、先生は再びフライパンに向き直った。

私は両手に花……ではなく、両手にチャーハンという大変幸せな状態にスキップしたい気分になりながら、先生に言われた通りそれをテーブルに持っていく。

そして、カップボードからスプーンを三つ取り出して椅子に座った。

そのまま少しの間、カンカンとレードルを鳴らす先生の背中を眺めていたが、目の前で立ち上るおいしそうな香りにはどうにも抗いがたい。

案の定、すぐに我慢ができなくなった私は、チャーハンを一匙掬って口に入れた。

「あっ……」

とたん、近くで誰かが声を上げたような気がしたが、次の瞬間には私の感嘆のため息に掻き消されてしまう。

「おいひい……」

米やリーキの甘味と旨味、燻製肉の塩味を、まろやかな卵がふんわりと包み込んで一つにまとめている。それでいて、中華屋さんのチャーハンみたいにパラパラで、胡椒が効いていた。

一口だけのつもりが、二口、三口。私の我慢が足りないのではなく、先生のチャーハンがおいしすぎるのがいけない、なんて責任転嫁しつつ夢中でぱくついていると……

「おいっ！」

「……はひ？」

突然、咎めるような声が飛んでくる。

私が口いっぱいにチャーハンを頬張ったまま顔を上げれば、向いの席にぐっと眉間に皺を寄せてこちらを睨んでいる人物がいた。今世の先生の弟、アルフ殿下である。

「兄上がまだ席に着いていらっしゃらないのに、先に食いはじめるやつがあるか！」

「だって、せっかく出来立てを出していただいたのに、冷ましてしまうほうが失礼でしょう？」

「だいたい、お前は兄上に対する敬意が足りないんだ！　忙しい御身にもかかわらず、こうして食事を作っていただけることを、当たり前だと思いすぎなんじゃないか⁉」

「そんなことないですよー。日々感謝してますもん。ねー、先生？」

私がテーブルに持ってきたもう一皿のチャーハンは、アルフ殿下の前に置いた。つまり、彼の分だ。それなのに、アルフ殿下は両手を行儀よく膝に置いたままで、スプーンさえ持とうとしない。

作った人を待たずに先に料理に手を付けるなんて失礼だ、というのが彼の言い分らしい。

「食べていいよって言われないと食べられないなんて、犬みたいですね？」

「なっ、なんだとっ⁉」

私の言葉に、アルフ殿下はそれこそ犬みたいにキャンキャンと吠えはじめた。

そこへフライパンとレードルを持って、呆れ顔の先生がやってくる。

「ごちゃごちゃ言ってないで、冷めないうちにお食べ。バイトちゃんに〝待て〟ができないのなんて百も承知だよ」

「犬じゃないんですから、〝待て〟なんてしませーん」

「兄上！　私だって犬じゃないですけど、〝待て〟くらいできますよっ‼」

「はいはい、えらいえらい。でも、待たなくていいからとっとと食べな。――ああ、バイトちゃんは一瞬だけ待って。味変しよう」

先生はそう言うと、私のお皿に残っていたチャーハンの上に、レードルで掬った蜜色の餡をかけてくれた。中には、カニのほぐし身とグリーンピースが入っている。ヴェーデン王国には海はない代わりに大きな川が通っていて、上海蟹みたいな上質の川ガニが捕れるのだ。

グリーンピースは前世に引き続き今世でもすこぶる子供に嫌われているが、好き嫌いを言っていられない子供時代を送った私は食べられる物は何でも食べる。ただし、パクチー以外。

先生は、まだ手を付けられていないアルフ殿下のチャーハンの半分にも、とろりと餡をかけてやった。私も、今すぐにでも餡かけチャーハンをかき込みたい衝動をぐっと堪え、戸惑うアルフ殿下の右手にスプーンを握らせる。

「はい、アルフ様。〝待て〟はおしまいですって」

「う、うん……」

彼は先生と私の顔を見比べてから、ようやくチャーハンに口を付ける――かと思われたが、その前に。おずおずと口を開いた。

「兄上……その、〝ばいとちゃん〟って、何ですか？」

私と先生が顔を見合わせる。バイト、なんて単語はこの世界にはないし、私をそう呼ぶ理由を説明するとなると前世の話まで遡る必要がある。別段、前世の記憶を秘密にする必要はないのだけれど、ぶっちゃけ説明するのが面倒だった。

無言のまま意見が一致した私と先生は、満面の笑みを浮かべてアルフ殿下に向き直る。

「私だけが呼んでいいこの子の愛称だけど？　お前は、義姉上とでも呼んだらいいんじゃないか」

「あ、姉……？　これが、姉……⁉」

「気軽にお姉ちゃんって呼んで甘えてもいいんですよ？」

「……いや、いい。あねうえ、と呼ばせていただく」

アルフ殿下はとたんにスンとした顔をしてお姉ちゃん呼びを断ると、ようやく先生のチャーハンを口に入れた。

私を不承不承に〝あねうえ〟と呼んだ同年生まれの彼だが、この日、一足先に二十歳になった。

先生のチャーハンはその祝いであり、私は御相伴に与っているだけである。

アルフ殿下が珍しく口にした、兄上の手料理が食べたい、というおねだりが聞き入れられた結果なのだが、そもそも先生がそれを許したのには訳があった。アルフ殿下は、この日の昼間に行われた自らの成人を祝う式典でもって、成人に与えられた権利を行使してこう宣言したのである。

「私アルフ・ヴェーデンは、王位継承権を永久に放棄するとともに、兄クロード・ヴェーデン王太子殿下に忠誠を誓うこと――そして、ロッタ嬢を王太子妃として支持することをここに明言する」

第九十九代ヴェーデン国王エレノア・ヴェーデンは、今年で即位して二十年という節目を迎える。

彼女はかねてより、子供たちが二人とも成人を果たせば玉座を退くと決めていた。

そのため、アルフ殿下の成人を祝う式典の最後には、先生ことクロード殿下への譲位の日取りが、正式かつ大々的に発表されることとなったのである。

いまだに根強く残る、私生児の国王をよしとしない連中には、彼らが担ぎ上げたがっていたアルフ殿下本人によって、王位継承権の永久放棄という形で引導が渡された。

ヴェーデン王国の法律では、二十歳を超えるまでは王位継承権や財産相続権などの放棄が認められない。大人の思惑に左右されて子供の権利が侵害されるのを防ぐためである。

裏を返せば、成人後に表明した意思決定は、その後、何があっても覆せないということだ。

式典には、当然ながら王配殿下やボスウェル公爵も同席していた。アルフ殿下の父親と伯父という立場の二人の権力者が、それでも彼の決断を笑顔と拍手でもって讃えたのだ。

彼らを差し置いてなお、アルフ殿下にこそ玉座がふさわしい、なんて声高に発言できるほどの不心得者は、さすがに王子の祝典に呼ばれたメンバーの中にはいない。

こうして、少なくとも表向きは、先生ことクロード殿下の即位に異を唱える者はなくなった。

同時に、私の存在も彼の妃として周知されることとなる。

これに関しても、私を王太子妃として支持すると明言したアルフ殿下はもとより、女王陛下や王配殿下、ボスウェル公爵までその発言を肯定したことで、物言いを付けられる者はいなくなった。

ボス宛ての結婚式の招待状をハトさんに託したのは、それからさらに半年後のことである。

＊＊＊＊＊

ヴェーデン王国では、王族の結婚式は王城内に立つ大聖堂で執り行われる習わしになっている。

この大聖堂へ向かうルートは二つあり、一つは庭園を突っ切っていくルート、もう一つは王宮から繋がる内廊下をいくルートだった。ただし、後者に関しては王族とそれに付随する者のみにしか通行が認められない。というのも……

「わーわー、これって……もしかして、お墓ですか？」

王宮から大聖堂に向かう廊下の先には、豪華な意匠が施された大きな扉があった。その向こうの一室には、ずらりと石碑が並び、一つ一つに肖像画が飾られている。

これらは、歴代のヴェーデン国王総勢九十八人とその伴侶の墓だった。

「先祖の墓参りをしてから結婚式に臨むなんて、この国の王族もなかなか殊勝なことだね」

「とか言いつつ、先生のその面倒くさそうな顔……健気さの欠片もねーですね」

「そういうバイトちゃんこそ、お供えのお菓子をこっそりくすねるのはやめなさい。叱られるよ」

「誰に叱られるって言うんですかー？　死人に口なしですよ」

王宮の私室で身支度を整えた私と先生は、偉大なる先人に報告をしてから結婚式に臨む、というヴェーデン王国のしきたりに則って、霊廟を経由して大聖堂へと向かっている。

私はもちろん、先生もここに足を運ぶのは初めてのことだという。

霊廟に安置されている人間で、先生と唯一面識があるのは第九十八代ヴェーデン国王だが……

「私生児の孫を冷遇していた祖父の顔など、肖像画でも二度と見たくなかったんだけどね」

そう言って、祖父の肖像画の両目にプスプスと画鋲を刺した先生の闇は深い。とはいえ、豪華な金糸の刺繍が入った白い長衣を着こなすその姿は、思わず見惚れてしまうくらいに素敵だった。

「今日の先生、〝ザ・新郎！〟って感じですね。ちなみに褒めてます」

「褒めているのか、それ……バイトちゃんも、花嫁衣装がよく似合っているよ。たっぷり私財を注ぎ込んだ甲斐がある」

先生が満足そうに言う通り、私のほうも随分と豪華な花嫁衣装を着せてもらっている。シノワズリ風なヴェーデン王国の文化に合わせ、どこか中華っぽい要素の入ったドレスは可愛くて、袖を通す前からずっとわくわくしていたのだ。

「でも、先生。やっぱりこの靴、歩きにくすぎます。大聖堂に入る前には履きますから、今は脱いでおいてもいいですか？」

「いいって言うと思った？　それ脱いだら君、裸足でしょ？　だめに決まってるでしょ？」

木履《ぽっくり》っぽい靴とドレスの長い裾のせいで、すこぶる歩きにくいのだけが難点だった。

先生はそんな私の手を引いて、ゆっくりと霊廟の中を歩いていく。

現在はまだ玉座にあって健在な女王陛下とその王配殿下も、これから国王となる先生も、死ねばここに埋葬されることになるだろう。そして――

「バイトちゃんも、いつかここで眠るんだよ。俺の隣でね」

本日これから先生と結婚式を挙げる、私も然り。

石碑と肖像画は、大聖堂へ近づくにつれて古くなっていく。この広く静かな空間の中で、生きているのが私と先生の二人だけというのはどうにも薄ら寒く感じた。

石碑に刻まれた生没年によれば、随分と若くして亡くなった国王も多い。玉座を巡って血で血を洗うような争いが頻発し、二、三年で国王が代わっている時代もあった。

嫡出子非嫡出子にかかわらず国王の第一子に玉座を譲るという決まりも、その一因となっている。

アルフ殿下を国王にしたい連中が先生を暗殺しようとしたように、だ。

「あの決まりを作ったご先祖は、俺やアルフのような思いをする子孫がいるなんて、きっと考えてもいなかったんだろうね」

先生がぽつりと呟く。その諦念じみた横顔が彼らしくなく見えた私は、だったらと口を開いた。

「先生がその決まりを改定したらいいいんじゃないですか。生まれた順番にかかわらず、国王にふさわしい人が玉座に就けるようにって」

「簡単に言ってくれるけどね。法律を変えるって、大変なことなんだよ？」

困ったような顔をする先生に、けれども私は間髪を容れず畳みかける。

「だって、先生はこの国の君主になるんでしょう。——先生が未来の法律、でしょう？」

「……ああ……そうか」

先生は一瞬面食らった顔をしたが、すぐさま不敵な笑みを浮かべて続けた。

「——うん、そうだった。法律に使役されていた前世とは違い、今世は俺が法律だった」

「……なんだか、余計なことを言ってしまったような気がします」

そもそも、国王の第一子に玉座を譲るという決まりができたのは、今からちょうど千年ほど前のことらしい。

「千年前といえば、アンが魔女の花を育てはじめた頃ですね。結局、アンの未練って何でしょう？」

「さあね。それにしても、魔女の花が咲く前に肝心の未練が何なのかを忘れてしまったのに、花を見ること自体に執着して千年も転生を繰り返すなんて、本末転倒だよね」

「今度は、種ができるのを見届けたいんですって。さらに、千年かかるそうですよ」

「気の長い話だね……」

そんな会話をしながら、霊廟の真ん中——第五十代国王の石碑の前に差しかかったときである。

「「——あっ」」

何かに引き寄せられるようにして、その上に飾られた肖像画に目をやった私と先生は、声をハモらせて立ち止まった。

私たちは一度顔を見合わせ、それから揃って石碑の名前と生没年を確認し、さらにもう一度顔を見合わせる。先に口を開いたのは私だった。

「先生……あの、言っていいですか？」

「……いいよ」

「この肖像画って、もしかしてもしかしなくても……彼女、ですよね？」

「だろうね。少なくとも、俺はそう確信している」

五十代目の国王も女王だった。彼女は一度異国に嫁いだにもかかわらず、腹違いの兄王子の失脚を機にヴェーデン王国に戻され、女王に祭り上げられるという数奇な運命を辿った。

気の毒なのは、嫁ぎ先ですでに一児を儲けていたことだ。

「彼女は、我が子を祖国に連れ帰るどころか、その後、二度と会うことも叶わなかった」

「えっ、ど、どうしてですか⁉」

「子供は、元夫の後妻によって国外に放り出され……間もなく命を落としたからだよ」

「えええ、そんな……」

その悲劇の女王の名は、アン・ヴェーデン。

肖像画の彼女と見知った彼女とは似ても似つかないが、私も先生も確信していた。

この、第五十代ヴェーデン国王アンこそが、転生を繰り返して千年も生き続けている森の魔女アンの始まりである――、と。

「せ、せんせー⁉　なんで今まで気付かなかったんですか⁉」

「アン・ヴェーデンの伝記を読んだ記憶はあるんだけどね。肖像画はどこにもなかったんだよ」

始まりのアンが最初に嫁いだのは、周囲を冷たい凍土に覆われた極北の王国だった。

その後、大きな戦乱に巻き込まれて王国は滅び、現在はシャンドル公国の領地となっている。

アンの子供の遺体は、千年経った今もなお、氷の下で当時のままの姿を保っているそうだ。

私は先生の腕を掴んでグラグラ揺すりながら言い募った。

「アンの未練って、絶対その子のことでしょ？　教えてあげたほうがよくないですか⁉」

「残念だけど、あの凍土はシャンドル神教の聖地だから異教徒は立ち入り禁止だよ。そこに我が子が千年氷漬けになっているなんて教えられたところで、アンには掘り起こすこともできないんだ」

「でも確か、パウル様がシャンドル公国の大公閣下と古い付き合いだとかおっしゃっていたじゃないですか。ちょっとだけお願いして、こそっと入らせてもらえば……」

「いや、無理だね。シャンドル神教は戒律が厳しいことで有名なんだ。万が一、異教徒が聖地を掘ったなんてバレたら、それこそ宗教戦争勃発しちゃうよ」

先生はそう言って肩を竦めると、この話は終わりだとばかりに私の手を掴んで歩き出した。

「伝記によると、その後の女王アンの人生は悪いものじゃなかったよ。再婚して、三人の子宝に恵まれたそうだ。優しい夫と可愛い子供たちに囲まれて幸せに暮らしましたとさ、めでたしめでたし」

「でも、最初に産んだ子のことを忘れたりできなかったんでしょう？　だから、魔女の花を……」

決して癒えることのない大きな悲しみを背負わされた母の姿。それを見て育った子供たちは、相《あい》見《まみ》えることさえできなかった父親違いの兄弟に思いを馳せ、本当なら母の長子であるその子こそがヴェーデン王国の国王として立つはずだったのではないか、と考えるようになる。

嫡出子非嫡出子にかかわらず国王の第一子に玉座を譲るという決まりを作ったのは、アンの子供の一人である第五十一代のヴェーデン国王だった。

私は後ろ髪を引かれる思いで女王アンの肖像画を振り返る。

そんな私の手を引いて歩きながら、先生は噛んで含めるみたいに言った。

「真実を知ることがベストとは限らない。バイトちゃんも、それを身をもって知っただろう？」

そう言う先生の視線の先で、霊廟の出口の扉がゆっくりと開いた。

扉を開いたのは近衛師団長モアイさんことモア・イーサン。彼は、新郎側の案内役だ。

一方、新婦側の案内役は侍女頭だが、結婚式を取り仕切る総主教の足下まで私の手を引いていく役は、彼女でも先生でもない。モアイさんと侍女頭の間に静かに佇み、じっとこちらを見つめている人物と目が合ったとたん、私は一瞬足が竦んだ。

「――ボス」

ボスは今日、私の身内——レクター・グレコとして結婚式に参列する。

前世で私を撃ち殺した男の生まれ変わりが、今世では私とバージンロードを歩くという皮肉。

「真実を知ることが、ベストとは限らない」

先生がもう一度、噛み締めるように言った。


霊廟を出た先の廊下には、大聖堂に繋がる二つの扉が並んでいた。

一つは総主教が待つ祭壇の脇に、もう一つは大聖堂の正面に通じている。

王族の結婚式の際は、前者を新郎が、後者を新婦が使う。

私と先生が霊廟を出ると、モアイさんがその扉を閉じ、鍵をかけた。

先生は私の手を引いたままボスの前まで行き、にっこりと微笑んで口を開く。

「さて、不本意ながら。この一時だけは、どうあってもロッタの手をお返しせねばなりませんね、〝義父上〟?」

「……お戯れを」

初めてアンの家で対峙したときと同じ、まさしく一触即発といった雰囲気に、間に挟まれた私はゴクリと唾を呑み込んだ。

そんな私の手を先生から受け取ったボスが、何を思ったのかいきなり袖に手を突っ込んでくる。

先生は一瞬眉を跳ね上げたが、ボスの手が取り出したものを見て、とたんに呆れ顔になった。

「こぉらっ！　お供え盗ってきちゃダメって言ったでしょっ!!」

「だって、死人に口なし……」

「それ、死者は無実の罪を着せられても釈明できないって例えだから！　死んだら食べられないって意味じゃないからね⁉」

「でも、結局誰もお供えを食べられませんよ？」

さっき、比較的新しい石碑の前からこっそりくすねてきたお供え――穀類の粉と砂糖などを練って固めた、落雁みたいな干菓子――は、ボスに取り上げられてしまった。

不貞腐れる私とゲンナリした先生を見て、今度はボスが微笑みを浮かべる。

「恥ずかしながら、これは少々手癖がわるうございましてね。殿下が持て余していらっしゃるようでしたら、このまま大聖堂には向かわずに連れて帰りますが？」

「あはは、笑えない冗談はよしてください。私が即位に先立って、陛下より騎士団の全権を譲り受けたことをご存じのうえでのお言葉でしょうか？　妃を奪われたとあっては、容赦はしませんよ」

「これはこれは……なかなか好戦的な国王が誕生しそうだ」

「平和主義の人間なら、そもそも貴殿と手を組もうなんて考えません」

先生とボスの空々しい笑みが、またもや私の頭上で交差する。事情を知っているモアイさんも、何も知らないが察しているであろう侍女頭も傍観に徹する中、私一人がおろおろしていた。

「クロード様、お時間です」

やがて懐中時計を確認したモアイさんが、祭壇の脇に通じる扉を開いて先生に声をかける。

先生はポケットからクッキーを取り出し、半開きだった私の口に放り込んで言った。

「祭壇の前で、待っているからね。君のボスがおいしいものをご馳走してくれるって言っても、付いていっちゃだめだよ？」

「さすがに、そこまで意地汚くないですよー。……ところで、先生。ポケットに、まだクッキー入ってます？」

「入ってるよ。式が終わったらあげるからね。ちゃんと祭壇まで来るんだよ？」

「それだと、クッキーにつられたみたいじゃないですか。心配しなくても、ちゃんと先生のところに行きますってば」

クッキーをモグモグしながらそう約束する私に、先生はやっと安心したのか一足先に扉をくぐった。

ちっ、と小さくボスが舌打ちしたように聞こえたのは、きっと気のせいだと思いたい。

ぽっくりぽっくり。馬なんかがゆっくりと歩く様をそう表現したりするが、木履を履かされた私の歩みもまさにそんな感じだった。

ころんとした形は可愛らしいが、とにかく高くて重くて安定が悪くて歩きにくい。花嫁がこれを履かされるのは、意に添わぬ結婚式から走って逃げられないように、だったりするのだろうか。

私は覚束ない足取りで長い廊下を歩きつつ、自分の手を引いてくれている人をちらりと見上げた。

ボスとこうして二人きりになるのは、あの日——毒に冒された先生の夢にお邪魔して、前世で自分を殺した相手の生まれ変わりがボスであると知って以来、初めてのことだった。

そんな中、ふいにボスが口を開く。

「私はな、ロッタ。お前が一等可愛いんだ」

「な、なんですかー、いきなり……えっと、でも、ありがとうございます」

「以前、クロード殿下にも申し上げたが、お前が身の丈に合わない婚家で苦労をさせられるのは私の親心が許さない。もしも、この結婚式がお前の望む結果でないのならば――私は、ヴェーデン王国を敵に回すことも厭わないが？」

「ボ、ボス……」

ボスと二人きりとは言ったが、厳密に言えば先導する侍女頭の存在がある。ただ、プロの侍女である彼女は、私たちの不穏な会話に振り返りさえせず空気に徹してくれていた。

私はゴクリと唾を呑み込んで、改めてボスの顔を見上げる。

見返してくる彼の理知的な眼差しには、前世のちんぴら君の面影など欠片も残っていなかった。

目の前にいるのは、頼もしくて賢くて、時々ちょっとだけ怖いけれど、私にはいつだって優しい兄のような父のような人。その慈愛に満ちた青い瞳を独り占めしていると、彼の前世がどうのと思い悩むなんて馬鹿らしい気がしてきた。

それに、ちんぴら君の生まれ変わりだからとボスを恨んだって、あの不本意な死に方が私の前世の結末だった事実は変わらない。終わったことをとやかく言ったってしょうがないのだ。

「それに、やっぱり未練がましいのは性に合わないんですよね」

「うん？」

「えっと、心配しないでください。私、どこでだって上手くやっていける自信がありますから」

「どこでだって上手くやっていけるのに、わざわざ王太子妃なんて身の丈に合わぬ立場に固執するほど、お前は野心家ではなかろう？」

ボスの言葉に、だって、と私は口を開いた。

「クロード様って、放っておいたらすぐに無茶して死んでしまいそうなんです」

自分で言っていておかしくなった私は、小さく笑って続ける。

「クロード様が死んじゃうのは嫌なんですよね。だから……私、これからもあの方のお側にいます」

「……それが、お前自身の望みなんだな？」

確かめるようなボスの問いに、私ははっきり、はい、と答えた。

侍女頭はやはり振り向きさえしないが、私たちの会話が聞こえているのは明白だった。だって、私が先生の側にいると宣言したとたん、しずしずと歩いていたのがスキップに変わったのだから。

一方、ボスはため息をつくと、今度ばかりは侍女頭に聞こえないよう声を潜めて言った。

「ハトを引き続きお前の側に置いておく。もしも手に余るような状況になったら知らせなさい。後始末は私が請け負おう——相手が、クロード殿下であってもな」

「大丈夫ですってば。ボスの手を煩わせるようなことにはなりませんから」

そう言い切った私に、ボスは目を細めて、だといいがな、と呟く。

そうこうしているうちに、ついに大聖堂の入り口に到着した。

結局、ボスに前世のちんぴら君の記憶があるのかどうかもわからずじまいだが、先生の言う通り、真実を知ることがベストとは限らない。

わからないならわからないままでいいのかもしれない。そう、思えるようになった。

侍女頭が、入り口の扉に手をかける。その扉越しにこちらに注目する大勢の気配を感じ、さすがに緊張を覚えて強張る私の頬を、ボスの大きな掌があやすみたいに撫でてくれる。

幼い頃から身近にあった温もりに、ふと私が緊張を和らげたときだ。

「ふむ……こういうときは、何と言うんだったか……」

私の花嫁衣装をまじまじと眺めたボスが、にやりと悪戯そうな笑みを浮かべて口を開いた。

「ああ、そうだ——まさしく〝馬子にも衣装〟だな、ロッタ」

「……え？」

〝馬子にも衣装〟——今世には存在しない、前世日本で使われていたことわざである。

ボスの口からそれが飛び出したこと、その意味に私の理解が追い付く前に、大聖堂の扉が大きく開け放たれた。


「——何があったの⁉」

はっと我に返ると、すぐ目の前に今世の先生の整った顔があった。

私の手を掴んでいる相手も、いつの間にかボスから先生に戻っている。

そう気付いたとたん、それまで聞こえなかった周囲の音が一気に耳に入ってきた。

「あわわ……」

今まさに、私たちは割れんばかりの拍手に包まれていた。

大聖堂の高い天井に反響してますます大きくなる音に、圧倒されそうになる。

「バイトちゃん、何があったの？」

怖気付いた私の手をぐっと握り、先生がもう一度問う。大聖堂の入り口から祭壇の前まで——前世でいうところのバージンロードをいったいどうやって歩いたのか、私にはまったく記憶がなかった。

ボスの前世にこだわらないでおこうと決意したとたん、いきなり彼にその記憶があることを匂わせる発言をされて、頭の中が一気にキャパオーバーしてしまったからだ。

明らかに様子がおかしい私を抱き寄せ、先生はここまで手を引いてきたボスをじろりと睨む。

それに対し、ボスはにっこりと微笑みを浮かべて口を開いた。

「以前も申し上げました通り、私は一時でも一家に属した人間は死ぬまで身内であると考えております。特にロッタは赤子の頃から面倒を見てきた手前、マーロウ一家の長としても、私個人としても思い入れが深いのです」

そう言いつつ、ボスの手は私の頭を撫でるように見せかけて、結い上げられた髪に何かを差し込んだ。拍手を続ける参列者たちの目にはきっと、新婦が保護者によって新郎に託される感動的な場面として映っているだろう。

だが、ぴくりと眉を上げた先生は、ボスが差し込んだのが髪飾りに見せかけた暗器であると気付いているようだ。花嫁にふさわしくない血腥い贈り物だが、美しいだけの装飾よりもよほど今世の自分の身に馴染む気がした。

「それでも、本人が殿下のお側がいいと言うのですから致し方ありません。ひとまず、ロッタは殿下にお預けしましょう。ですが、どうかお忘れなきよう――」

鳴り止まない拍手に掻き消されて、花嫁の保護者の声は参列者席にまで届かない。

「殿下がこれを蔑ろになさる、あるいはこれが殿下に愛想を尽かすようなことがあれば、即刻返していただきます」

それをいいことに、ボスは声も潜めずに続けた。

「そのときは――ヴェーデンを火の海にして差し上げましょう」

笑顔のままそう凄むと、彼はあっさり私と先生に背を向けて、参列者席へと去っていった。

まだ鳴り止まない拍手の中、私と先生は額を突き合わせてこそこそと言い交わす。

「つまり、だ。俺がバイトちゃんを蔑ろにせず、バイトちゃんも俺に愛想を尽かさなければいいんだろう？　全然問題ない。余裕だよね」

「どこからくるんですかー、その自信」

「だって、俺がバイトちゃんを蔑ろになんてするはずがないし、バイトちゃんも今更俺に愛想を尽かしたりしないでしょ？」

「まあ、しないですけどー」

私の答えに満足した先生は、参列者席に目を向けた。私もつられてその視線を追う。

右側の最前列は新郎の親族席だ。女王陛下と王配殿下、そしてアルフ殿下の姿があった。

今日の結婚式に先駆けて、先生ことクロード殿下への譲位を周辺各国にも伝え終わり、肩の荷が下りたのだろう。女王陛下の表情は晴れやかだった。その隣で微笑みを浮かべて手を叩いている王配殿下には、幸いカインに斬られた傷の後遺症は見受けられない。

あのとき、身を挺して守られたことから、さしもの先生も彼への当たりが随分柔らかくなった。すべての蟠《わだかま》りをなくすにはまだ少し時間が必要かもしれないが、それでも一緒に食卓を囲むのが常態化しはじめているので、父子水入らずで酒を飲む、なんて日もそう遠くないかもしれない。

アルフ殿下に関しては、完全に先生の懐に入り込むのに成功したと言えよう。

その扱いは弟というよりはわんこだが、気まぐれに与えられる先生の優しさに、全力で尻尾を振って応える彼は毎日幸せそうだ。

右側の二列目にはボスウェル公爵夫妻が座っている。

「ボスウェル公爵は、普通にいいおじさんでしたね。信楽狸に似ているけど」

「もうね、バイトちゃんのせいだからね。彼に会うたびに信楽狸を思い出して笑っちゃうのは。最近俺が笑顔を向けてくれるようになったって、あのおっさん喜んじゃってるんだからね」

一方、左側は新婦——私の親族席だ。といっても、私の身内といえるのは最前列のボスだけで、二列目以降は来賓席となっている。ボスの隣には、ちゃっかり森の魔女ことアンの姿もあった。

反社会的勢力のボスとやばい毒を作りまくっている魔女が新婦の身内と知れていいのだろうかと思うが、ボスは堅気の人間には面が割れていないし、アンは最前列から動かず他の参列者に顔を見せないからいいのだとか。

けれども私が一番目を疑ったのは、アンを挟んでボスと最前列に並んでいた存在である。

「ちょっ……誰ですかー？　あれをここに呼んじゃったクレイジーな人はっ!!」

「俺だけど？」

アンと一緒ににこにこしながら手を叩いているのは、一連の事件の元凶ザラ・マーロウだった。

あの後、先生を刺したカイン・アンダーソンは地下牢に逆戻りし、脱獄の手引きをした牢番は近衛師団によって拘束。彼らの処遇は、推して知るべしだろう。

しかし、ザラは結局、地下牢に入ることも裁判にかけられることもなかった。

ヴェーデン王国側は、ザラを公に裁いて素性を明らかにすることで、反社会的勢力として名高いマーロウ一家と王家の関係が露見するのを避けたかった。そのため、彼女の身柄は森の魔女アンに引き取られることになったのだ。

名目上は魔女の助手として。しかし、その実情はモルモット——今後アンが作るすべてのものは、ザラが身をもって試すことになる。薬はもちろん、毒も。

そんな非人道的私刑を、ボスは黙認した。彼の中で、すでにザラはファミリーではなくなっていたのだろう。また、あのザラが大人しく罰を受け入れるはずもないと思われたが、それに関しても早々に解決した。

「魔女の花、だっけ？　根の効能は、バイトちゃんが実際俺の夢の中に来てくれたことで信じないわけにはいかなくなったけど……結局、花弁の効能のほうも本当だったんだね」

「はい。ただし、花弁のお茶を飲んで忘れてしまうのは、どうやら未練だけじゃないみたいで」

乾燥させた魔女の花の花弁を煎じて飲まされたザラは、何もかも綺麗さっぱり忘れてしまっていた。ボスに対して長年抱いていた愛憎も、私やハトさんに対する嫉妬心も、ネロ・ドルトス及びその息子である先生への憎しみも——そして、愛人であったモーガン家当主への愛情もすべて。

後日訪ねたアンの家で、会いたかったわ、ロッタちゃん！　とザラに満面の笑みを向けられたときは、あまりのギャップに鳥肌が立ったものだ。一緒にいたハトさんなんて、問答無用で彼女の黒髪を毟っていた。

最終的に、モーガン家もボスウェル公爵家もザラの計画に関わっていないという結論に達し、事件の捜査が完全に幕を下ろしたのはつい一月ほど前のこと。

「どうして、自分たちの命を脅かしていた人間を結婚式に招待してしまうんですか⁉」

「そんなの、レクター・マーロウへの嫌がらせに決まってるでしょ」

とはいえ、ボスも先生に負けず劣らず神経が図太いためザラの参列に困っている様子はないが、来賓席の後ろのほうにいるモーガン家当主は、般若のような表情をした夫人の隣で今にも死にそうな顔色になってた。ザラと関係していたことで事情聴取を受けたモーガン家は、当主の不倫が発覚して壮絶な修羅場と化したに違いない。

そんな参列席の悲喜こもごもを、私と先生以外で唯一見える位置にいるのが、本日の結婚式を取り仕切る総主教だ。白い髭を蓄えたサンタクロースみたいな彼が、両手を掲げて宥めるような仕草をすると、ふっと拍手が鳴り止んで大聖堂が静まり返った。

それに満足げに頷いた総主教が、今度は私と先生に向かって手招きをする。

すると、先生が私の手を引いて階段を上がり、祭壇の前まで連れていってくれた。

総主教が分厚い教典を開き、長い長い結婚式の口上が始まる。

私と先生が――前世ではただのアルバイトと雇い主に過ぎなかった私たちが、同じ世界の同じ時代に生まれ変わって、出会って、そして夫婦になるなんて。こんな奇跡のような出来事があるのだから、神様なんてものももしかしたら本当に存在するかもしれない。

ムニャムニャと不明瞭で、ともすれば眠気を誘う総主教の口上に、今世も前世も無神論者の私が感慨深い思いを抱く一方、同じく無神論者で現実主義の塊みたいな先生は聞いちゃいない。

私の肩を抱き寄せるふりをして、こっそり内緒話を始めた。

「それで？　結局、ここに来るまでレクター・マーロウとの間に何があったの？」

「それが、その……私のこの格好を見たボスが、〝馬子にも衣装〟って……」

「へえ……随分と回りくどいカミングアウトの仕方じゃないか」

「そうですよね？　あれってやっぱり、そういうことですよね⁉」

ボスには、いったいいつから前世の記憶があったのだろうか。今世に生まれ出た頃からなのか、それとも私や先生みたいに大人になってから何かのきっかけで思い出してもしたのだろうか。

私が思考の渦に呑み込まれていると、先生が何でもないことのように軽い調子で言った。

「っていうか、きっかけとして一番考えられるのは、あれでしょ？」

「あれ？」

「ほら、バイトちゃんが俺の夢の中に来る前に、レクター・マーロウも魔女の花の根を試して君の夢の中に現れたそうじゃないか。そのときに見たんじゃないかな。君の前世とその最期を」

「――あっ」

先生の言葉に私ははっとする。

その指摘通り、いつぞや女王陛下と会わせるために私を呼び出す際、ボスは魔女の花の根を煎じたものを飲んで夢の中に現れた。あのときの私が見ていたのは、前世で絶命するまさにその瞬間の夢であり、ボスもそれを見たと言っていたのを思い出す。

『……因果なものだ』

今世では心を砕いて育ててきた私という存在を、前世では自分自身が殺したという事実を突き付けられれば、そう呟きたくもなるだろう。

「はぁあああ……」

私は長い長いため息を吐き出す。自分を殺したちんぴら君の生まれ変わりがボスだという事実は衝撃だったし、恨み言の一つや二つや三つくらいは言ってやりたい気持ちもあるが……

「やっぱりボスのこと、嫌いになんてなれないですよ……」

「別にいいんじゃない、それで。親愛の域を出ないなら、俺も狭量なことは言わないつもりだ」

今世では、ボスがいなければ私はきっとこの年まで生きていられなかっただろう。

そう思えば、先生とこうして再会できたのもボスの存在あってこそ。

ボスを嫌いになれないという思いを先生に否定されなかったことに、私はほっとした。

子守唄みたいな総主教の口上が続く。

眠気に抗うために顔を上げれば、天井に近い窓の縁にカラスが一羽止まっているのが見えた。

灰色と黒のツートンカラー――ハトさんだ。

きっと彼女も、妹分である私の人生の門出を祝ってくれていることだろう。

そんな中、先生がふいにぽつりと呟いた。

「君のボスじゃないけど……バイトちゃんの花嫁姿は俺にとっても感慨深いものがあるよ」

「と、言いますと？」

顔を覗き込む私に、先生は切ない表情をして続ける。

「前世での葬式の最後……気丈にも、喪主の挨拶に立った君のお父さんが言っていたんだよ」

「父が？　えっと、何て……？」

「……娘に、ウエディングドレスを着せてやりたかった、と」

「お父さん……」

葬式のシーンは、先生の夢の中で見ていた。ただし、あの温和な父が先生を殴った辺りからは、つらくて目も耳も塞いでしまったから、喪主の挨拶に関しては初耳だったのだ。

「世界を跨いでしまったけど……お父さんの願い、やっと叶えられたね？」

「はい……」

「ついでに、俺の願いも聞いてもらえると嬉しいんだけどな？」

「先生のお願い？　それって、何でしょうか？」

首を傾げる私に頬を寄せ、先生は囁くように言う。

「今世は、どうか俺よりも一分一秒でもいいから長く、誰よりも幸せに生きてほしい」

「ええっと、先生よりも長く、誰よりも幸せに、ですか……？」

「まあ、幸せにするのは俺の役目だからね。バイトちゃんは、とにかく生き長らえることだけ頑張ってくれたらいいよ。優秀なマーロウ一家のロッタちゃんにならできるだろう？」

「う、ううーん、ううーん……頑張り、ます」

一見おどけた風を装っていても、前世で私の死によって人生を狂わされた先生の言葉は切実で、頷かないわけにもいかない。そんな中、ここまでムニャムニャ言っていたはずの総主教が、異様にはっきりとした言葉で口上を締め括った。

「――それでは、誓いのキスを！」

キス⁉　とぎょっとする私に、先生が片眉を上げる。

「何を今更驚いてるの。古今東西、結婚式に誓いのキスは付き物だろう？」

「だ、だだ、だって！　私と先生って、全然そういう仲じゃなかったじゃないですかぁ！」

「……あのね、バイトちゃん。君、いつまで前世の話をしているのかな？」

「い、いつまでって……」

先生はもごもごと口籠もる私の頬を両手で包み込み、コツンと額同士をくっつけて至近距離から瞳を覗き込む。彼の青い瞳の中に私の赤い瞳が映り込み、まるで青空の中に夕日があるみたいで不思議な感じがした。

私の瞳も先生の瞳も、日本人らしい焦げ茶色だった前世とは似ても似つかない。虹彩だけではなく髪だって、今世の私はまるで違う色をしていた。それなのにお互いの関係だけは前世を逸脱しないと考えること自体、確かにナンセンスな気がしてくる。

「せっかくこうして、君と再会する運命が巡ってきたんだ。前世の関係に留めて満足する気なんて、俺はさらさらないんだけど？」

「——新郎新婦！　誓いの！　キスを！」

額をくっつけて見つめ合う私たちに、総主教がキスの催促をした。

私は往生際悪くおろおろと視線を彷徨わせたものの……

「はよう、キッスをなさい！」

「ひいっ……」

老齢の総主教にキスを急かされるのが居たたまれず、ついに観念してぎゅっと両目を瞑る。

その直後、自分の唇を覆った柔らかく温かな感触に、かっと燃えるように頬が熱くなった。

それは、雇い主とアルバイトでしかなかった先生と私の関係が、新たな境地に向かって一歩踏み出した瞬間でもあった。

目を開けるのが、とてつもなく恥ずかしい。そもそもどのタイミングで開ければいいのかもわからなくて固まっていると、私の唇に重なった先生のそれがふるふると震え出す。

まさか、感極まって泣いているのだろうか？

そう思って薄く目を開けてみたものの、そもそもあの先生がしおらしい反応などするわけがない。

にんまりと弧を描いた瞳にかち合っただけだった。

「ふふ……バイトちゃん、俺がさっきあげたクッキーの味がするね。ポケットのやつも食べる？」

「あー、そういうこと言っちゃいます？　せっかく空腹なのを忘れようとしていたのに……」

先生が口にしたクッキーという単語に反応し、私の節操のないお腹の虫が食べたい食べたいと騒ぎ出す。大勢の参列者が見守る前でお腹を鳴らすなんて、普通だったら穴があったら入りたいくらいの赤恥だろう。しかし、私の沽券《こけん》は保たれた。

「大丈夫、俺にしか聞こえていないよ」

ぐうううっという盛大な音は、私たちの誓いのキスと同時に沸き起こった盛大な拍手が掻き消してくれたからだ。総主教もうんうんと満足そうに頷きながら、鷹揚に手を叩いている。

こうして、この日。私と先生は多くの祝福に包まれて、晴れて夫婦となったのであった。


――と、これで終われば大団円だったのだが。

そうは問屋が卸さないのが、先生と歩む人生である。

それを証拠に、突如入り口の扉がバーンと大きな音を立てて開き、大聖堂に数人の男たちがなだれ込んできたではないか。

「な、何？　何事ですか⁉」

驚いた私は、思わず先生にしがみつく。祭壇脇の扉の側に控えていたモアイさんが、すかさず腰に提げた剣の柄に手をかけて乱入者たちの前に立ち塞がった。

おかげで、先生は私の頭をよしよしと撫でながら、のんびりとしたものだ。

「どうやら、ミッテリ公爵家とその一味のようだね」

彼の口から出たのは、随分と懐かしい名前だった。

ミッテリ公爵家といえば、先生ことクロード殿下の婚約者であったにもかかわらず、当時の近衛師団長カイン・アンダーソンと通じて子供を身籠もっていた令嬢の家である。さらには、不貞がばれるのを恐れて先生を謀殺しようとしたというのだから、なかなかの悪女だ。

「俺と令嬢の婚約破棄に不満を募らせていたようだから、いつか来るだろうとは思っていたけど。なるほど、このタイミングか」

この結婚式は無効である！　王太子妃にふさわしいのは、自分の娘だ！

祭壇に立つ私たちを睨んでそう喚いているのは、先生と令嬢の婚約破棄によって著しく立場を悪くしたミッテリ公爵その人だった。

本来ならばこの日の結婚式にも参列してしかるべき身分でありながら、招待さえされなかったというのだから、公爵家とはいえもう名ばかりなのはお察しである。

彼に向けられる参列者たちの眼差しも、凄まじく冷ややかだった。

「あははっ、うるさいうるさい。よく吠える負け犬だねー」

「ちょっと、先生。煽らないでくださいって。聞こえちゃいますよ」

結婚式に乱入されたにもかかわらず先生が上機嫌なのは、式自体がすでに完結していたからだ。

つまり、神にも総主教にも世間にも認められた私たちの結婚に、今更異議を唱えたところでまったく意味がない。

先生からすれば、この乱入劇は式の後の余興くらいの認識なのだろう。もちろん、不届き者どもが一網打尽にされるところまでがセットである。

先生の期待に応えるように、副団長ダン・グレゴリーを先頭にして、近衛師団も大聖堂に駆け付けた。ダンが近衛兵の格好をした男の首根っこを掴んで引き摺っているが、もしかして乱入の手引きをした犯人だろうか。

捕まった仲間の姿に焦ったのか、乱入者の一人が隠し持っていた短剣を抜いてしまう。

それをきっかけに、大聖堂はたちまち大混乱に陥った。

女王陛下はあちゃーという感じで天を仰ぎ、無礼者どもに噛み付こうとするアルフ殿下を、王配殿下が羽交い締めにして止めている。

ボスとアンは先生と同様に余興でも眺めているような面白そうな顔をし、そもそもの元凶であるザラなんて手を叩いて喜んでいた。

気の毒なのは、何も知らない来賓客たちだ。突然の騒動に、おろおろしっぱなしである。

一方、私が引くほどはちゃめちゃに怒ったのが、自らが取り仕切った晴れの舞台にけちをつけられた総主教だった。血管が切れそうなくらい顔を真っ赤にした彼が叫ぶ。

「夫婦の門出に水を差す無作法者どもめがっ！　おぬしら、全員まとめて破門じゃあ！」

先生はそれをまあまあと宥めると、壇上から乱入者たちに向き直った。

彼らの目的は、今日の結婚式をぶっ潰し、令嬢のお腹の子供を先生に認知させることらしい。

とはいえ、先生がそんな不条理を受け入れるはずもなかった。

「あいにく私は、パウル様――父上ほど人間ができていないのでね。他の男の、それも自分を殺そうとしたやつの子を愛せるはずない。子供の幸せを思うのならば私と関わらせないほうがいいよ」

さりげなく、先生は初めて王配殿下を指して〝父上〟と呼んだ。

思いがけないサプライズに、王配殿下は参列者席ではわわとなっている。

身に覚えのない子供の認知を断るのは当然であるから、先生の台詞は至極真っ当だっただろう。

ただ、差し障りのない言葉で終わらせないのが先生である。

彼は、これ見よがしに私を抱き寄せると、ふんと鼻を鳴らして言い放った。

「そもそも、こんな可愛い妃を得たというのに、今更他の女のために心を砕いてやる気なんてさらさら起きないね。ご令嬢には、二度と私やこの子に関わるなと伝えてもらえるかな?」

先生の煽り体質は今世も健在。

彼の物言いに逆上した連中が、汚れた足でバージンロードを踏み荒らす。

それを阻もうと立ち塞がるモアイさんと、追いかける近衛師団。ついには参列者も巻き込んで、大聖堂の中は大混乱に陥った。

そんな中、モアイさんバリケードの隙をついた男が三人ばかり、恐れ多くも祭壇に続く階段に足をかけようとする。

「わわっ！　これ以上は困りますよっ!!」

私はとっさに両方の木履を脱いで、二人の顔面に投げつけた。

残る一人の頭上には、高い窓の縁から急降下してきたハトさんの嘴が直撃する。妹分の晴れの舞台に水を差されて、お姉さんカラスはたいそうご立腹なのである。

「あー、おっかしい！　一生忘れられそうにない刺激的な式になったねぇ！　バイトちゃん!!」

「う、うれしくなああああいっ!!」

裸足になった私を抱き上げ、先生が朗らかに笑う。

その腕の中から足下で右往左往する人々を眺め、私はこれからの人生を思ってため息をついた。

どう考えたって、波瀾万丈。今世もまた安らかな最期を迎えられる気がまったくしない。

ボスがくれた髪飾り形の暗器も手に取りつつ、私は天を仰いだ。

願わくは、せめて――

「来世こそは畳の上で死にたいいい!!」

「あははっ、まーた鬼を笑わせるようなこと言ってる」

私の切実な心の叫びに、先生が前世的な言い回しで突っ込む。

けれども、前世よりも楽しそうで、前世よりも幸せそうな先生の顔を見ていると――私は不覚にも、今世も捨てたものじゃない、なんて思ってしまったのである。

特別書き下ろし　一家団欒

建国より二千年を数える世界最古の国家ヴェーデン王国。

ここに二十年の間女王として君臨し、一月後に譲位を控えた第九十九代ヴェーデン国王エレノア・ヴェーデンが、その長男と同じ青い瞳でじっと手元を睨んでいた。

次期国王であるクロード殿下——私の前世の雇い主である弁護士先生への仕事の引き継ぎも佳境に入っている。そんな中で、何やら難しい顔をして見下ろす手元にあったのは、国政に関わる重要書類——などでは全然なくて、半月形の生地だった。

「……クロード、おかしいよ。どうやっても閉まらないんだが？」

「閉まらないのはですね、陛下。餡を入れすぎているからですよ。どうしてそんなに欲張ってしまったんですか？」

「どうしてって……餡はたくさん入っているほうが嬉しいじゃないか。ねえ、ロッタ？」

「はい！　陛下のおっしゃる通りです!!」

王宮の三階にある王太子の私室にて、王太子妃となったばかりの私と並んでソファに座り、女王陛下がちまちま作っているのは餃子である。

小麦粉と塩と熱湯で作った生地に、豚ひき肉と野菜の微塵切りを混ぜた餡を半月形に包んで、焼いたり茹でたり蒸したり揚げたりする、あの点心の一種のことだ。

先生が皮と餡を大量に用意してくれたため、それを包む要員として私が女王陛下を確保してきたのである。

「だって餃子、いっぱい食べたいですもん」

「そうかそうか。その理由だけに、一国の最高権力者を連れてきてしまうバイトちゃんの食い意地には、いっそ敬意を覚える」

とはいえ、餃子を包むのもそもそも調理に携わること自体人生初らしい女王陛下は、お世辞にも器用とは言いがたかった。餡の量を見誤った餃子はパンパンで、なんならお腹が破けている。

ちなみに、私が作ったのもだいたいそんな感じだ。

「やれやれ……うちの女性陣に繊細さを求めるのは無謀というものだね」

私と女王陛下の手元を胡乱な目で見下ろし、先生がこれ見よがしにため息をついた。

そんな中、向かいのソファから苦笑交じりの声と元気いっぱいの声が上がる。

「クロード、できたよ。こんな感じでいいんだろうか？」

「兄上！　私もできました！　いかがでしょうか！」

「はいはい、父上もアルフも上手だね。男性陣が即戦力で、本気で助かった」

同じく、餃子包み要員として連れてきた王配殿下とアルフ殿下だ。

私と女王陛下が四苦八苦しながらたった一個の餃子を包んでいる間に、器用な父子はそれぞれ十個を包み終わっていた。ちなみに、お誕生日席の一人用ソファに座った先生は、さらにその倍の速度で手を動かしている。ロボットか。

壁掛け時計は先ほど午後六時を回った。

女王陛下も、宰相とその補佐を務める王配殿下とアルフ殿下も、そして間もなく国王として立つ先生も、今日の仕事をすべて終えたうえでこの部屋に集合している。

「城の者たちはきっと、我々が一部屋に集まっていったいどんな深刻な話をしているのだろうと思っているだろうね」

「この国の最高幹部が膝を突き合わせて、こんな風に両手を粉だらけにしているとは誰も想像できないでしょうね、父上」

くすくす笑って楽しそうに言う王配殿下に、先生も小麦粉で白くなった掌を掲げて苦笑いを浮かべる。先生を庇って剣を受けた王配殿下の右肩は、幸い後遺症もなく回復した。先生の左脇腹の刺し傷もすっかり塞がったが、私を左側に置く癖だけはそのままだ。

そんな中、餡がはみ出した餃子を手に持ったまま、女王陛下がムッとした顔で先生を睨んだ。

「どうして、パウルは〝父上〟で、私は〝陛下〟なの？　納得いかない」

結婚式での騒動に紛れて〝父上〟と呼んだことで完全に吹っ切れたのか、王配殿下に対する先生の態度は劇的に改善した。一方、実の母である女王陛下への当たりも随分と柔らかくなったものの、呼び方だけはいまだ〝陛下〟という他人行儀なものだ。

それが不満らしい女王陛下に、私は慌ててフォローを入れる。

「陛下、先生はきっと反抗期のまっただ中なんですよ。素直に〝お母様〟と呼ぶのが恥ずかしいだけだと思います。大人になるまで、もうちょっと待ってあげてくださいね？」

「そうか、恥ずかしいのか……難しい年頃なんだね」

「ちょっとバイトちゃん、適当なこと言わないで。二十五にもなって反抗期とか、そっちのほうがよっぽど恥ずかしいんだけど」

そんな私たちのやりとりに、王配殿下はまた楽しそうに笑う。その間、アルフ殿下は黙々と餃子を量産し続けていた。どうやら、はまってしまったようだ。

男性陣の頑張りのおかげで、先生が用意した皮と餡はさほど時間をかけずにすべて餃子へと進化を遂げ、あとは焼くだけとなる。

先生の私室のミニキッチンにはもともと焜炉が一口設置されていたが、先日それが二口に増設された。

先生はフライパンを二つ置き、それぞれに油を引いて円盤形に餃子を並べていく。

「座って待っていてもいいよ？　陛下におつまみでも口に入れてもらいなよ」

瞬きも忘れてフライパンを凝視する私と、さっきからぐうぐう鳴りっぱなしなお腹の虫に、先生が笑って言う。テーブルでは、女王陛下と王配殿下がさっさとワインの栓を開け、持ち込んだチーズを摘まんでいた。

しかし、私は大真面目な顔をしてフルフルと首を横に振る。

「いやです。もう片時も離れたくないんですもん」

「バイトちゃん……」

「先生の餃子と」

「だと思ったよ。うん、わかっていたけどもね」

私たちのやりとりに、女王陛下と王配殿下がグラスを傾けつつ笑う。アルフ殿下はまだ餃子を包み足りない様子なので、次回もぜひとも誘おうと思った。

ガラスのフタをした二つのフライパンでは餃子に火が通りはじめ、パチパチと音を立てている。

しばらくしてフタを取れば、とたんに芳ばしい香りがあふれ出し、私は思わず先生の背中にしがみついてゴクリと唾を呑み込んだ。

と、ふいにバルコニーのほうから声が聞こえてくる。

「――やあ、これは食欲をそそるいい香りだ」

「……は？　……は!?」

先生は、それこそ漫画みたいに二度見をした。

バルコニーから、マーロウ一家のボス――レクター・マーロウが現れたからだ。

その肩には、私の姉役、カラスのハトさんが止まっている。

ソファでグラスを傾けていた女王陛下たちも目を丸くした。

真っ先に我に返った先生が、ぐりん！　と勢いよく私に向き直る。

「いや、待って……なんで？　どうして彼がここへ？　バイトちゃん、説明しなさい」

「私がハトさんを介してお呼びしました。前世を思い出したなら、ボスも餃子を喜ぶかと思って」

「ああ、そう。バイトちゃんがボス思いな優しい子で涙が出ちゃうね。でもね、いちおう彼ね、反社会的勢力のボスだからね。こう気軽にバルコニーからコンニチワされても困るんだけど？」

「大丈夫ですよ。ボスには、誰にも見つからずに王宮に出入りできるルートを伝えましたので」

何も大丈夫じゃない！　と吠える先生に、ボスはニヤリと笑う。

「私のロッタの行いに何やら不都合がおありのようで。殿下の手に負えないようでしたら、今すぐにでも引き取らせていただきますが？」

「ご安心を。手のかかる子ほど可愛いと申しますから。あと、あなたのロッタではなく、もう俺のロッタですから」

相変わらず、空々しい笑みを交わす先生とボス。さすがに慣れっこな私は、彼らよりもフライパンの中のほうが気になって仕方がない。もう、そろそろ食べ頃なのではなかろうか。

するとそわそわする私を左腕に抱き込んだ先生に向かい、ボスが小振りの樽を掲げて見せた。

「ちゃんと手土産を持参しましたよ。ボリーニャ王家門外不出の麦酒です」

「麦酒、ねえ……」

今世にも、前世のビールのように麦芽と水と酵母で作られた麦酒が存在するが、多くの場合ハーブが添加されていて先生の好む味ではないらしい。ところが、ボスがニヤリとして言った。

「大陸中の麦酒を飲み比べた私が保証しましょう──これが一番、前世のビールの味に近い」

「──ようこそいらっしゃいました、義父上。歓迎します」

大陸最多民族ボリーニャ王家秘伝の麦酒は、前世で一般的だったホップが使われているという。

ビール党だったらしい先生は、見事に掌クルーをした。

さっそくグラスにそれを注いで乾杯する先生とボスを横目に、私は焼き上がった餃子をお皿に盛りながら、そういえば、と口を開く。

「私は、ビールの味って知らないんですよね。お酒が飲める年になる前に死んだので」

とたん、前世の私を目の前で亡くした先生と、私を撃ち殺した張本人の生まれ変わりであるボスの表情が憂いを帯びたが……

「ビールでお腹を膨らませるより、先生の料理で満杯にしたほうが絶対幸せだからいいですけど！」

私は構わず餃子に齧り付く。

皮はカリッと音を立て、旨味たっぷりの肉汁がジュワッとあふれ出す。

「おいしーい！」

満面の笑みを浮かべた私に、先生とボスが無言で顔を見合わせ、もう一度乾杯した。

おわり

SPECIAL!

キャラクターデザイン公開

『来世こそは畳の上で死にたい』
キャラクターデザイン画を特別公開。

Illustration：黒埼

クロード・ヴェーデン

ヴェーデン王国の第一王子。
前世は弁護士として辣腕を
振るっていた。

ロッタ

反社会的勢力
マーロウ一家の新米暗殺者。
とにかくお腹が空く。
前世は一般的な大学生。

ハトさん
カラスだが
マーロウ一家の
“伝書鳩”。

レクター・マーロウ

マーロウ一家の若き首領。
ロッタの保護者的存在。

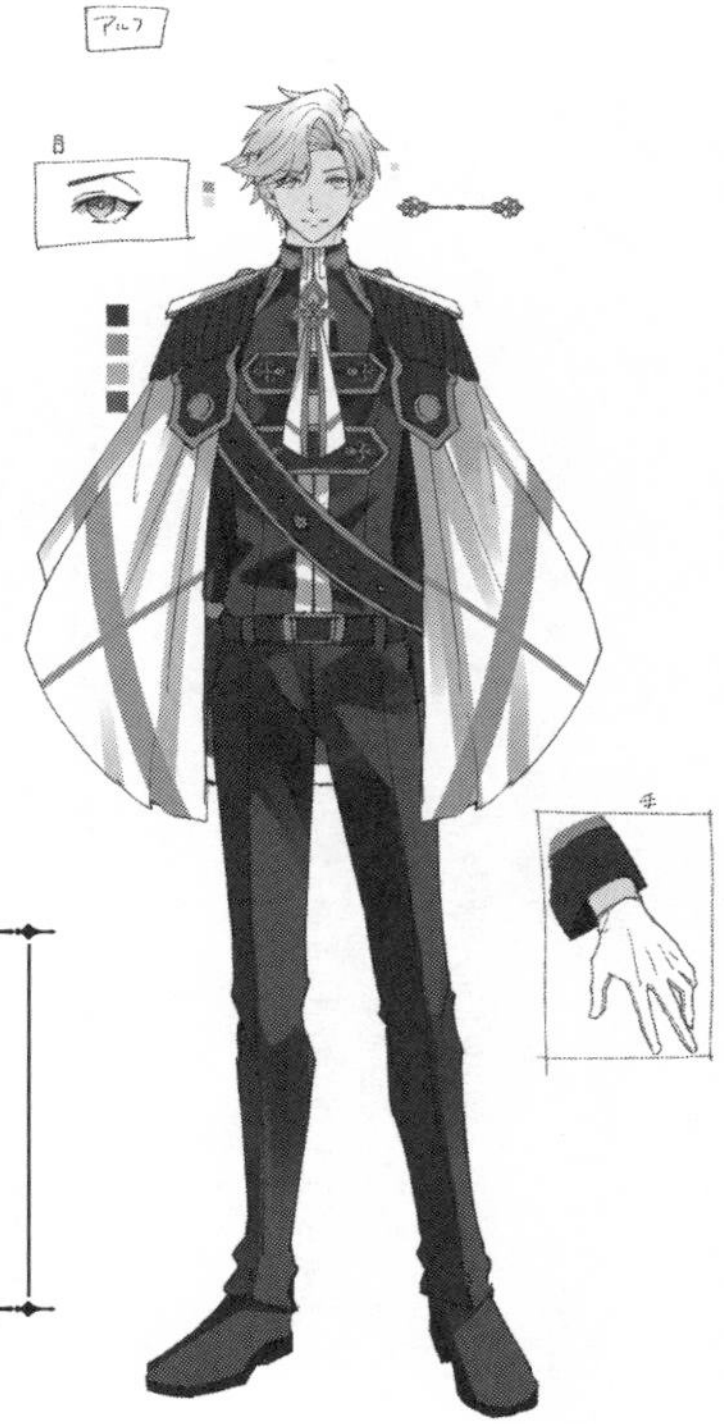

アルフ・ヴェーデン

クロードの異父弟。
ヴェーデン王国第二王子。
義理の兄が大好き。

あとがき

この度は『来世こそは畳の上で死にたい～転生したのに前世の死因に再会したので、今世も安らかな最期を迎えられる気がしません！～』を手に取っていただきありがとうございます。

短編から始まり連載に発展、完結して二年あまりが経った今、このように書籍という形でお届けできる機会をいただき大変光栄に思っております。

異世界転生や異世界転移が大流行りの昨今。せっかくの転生先で、前世で振り回された相手に再会してしまったら、楽しいかな？　いや、困るかな？　という疑問から書き始めたお話でした。

バイトちゃんと先生――ロッタとクロードは、当初は前世もお互いのことも知らずに生きており、もしも再会しなければ何も思い出さないままそれぞれ一生を終えていたでしょう。

その場合、ロッタは血も涙もない暗殺者になってしまっていたかもしれませんし、クロードは国王になる前に暗殺されるか、玉座に就いた後もずっと命を狙われ続けて誰にも心を許せないままで、二人とも殺伐とした日々を送った結果長くは生きられなかったのではないかと思います。

けれども、最悪のタイミングとはいえ、再会して前世の記憶を共有したことで、二人で新たな道を切り開いていけるようになりました。

楽観的なバイトちゃんは前世の自分の死に様に対し「あれはまあ、ヤバかった！」くらいの認識ながら、彼女の死の真相もその後のことも全部知っている先生にとってはさぞつらい記憶だったことでしょう。彼としては、今世でやり直せるチャンスをもらったような心地だと思います。

一度目の人生ではまったく恋愛に発展しないまま幕を下ろしてしまった二人の関係ですが、前世ですでにベクトルを出していた先生としては、せっかく再会したバイトちゃんを逃す気なんてさらさらありません。

今後は精力的に国政に取り組むのと並行して、彼女の胃袋をガッツリ掴んだままでいられるよう料理の腕もますます磨いていくことと思います。

そんな先生にとっての最大のライバル、あるいは唯一の目の上のタンコブはボスですが……こちらはバイトちゃんに対し恋愛感情はない代わりに親心は半端ないモンペです。

今後も時々ふらりとヴェーデン王国を訪れては、バイトちゃんとハトさんの毛艶の状態をチェックしていきそうです。

また、ボスには本当はどこまで前世の記憶があるのか、バイトちゃんと無理心中した前世の自分をどう感じているのか。

そして、本作の終盤で判明した森の魔女アンの正体と未練、今も氷漬けのままの彼女の子供のことなど、バイトちゃんと先生のドタバタな新婚生活を絡めつつ、続きを書ける機会をいただければ幸いです。

今後ともどうぞよろしくお願いします。

くるひなた

来世こそは畳の上で死にたい
～転生したのに前世の死因に再会したので、今世も安らかな最期を迎えられる気がしません！～

2023年3月1日 初版発行

【著　　者】くるひなた

【イラスト】黒埼
【編集】株式会社 桜雲社／新紀元社編集部
【デザイン・DTP】株式会社明昌堂

【発行者】福本皇祐
【発行所】株式会社新紀元社
〒101-0054　東京都千代田区神田錦町1-7　錦町一丁目ビル2F
TEL 03-3219-0921 ／ FAX 03-3219-0922
http://www.shinkigensha.co.jp/
郵便振替　00110-4-27618

【印刷・製本】中央精版印刷株式会社

ISBN978-4-7753-2075-4

※本書は、「小説家になろう」（http://syosetu.com/）に掲載されていたものを、改稿のうえ書籍化したものです。